# 聖女の塔

建築探偵桜井京介の事件簿

篠田真由美

KODANSHA NOVELS

講談社ノベルス

カバーデザイン＝岩郷重力
カバー写真＝半沢清次
ブックデザイン＝熊谷博人・釜津典之

聖女の塔——目次

# 登場人物表　《　》内自称、〈　〉内他称

川島《かわしま》実樹《みき》——専門学校生、薬師寺香澄の知人

及川《おいかわ》カンナ——W大生、川島の高校のクラスメート

海老沢《えびさわ》愛子《あいこ》——W大生、同右

マテル様——《禁固隠遁者《ルクリューズ》》

武智《たけち》兵太《へいた》——《私立探偵》

宮本《みやもと》信治《しんじ》——《ルポライター》

碓丸《うすまる》珠貴《たまき》——〈魔女〉

門野《もんの》貴邦《たかくに》——謎の老人、《実業家》

高倉《たかくら》美代《みよ》——門野の秘書、〈女ターミネーター〉

輪王寺《りんのうじ》綾乃《あやの》——〈霊感少女〉

薬師寺《やくしじ》香澄《かすみ》——W大生、通称蒼、〈私設人生相談室〉

桜井《さくらい》京介《きょうすけ》——《建築史研究者》〈名探偵〉

栗山《くりやま》深春《みはる》——《旅人》〈熊〉

旧五輪教会（長崎県久賀島）
撮影：篠田真由美

# プロローグI――幻視黙示録

わたくしは明らかに見ました。

空が真ふたつに裂けて、そこから黒い影が地上目がけて落ちてくるのを。

それは人の女に似た姿をした悪魔でした。

悪魔は虚《うつ》ろの塔に落ちて、聖なる鋼鉄の十字架にその身を貫かれました。

わたくしは近々と見ました。

逆しまに垂れた悪魔の頭から、黒髪が蛇のように波打ち垂れるのを。

真っ赤な血がその身から流れ落ち、十字架と塔を隈《くまな》無く赤く塗り込めるのを。

裁きが下されたのです。

あるかんじぇろ　さんみげる様が悪魔を討たれたのです。

イザヤ書第十四章に預言されているごとくに、おごり高ぶった悪魔は天より墜とされたのです。

ヨハネ黙示録にも記されています。これこそ世の終わりの始まり、その先触れのしるしです。

悪魔のごとくおごり高ぶり、虚飾に憑かれて堕落した地上の国々は、間もなく炎によって一掃されます。そのときこそわたくしの幻視は、誰の目にも見える形で実現されるでしょう。

しるしを目にしたならわたくしたちは、天から来られるもろもろのあんじぇろ様、べあと様、あぽすとろ様、まるちる様たちをお迎えするために立ち上がらなくてはなりません。

身を浄め、あらゆる悪魔のてんたさんを遠ざけてお待ちするのです。あんじぇろ様方はわたくしどもをお引き上げに来られるのですから。

わたくしどもは昇天するのです。
滅びゆく世界を捨て、色身《しきしん》を捨てて天に還《かえ》るのです。
いっときの苦を恐れてはなりません。
恐れることはなにもありません。
恐れるべきはあにまの死。
天には永遠の命、永遠のぐろうりやのみがわたくしどもを待っています。
祈りましょう、その日がいっときも早くまいりますようにと。
いん　なうみね　ぱあちりす　えつ　ひいりい
えつ　すぴりつさんち　あめん——

# プロローグII――いやはての丘

世界が燃えていた。

襤褸《ぼろ》のごとき千切れ雲を浮かべた西の空と、その下に広がる海が、落日の光を浴びて緋と金に燃え上がっていた。

桜井京介《さくらいきょうすけ》はひとり、西に向かって立っていた。

風がその顔にかかる髪を吹き散らし、額《ひたい》を撃つ。

地理的には東京から見て明らかに『南』であるはずの島だが、海から吹く風は冬を思わせるほどに冷たい。それでいながら横様に投げかけられる光線は顔の皮膚を灼《や》き、狭《せば》めたまぶたの間から眼球を凶器じみて貫いてくる。

長崎県北松浦《きたまつうら》郡波手島《はてじま》。南蛮交易で知られる平戸《ひらど》島の北、カクレキリシタンと捕鯨の生月《いきつき》島の北西の海上にぽつんと浮かぶ小島は、久しく定住する者の絶えた無人島だ。丘に立って夕映えの広がる西の海を眺めれば、見渡す限りここより先に陸地の影はない。四方を海に囲まれた日本の中でも、この島はひとつの果てであるに違いなかった。

それでも明治時代には小さな集落が営まれ、全員が敬虔なクリスチャンであったがために木造の教会と鐘楼《しょうろう》も建てられた。常住の神父はいなかったが、半農半漁でつつましやかに暮らす人々に教会は心のよりどころだった。生まれた子供はそこで洗礼を授けられ、復活祭や降誕祭には老若男女が声を揃えて賛美歌を歌い、死せる者は最期の祈りに送られて丘の墓地に葬られた。鐘楼の上に高々と掲げられた十字架は近海漁に携わる漁師の目印となり、朝に夕に海を渡って鳴り響く鐘の音は、生月や平戸の教会と呼び交わすかのようであったという。

だがその村も過疎化の波を逃れられず、四十年ほど前に残された十戸足らずが平戸へ集団移住した。後には土地の娘と結婚した文学者が土地を買い受け、豪壮な住まいを建てて隠棲したというが、その人物も疾《と》うに亡い。樹木乏しい岩山を背にして、ロマネスクの修道院を模していたという館は崩れ落ち、わずかに土台と壁の一部のみが残されている。その他にかつてここに人の生活が営まれていた証《あかし》はといえば、砂浜ならぬ黒く濡れた丸石の浜辺を見下ろす丘の上に、屋根の落ちた廃屋がいくつか点在するばかりだ。

だがその中にもうひとつ、奇怪な構築物が残されている。高さは七、八メートルはあるだろうか。見れば見るほど火《ひ》の見櫓《みやぐら》そっくりの、コンクリートの土台に四本の鉄骨の柱を立てて、トラスで連結し、頂には三角の笠のような屋根とさらに十字架が立っている。それはかつて、村の教会に付属していた鐘楼なのだ。

京介は以前訪ねた五島《ごとう》で、明治に建立された教会の脇にこんな鉄骨の塔が建っているのを見た覚えがある。屋根の下に鐘が吊され、鐘を鳴らすためのロープが垂れ、細い梯子《はしご》もかけられていた。いかにも飾り気のない実用一方だが、絶えず激しい西風に吹かれ、台風も多い土地柄では、風をさえぎらぬ鉄骨の塔が望ましいのだろう。

だが無人の地に建つ鐘楼は潮風に腐食し、劣化して崩れかけた土台は血の流れた跡のような赤錆色に染め上げられていた。塗装は剥落《はくらく》し、柱は細ってゆがみ、頂の十字架はいまにも屋根ごと大地に向かって落下しそうだ。それは、いまは失われた神への信仰を記念する墓標であったのかも知れない。

落日が鐘楼の影を黒々と長く大地に伸ばす、その影の中に身を浸して立っている者がいる。桜井京介はそちらに向かって、ゆっくりと足を運ぶ。相手は傾きかけた柱に背を寄せて動かない。ただ近づいてくる彼の方へわずかに顔を向けた。

丈の長い、襟元《えりもと》の詰まった、白一色のワンピースを身につけた尼僧のような女だった。糊の効いた白いヴェールが鳥の羽のように顔の周囲ではばたく。だが表情は見えない。西日を背後から浴びているためだけではなく、その顔は紙を貼り固めたらしい仮面に覆われていたからだ。

白一色の仮面にあるのは、人形めいた顔の凹凸と目の位置に明けられたふたつの楕円の切り穴ばかりで、そこには当然ながら、生きた人間の感情を示すどんな表情もない。

「お待たせしましたか」

静かに問うた京介に、ぴくっと肩が揺れた。

「いいえ」

仮面の中から答えた声は低くしわがれかすれている。それもまた不在の表情にふさわしい、年齢も性別さえもさだかならぬ声音だった。

「あなたはきっと来るだろうと、わかっていましたから」

「あなたの天使がそう告げた、とでも」

「わたくしがその通りです、と答えたなら？」

「別に、それならそれで結構です」

京介は唇の片端を引き上げて、面白くもなさそうにつぶやく。その間にもゆっくりと足を運んで、距離を詰めていく。

「僕も、あなたがここに現れるのは今日になるだろうと考えていました。復活節第一主日より四十日、灰の水曜日より四旬節を加えて八十六日」

「主の昇天の祭日——」

仮面の女は低くつぶやいた。顔は天を仰ぐのではなく、むしろ低く伏せられていた。しかし、

「あなたがなにを天使と呼んでいるのか、ここで問《と》い質《ただ》そうとは思いません」

京介が続けたことばに、その肩が再び、びくりと鞭《むち》打たれたように震える。顔が上がる。

「本当に？」

「ええ。たぶん僕はその答えを知っています」

そういいながら京介は、さらに女との距離を詰める。相手は身体を京介の方に向けたまま、すり足に一歩後じさった。しかし彼は立ち止まらない。そしてすでに、手を伸ばせば鐘楼の錆びた鉄骨に届くほどの位置に来ている。劣化した土台のコンクリートが踏まれて崩れ、靴底でぐずぐずと砂に還る。

京介がさらに前に出る。女が下がる。海へ落ちかかる陽は京介の顔を左から、女の仮面を右から照らし、鐘楼の影をふたりの間に長く落とす。黒ずんだロープの端が風に揺れ、鉄骨を打つ鈍い音。それはもはや鐘には繋がれておらず、祈りの刻を告げ知らせる澄んだ響きを聞かせることもない。

「あ、あなたは――」

それきり彼は動かない。なにもいわない。

女は沈黙に堪えかねたかのように、かすれた悲鳴を上げた。

「わたくしが誰か、わかっているのですか」

「はい」

「嘘だわッ」

女の声がひび割れる。

「名前も顔も過去もすべて捨て去ったのに。仮面の下の顔さえ思い出せないのに。わたくし自身さえ、自分が誰かわからなくなりかけているのに――」

「だから僕は来たのです。あなたに思い出してもらい、そしてあなたを引き留めるために」

一度ことばを切って、京介は淡々とした調子を少しも変えないままつけ加える。

「まさかご存じないことはありませんね。あなたがたの目論見《もくろみ》はすべて外れた。真相は見出され、彼は生きている。そしてこの通り、僕も」

「ああ――」

女は両手を仮面に当てて呻《うめ》く。

「思い出しました。あなたを憎んでいる不幸な女がいた。わたくしはその女の嘆きと願いを聞き、神への取りなしを約束した。真摯《しんし》な祈りはきっと叶えられるだろうと。そして――そして――」

「そして？」

「けれどあなたは生き延びた。悪魔のように抜け目なく、狡猾に。天使の助力にもかかわらずすべての目論見は空しかった。そしてあなたは来た。わたくしを嘲笑《あざわら》い、復讐するために。あなたが愛した者を傷つけたこのわたくしに」

「いいえ」

京介はゆるりと顔を左右に動かした。

「僕がどう考えるかは別として、彼は決して自分のための復讐など望まない。だから僕も、あなたに死んでもらいたいとは思いません」

「そう。生き延びて司直の手に身を委《ゆだ》ねよ、裁かれよ、というのですね。そしてあなたはそれがわたくしにとって自殺するより辛い、つまり復讐になることを承知している」

「否定は、しません」

「それでもあなたには止められませんよ、わたくしがこの瞬間自分の舌を噛み切ることを」

「ですからお願いするのです、どうか死なないでいただきたいと」

「お願い？　あなたが懇願すると？」

仮面の中で女は、引き攣れたような笑い声を立てる。

「ならばここに来なさい。もっと近く、わたくしの目の前まで。そしてあなたが見出した真相とやらを、余さず解き明かしてみせなさい」

陽が海に落ちようとしている。

その光に空も、地上のすべても血塗られた紅に染まる。

「陽が落ち、世の終わりが来る。天上には神の栄光が輝き、けれどわたくしの手は血に汚れもはや天国の浄福《じょうふく》に与《あず》かることは叶わない。それでも生きろというならその舌でわたくしを説得してみるがいい。この、十字架の落とす影の下で。天使よりも美しく、傲慢で残酷なおまえ、桜井京介——」

# 殺意の情景（1）

　殺すつもりなんてありませんでした。ええ、ほんの少しも。信じて下さい。ただのはずみなんです。私、少しどうかしていたんです。カンナのことを憎んでなんかいませんでした。いいえ、それどころか大好きでした。

　私、小さな頃からほんとに人見知りで、劣等感が強くて、友達を作れない性格だったんです。クラスの子になんでもないことで話しかけられても、なんて答えればいいかわからなくて、相手がしらけているのがわかるとよけいぎこちなくなって、ひとりになってほっとする。

　でも、だからってひとりが好きな訳じゃないんです。ひとりはやっぱり寂しいです。なのに他人の輪に入って、そんなに深いつきあいでなくても適当に話を合わせて繋いで、楽しく時間を過ごすっていう誰でもやっていることが私には出来なかった。楽しいどころか苦痛だった。それにそういう浅いおつきあいは、本当の人間関係とはいえないという気持ちも私の中にはありました。

　恋がしたかったとか、そういうのじゃあないんです。私だってそこまで世間知らずじゃありません。クラスの人たちを見ていれば、恋愛している男女こそちっとも心の触れ合いのない、つまり、身体の欲望だけで結びついている人が多いように思われましたもの。でもそれこそ信じられなかった。なんでみんな平気で出来るんでしょう。その、男の人と裸で抱き合うようなことが。想像しただけで吐き気がします。みんな、気持ち悪くないんでしょうか。そんなふうに思う方が変なんでしょうか。

性欲って私にはよくわかりません。心も通じないのに身体だけで結びつくなんて、私にはひどく忌まわしいことのようにしか感じられませんでした。私が欲しかったのはその対極、お互いを理解し合い心から許し合えるような友人です。魂と魂の結びつきです。及川《おいかわ》カンナは私にとってそういう人だった。少なくとも私はそう信じたんです。ひとりの思いこみだったとしても。

　高校のときに同じクラスでしたから、もちろんカンナの名前と顔は知っていました。でもその頃は彼女と、口を利いたことは一度もありませんでした。なぜかって、カンナはひどく荒れていたんです。家のことで。といっても詳しいことは知らないのですけれど、高校も三年間の半分くらいは登校できないまま、途中で退学してしまいました。学校に来ているときも、それはぴりぴりして怖いようで。だから彼女も友達らしい友達は持っていなかったはずなんです。

　でも、Ｗ大の文学部で再会した彼女は昔のような刺々しいところもなくて、別人のように生き生きしていました。一年半くらい引き籠もりをしていたけど、大検を受けて一年遅れでＷ大に入れたというのです。そんなことをさらりといって笑うカンナの表情の明るさに、私は惹きつけられました。なんて飾り気のない、表裏のない人なんだろうと思いました。そして、

「Ｗ大の居心地はどう？　いろいろ教えてよ、先輩」

　そういう彼女に心からうなずいていました。

「ええ、こちらこそよろしく。私も知っている人がいてくれると心強いわ」

　彼女に対してはいつもの私のようでなく、とても自然に普通に答えることが出来ました。そして口にしたのはまったくの本音でした。そうです。私はもう一年Ｗ大で過ごしていたのに、ひとりの友人らしいものも作れてはいなかったのです。

大学のクラスというのは高校などと較べものにならないくらい拘束力が弱いですから、語学で週に何度か顔を合わせるというだけでは名前も覚えてもらえません。新入学のときはサークルの勧誘騒ぎでお祭りのようでしたが、私は透明人間のように誰からも声をかけられないままでした……

ああ、ごめんなさい。私、なんだか関係のない話ばかりしていますね。でもカンナのことを話すには私自身のことにも触れないではいられないんで。とにかく、私の大学生活はカンナと再会することで、一年遅れでようやく始まったんです。物怖《ものお》じしない彼女はどんなところにも平気で入っていき、そして都合がつく限り私も連れていってくれました。サークルも、

「すぐには決められないから」

といって、あちこちの部室に気軽に顔を出して話を聞いたりするんです。他学部の男性にも、年上の人にも、まるで怖じ気づいたりすることなく。

でもそんなことをしていると、ときには困惑するような出来事もありました。つまり、カンナはご存じのように人目を惹くくらいの美人でしたから、男子学生が強引に入部届けにサインをさせようとしたり、住所を聞き出そうとしたり、といったことが珍しくもないんですね。そんなときも彼女は平気でした。しつこく誘われても笑いながら上手に受け流していましたし、それでも食い下がって手を出してくる相手には平手打ちを喰わせたりもしました。

私は私で、ぼーっと彼女が来るのを待っていたときに親切で真面目そうな学生に話しかけられて、サークルへ誘われて、行ってみてもいいかな、なんて思っていたら、後から来たカンナにとんでもないって叱りつけられた、なんてこともありました。そのサークルは、環境問題の研究会なんていっていましたけれどそれは隠れ蓑で、強引な勧誘や多額の献金が社会問題になっているある宗教団体の下部組織なんですって。

カンナは物知りでした。一年以上引き籠もりをしていたなんて信じられないほど。部屋にはパソコンがあっていつもネットに繋いでニュースも見ていたし、調べものは出来るし、本も取り寄せていたんだそうです。私はいつか妹のように、カンナを慕い、頼りにしていました。

その頃の思い出はいくらでもありますけれど、これくらいにします。とにかくそんなふうに私たちの友人関係は始まって、私は幸せだったんです。友達がいるってなんて楽しいんだろう、それだけでなんて世界の色が違って見えるんだろうって。でもいま思えば、心から幸せだったといえるのは初めの半年くらいでした。

裏切られたなんていいません。けれど、私にとってカンナはずっとひとりきりの親友でしたが、カンナにとって私はたくさんいる友人のひとりでしかないということを、やがて私は気づかないではいられませんでした。

考えてみれば当然のことです。彼女はそうして大学という新しい場所で、新しい人間関係を広げていこうとしていたのですから、いつまでも私ひとりのものであるはずがないのです。せっかくカンナという道連れが出来たのだから、私も私の場を広げるように努力するべきだったのです。

でも、それをし損ねた。自分の愚かさと怠惰のために。そして私たちの気持ちはすれ違った。カンナは私が孤独を愛する人間なのに、彼女への好意から敢《あ》えて気質に逆らっても自分につき合ってくれている、と考えたようでした。違うのに。

でも幼稚園児でもない大学生が、そして恋人でもないただの友人が、『そんなに友達を増やさないで。私だけの友達でいて』なんてことを口に出来るでしょうか。笑われるか、気味悪がられるか、どちらにしろすべては終わりです。私は自分がどうするべきなのかも、どうしたいのかもわからなくなってきてしまいました。

そんなときに私は、出会ったのです。マテル様、あなたと。この小さな教会と。私はここで初めて本当の安らぎを得ました。卑小なコンプレックスだらけの私を、断罪するのではなくそのまま認めて抱き取り導いてくれる、あなたの教えに。

あなたのお導きによって私は自分の過去に遡《さかのぼ》り、胸の奥に溜め込んでいた心の闇に気づかされ、吐き出し、それを克服する道を見出しました。私は大声で泣き、わめき、クッションを殴りつけながら喉が潰れるほど叫びました。その後のなんという解放感。すべてを神にゆだねることの安らぎ。まっさらな赤子のような魂を、我が身の内に感じることの快感。あのときなら空も飛べたでしょう。

それなのに――

なんていうことでしょう、マテル様。あなたのお導きによって新しく生まれ変わったはずの私は、人を殺してしまいました。それも他ならぬカンナを。私の大切な親友を。

でも、でもカンナもひどいのです。彼女はなにも知らないのに、マテル様とこの教会をあの毒ガステロを起こした教団と同じようなものだと決めつけるのです。私は騙《だま》されているのだ、マインド・コントロールだと、頭ごなしにいって冷笑するのです。それは私の母と姉がいまここにいれば、私に向かってきっと吐きかけたに違いないことばとそっくり同じでした。

私の告解をすべてお聞きになったあなたは、すでにご存じでいらっしゃいます。私がただふたりの家族である母と姉を憎んでいたことを。そしていまだに心から赦《ゆる》せないでいることを。ロザリオを爪繰《つまぐ》りながら、パーテル・ノステルとアヴェ・マリアを繰り返しているときも、いつかそこに母と姉の顔が浮かび、ふたりに怒りや憎しみのことばをぶつけてしまうことを。そうなのです。神のことばの器とならねばならぬはずの私の中には、醜い怒りが満ちあふれているのです。

母は父が死んだ後、働いて私たち姉妹を育ててくれた強い人です。姉はその母と良く似ていて、成績も良く母の自慢でした。そして私は決して白鳥にはなれない醜い家鴨《あひる》の子でした。ふたりに笑われ叱りつけられるのが嫌さに、私は絶えず人の顔色を見ながら自信なく行動する癖がつき、それがまたみっともないといっそう叱責されたのでした。私は彼らに言い返すことばを持たず、それはいまも同じです。ただ離れて暮らしているから、忘れた振りをしていられるのです。

　母たちにこの教会の話をしようとは思いません。でもカンナはやはり私の大切な友人でした。私は彼女に理解して欲しかった。彼女の後をついて回って、彼女の人間関係のおこぼれに与かるような情けない真似をしなくても、こうして見つけ出した新しい場はすばらしいのだとわかって欲しかった。それだけなのです。決して無理に私と同じ信仰を持ってくれと強制したりはしていません。でも、カンナはそうは思わなかったかも知れません。彼女を誤解させてしまった原因は私にもある、と反省しなくてはならないのだろうと思います。私は胸にあるものが大きければ大きいほど、口が重くなって、どう言い表せばいいのかわからなくなり、うまくことばが出なくなってしまうからです。ただ口先でいろいろいっても伝わらないと思うから、私と教会に来てみて欲しいといい、そうして連れてきたのです。

　それからのことは——

　記憶が混乱しているみたいです。想像したことと本当にあったことと、前にあったこととといま起きたことが、ばらばらになったカードみたいに混ざり合ってしまって……

　いいえ、自分のしてしまったことがわからないわけじゃありません。直前の気持ちもちゃんと思い出せます。そのときのカンナのことば、口調、表情、そして自分の答えたことば。

私はこれまでいつも、『本当の』ということばに大きな価値を置いてきました。私の口が重いのは、『本当のことば』を語りたいからこそだし、なかなか友達が作れないのは『本当の親友』と出会いたいからだと。そうして私はカンナを『本当の親友』だと信じたし、『本当のカンナ』を理解していると信じていました。

でもそのときのカンナは、私が信じているカンナのようではありませんでした。まるで私の母か姉がカンナの仮面を被っているようでした。そうして容赦ない声で紛《まが》い物のインチキ宗教に引っかかる私の幼さ加減を嘲笑し、もう面倒を見きれないと呆れ、それでも信徒でいるなら勝手にすればいい、私は知らないと。

そして私はなんとしても、否定しなくてはならないと思いました。カンナのことばを、他ならぬカンナがそんなことを私にいったというその事実を、消さなくてはと思いました。

怒りではありません。悲しみというのとも少し違います。私は心のどこかで、カンナは私の思いを理解してはくれないだろうと諦めていた気がします。私はいつもいつも諦めてきました。母に愛されることも、姉と仲良く対等に語ることも、友情を得てそれがいつまでも続くことも。

カンナをここへ連れてきたこと、わかって欲しいと望んだこと、いえそれ以前に彼女と再会したことも間違いでした。ならば間違いは消してしまうだけです。死んでくれ、とは思わなかった。私が悪いのはもうわかったから消えてくれ、とそれだけを思ったのです。

そして私はカンナを殺しました。

止《や》めて、という代わりに彼女をこの手で突き落としてしまいました。

身を十字架に貫かれて、逆さまになったカンナの顔。長い髪が蛇のように波打って垂れ、血が溢れてあたりが真っ赤に……

いまになって全身が震えます。立てません。歩けません。声が出せません。でも私は警察に行かなければ。行って自分のしたことを認めなくては。母たちはさぞかし私のことを迷惑に思うでしょうが、そんなことはちっとも気になりません。そうしたいなら他人の振りをすればいいのです。

でもひとつだけ気になるのは、マテル様とこの教会のことです。私が警察に行けば、当然彼らが捜査に来ることになるでしょう。そしてマスコミがやってきて、カンナがいったことばを何十倍もひどくして、テレビや新聞で繰り返すのでしょう。私のせいでマテル様や、姉妹たちがそんな目に遭わされるかと思うと、申し訳ない気持ちでいっぱいです。

私はどうすればいいのでしょう。

私はどうすればいいのでしょう。

どんな苦行でも甘んじて受けます。

どうか迷える私に道をお示し下さい。

（心配は要りません）

マテル様……

（あなたは罪を犯しました、愛子《あいこ》。そのことを認めますか？）

はい。でも――

（認めますか？）

はい――

（けれどいま、あなたはその罪を深く悔いている）

はい。後悔しています。してはならないことをしてしまったのだと思います。

（ならばあなたの罪は赦されます。日に七度、いいえ七の七十倍たびでも、人は悔いればその罪を赦されます。わたくしはあなたをここからどこへもやることなく守ります）

はい――

（祈りなさい、愛子。あなたのためにわたくしも、あなたの姉妹たちも祈ります）

安かれ。皇妃、憐れみの母。
我らが命、慰めにして希望よ。
流人《るにん》となるエヴァの子である我らは御身に向かいて叫び、
この涙の谷にて呻き泣く。
これによりて我らにお取りなし給い、
御憐れみのまなこを見向かせ給え……

# 少し灰色の春

## 1

春だった。

二〇〇二年四月十二日、金曜。

空は薄く曇りガラスをかけたような色合いをしていたが、彼岸の頃までは時折思い出したように肌を毛羽立たせた寒の戻りもすでにない。吹く風は暖かく、人の多い中を歩けば身体は汗ばむほどで、W大学文学部のキャンパスを縁取るソメイヨシノの並木も、疾うに花を散らしていた。

東京の桜の開花は年々早くなる。

以前は桜といえば、入学式のある四月上旬に誂《あつら》えたように満開を迎えたものだったが、近頃では開花が三月下旬。天候にもよるが四月に入ればもう終わりだ。今年も梢《こずえ》を仰げば、赤い萼《がく》だけを残す枝先にはすでに緑の若葉が吹き始めている。

自然現象に文句をいってみても始まらないのは、百も承知だった。だが感覚的な違和感がついて回るのはどうしようもない。入学式前日の三月三十一日に、わずかにほころびかけた同じ桜を見上げたのはたった三年前のことだというのに。

（なんだか、調子が狂っちゃうな……）

そんなことを思いながら、生暖かく埃《ほこり》っぽい風を踏んで、蒼《あお》はキャンパスの長いスロープを上がっていく。目を上げればあたりは沸き立つようなお祭り騒ぎだ。新学年が始まったばかりで、行き交う学生の数は多い。サークルの勧誘活動は入学式からの数日がピークだが、いまでもまだ机を並べベニヤ板の看板を出して声かけが盛んに行われている。

新入生の目を惹くためか、イベント屋から借り出してきたらしい古ぼけた熊や犬の着ぐるみが飛び跳ねているかと思えば、その隣ではボンボンを両手に踊るミニのチアガールの一団がいて、ただし半数は男子学生というのがいかにもW大らしい。ドスの利いた「そーれェ！」というかけ声に、女子学生の悲鳴が交差する。

　そんなお祭り騒ぎの中を、蒼はひとりコットンパンツのポケットに両手を差し込んだまま黙々と歩き抜ける。去年一年間は休学して、年末までは母親のホスピスにつきそっていた。春休みの間はもっぱら自動車教習所に通っていたし、ほぼ一年振りの大学だ。文学部では三年から専攻が分かれる。蒼はこの一、二年で決めた希望通りに『心理学専攻』へ進んだ。先週が最初の講義で、顔合わせや一年間の講義プランの説明、必要となるテキストの指示、人数の少ないクラスでは互いの自己紹介もした。いよいよ今週から本格的な講義が始まる。

　だが蒼の足取りは軽くはなかった。奇妙なくらい気持ちが沈んでいる。いや、ただ落ち込んでいるとか、滅入っているとかではないのだ。こうしてキャンパスを歩いていても、目に映る周囲の騒ぎが妙にしらじらしく、うとましく、自分とはなんの関わりもないものとしか思われない。目に入るのはみんなよく知っているはずの風景なのに、まったく見知らぬ世界のような違和感を覚える。すべてが絵空事めいて遠い感じ。微熱があって皮膚が変に敏感になっていて、風がその、自分と世界の隙間をすうすう吹いている、とでもいおうか。世界から拒まれて、あるいは浮き上がっている。

（そういう気分、なんかことばがあったよね。あれは、そうだ、離人症だ——）

……精神活動や行動に伴う能動意識が消失した状態をいう。外界の事物を完全に知覚できるが、それらは非現実的で生彩を欠いているように感じられる。浮遊感、情動の鈍麻、生きている実感の喪失……

……一過性の離人感は精神身体の疲労時に現れ病的なものではないが、ＰＴＳＤ、統合失調症、鬱病の部分症状として現れることもある……

「まずいなあ――」

頭をよぎる心理学の本のページ。口に出して小声でつぶやいてみた。原因が思い当たらないわけではない。しかしそれが疲労から来た一過性の症状だと信じるには、直接の原因からずいぶんと時間が経っている。むしろ時間が経ってから意識されてきた、というそのことがまずい気がする。

「まずいよ、ほんとに」

去年の十二月三十一日、ホスピスで母が死んだ。可能な限りの治療は尽くされ、その手段が尽きてからは、苦痛を抑えて残された日々を少しでも快適に過ごすための手当が篤くほどこされていた。病状については以前から聞かされ、自分なりに覚悟は決めていたから、その瞬間がきてもみっともなく取り乱すことはしないで済んだ。

春からずっと、ほとんど泊まり込みでつきそっていた。話をし、本を読み、車椅子で散歩をさせ、食事の介助をして、それまでは望むべくもなかった母子の濃密な時間を過ごし、悔いの残らないだけのことは、決して自分ひとりの手柄ではないがしてあげられたと思った。

人は誰でもみんな死ぬ。二十一世紀の現代、この瞬間でも飢えと寒さで息を引き取る人も、戦争やテロで血を流して死ぬ人も、予想もしない事故に遭遇して家族の誰にも見取られずに逝く人もいる。それと較べれば彼女の迎えた最期は、とても恵まれたものだったといわなくてはならないだろう。

葬儀は事情を知る知人だけを集めて極めて慎ましやかに、だが敬虔に営まれた。青山墓地の美杜《みもり》家の墓所に新しい墓石が立った。そうして三月経ち、冬は毎年と同じく春に変わって、桜が咲いてはたちまち散り、大学には人が集まり賑《にぎ》わって、世界は何事もなく続いていく。

蒼もまた泊まり込んでいたホスピスの部屋を引き払い、東京に戻ってきた。しばらく留守にした住まいのマンションの窓を開けて風を通し、復学するための手続きをし、念願の普通免許も休みの間に無事取得し、お花見もした。家族同様の親しい人たちと舌鼓を打ち、酒を酌《く》み交《か》わし、笑い、それまでとなんの変わりもなく過ごす毎日が当然のように還ってきた。

初めは心配しているに決まっている彼らに、「もう平気。ぼくはこの通り元気だよ」とわかってもらうためにも努めて快活に振る舞い、やがてはそれが当たり前になり、自分でも元通りの毎日に戻れたと信じていた。

(それでも——)

揃えて広げたトランプの中に一枚裏向きのカードが混じっているように、ふっと異質のものが胸をよぎる。どきっとして、思わず息を詰める。息を詰めたまま、そろそろとカードをめくる。

そこに見えるのは決まって、清潔な白い枕の上に仰向いて目を閉じた母の顔だった。ホスピスで働く女の人たちが、きれいに髪を梳《と》かしてお化粧もしてくれた。だからそれは安らかな寝顔という以上に、まるで造り物の精巧な人形のように見えた。門野《もんの》貴《たか》邦《くに》が駆けつけてくるまでの数時間、蒼は枕元に座ってその母の手を握り、顔を見つめて座っていた。涙は出なかった。泣くことが出来たのは門野が金壺《かなつぼ》眼《まなこ》を充血させて飛び込んできた、そのときだ。

旧知の人で、おそらくは母に数十年恋心を秘め隠したまま奉仕してきた老人の嘆きの表情が、初めて母の死が紛れもない現実であることを突きつけてきたから。蒼に替わって母の手を取り頭《こうべ》を垂れる彼の背中を見ながら、とめどなく頬を伝う涙の感触にしばらく時間を忘れた。ホスピスに付き添う日々の間には敢えて封印していた過去、自分と母との間に過ぎたそれまでの年月の出来事が次々と胸をよぎっていった。

京介と深春《みはる》に報せなくちゃ、と思った。だがなぜか、電話することは思いつかなかった。谷中《やなか》のマンションに着いて、ふたりの姿がないことがわかっても、驚いたりどうしたんだろうと考えるだけのことも思い浮かばなかった。夕方になって、京介たちが帰ってきて、母の死を口にするとまた少し涙が出たが。

もしかすると自分は、母の死を充分に嘆き悲しむことに失敗してしまったのかも知れない、と蒼は思う。人のせいにするのはアンフェアだとは承知で、ここだけで思うことだが、幾分かはあまりにも自分の周囲にいる人たちがやさしく、労《いたわ》りに満ちていたがために。涙が涸れるまで泣いて悲しみを流してしまえ、そのための胸ならいつでも貸すからといわれて、素直に手放しで悲嘆に耽《ふけ》ることはかえって出来なかった。

（プライドが邪魔して？　いや、そうじゃない。そのときはもう平気だ、と本気で思ったんだ……）

簡単に忘れられるわけはないけれど、胸にあるのは悲しい記憶だけではなく、共に過ごすことの出来た時間の嬉しさもたくさん残されているのだから、ポケットに入れた守り袋のように、逝った母の存在を感じながら生きていけばいいのだと、自分にはそうするだけの強さがあると思い、そう出来る自分を誇らしく感じて――

（でもそれは決して、ぼくが母さんの死を乗り越えたわけじゃなく、ただ現実と自分の間にガラスのスクリーンを下ろしただけだったのだとしたら？　そしてそのスクリーンで、母さんの死以外の現実全部までもを自分から隔ててしまった？……）

そんなはずはない、と思う。第一それならなんで自分は、いま急にそんな離人感を覚えているのか。母の死から三ヵ月、これまで自分は普通に暮らしてきたし、その間別段異常を覚えることもなかったのだから――

（本当に？）

自分にそう問い返して、いや、と蒼は胸の中で頭を振った。自分を誤魔化してみたところで仕方がない。母の死に直面して、「ぼくが喪主なんだから、しっかりしなくちゃ」と自分に言い聞かせたときに最初のスクリーンが下りたのだとしたら、それからの三ヵ月、蒼は繰り返し「しっかりしなくちゃ」と思い、スクリーンを強化していたはずだ。

そうしてスクリーンの向こうに母の死の記憶を封じ込め、その時に感じた悲しさや痛みもともに覆い隠し、外に出てこないように、出てきても動揺しないで済むようにと努めて、それが正しいことだと信じて、気がついたら他のすべての現実まで含めて自分から隔ててしまった。そういうことではないだろうか。

改めて記憶を掘り返してみれば、なんとはなしの不調感、空は晴れて陽は明るく照っているのに、薄く曇りガラスを通して世界を眺めているような違和感はそれ以前から始まっていた気がする。

（今日、この賑やかなキャンパスに来て急に意識されたというだけで……）

（うん。そういうことだよ、たぶん――）

ひとつの結論に達した、という気持ちで蒼は顔をうなずかせる。原因らしいものはわかった。だが、それならばどうすればいいか。蒼の思考はそこでまた、ゼンマイの伸びきった玩具のように止まってしまう。

もしもこれが鬱病の症状の一部なら、精神神経科のクリニックに行って、軽い抗鬱剤を処方してもらえばいい。あるいはカウンセラーか心理療法士に話を聞いてもらう、ということも考えられる。最近は大学生の五月病などに対応するために、大学本部前の診療所にもカウンセラーが常駐しているはずだ。だが蒼は頭を振った。苦しくて、あるいは不安で居ても立ってもいられないというほどでもないのに、薬に頼るのはどうにも気が進まない。それに依存する羽目になってしまったら、と思うと。

まして見ず知らずのカウンセラーに自分と母を巡る長い経緯を打ち明けるというのは、気が進まないどころの話ではなかった。そんなのは想像しただけで気が滅入る。それくらいなら、いまさらなにも聞かないでも全部知っている、そう、例えば神代《かみしろ》教授の研究室にでも顔を出してちょっと雑用でもさせてもらう方がよほどいい。なにも考えずに身体を動かすのはきっと気晴らしになる。

（そうしよう、かな……）

W大文学部のキャンパスは土地のレベルによって大きく二分され、緩《ゆる》やかなスロープがそれを繋いでいる。正門のレベルには校庭が開け体育館が建ち、スロープを上がった上のレベルでは幾棟かの校舎や事務棟、研究棟があまり広くない中庭を囲む。神代研究室のある第二研究棟はスロープの右手、第一研究棟の裏手だ。通い慣れた道だ。大学に入学する前から蒼は神代研究室の非公認アシスタントとして、毎日出入りさせてもらっていたから。

あれは特殊な育ち方をしてしまった蒼に与えられた、素晴らしい自立訓練の機会だった。毎日毎日が緊張の連続で、嫌なことやつらいこともあったが、その課題をひとつひとつクリアしていくことはなにより自分にとって誇らしかったし、いまとなっては懐かしい。いまの自分が落ち込んでしまった奇妙な精神状態から、抜け出すヒントも見つかるかも知れない。神代教授が講義中でも研究棟の受付の女性は皆顔見知りだし、鍵は問題なく貸してもらえるだろう。これからまた毎日大学に通うとなれば、挨拶だけのためにも顔を出していい。

だがここも学生で賑わう中庭を研究棟へ向かって歩き出しかけて、蒼の足取りは遅くなりほとんど止まってしまう。受付さんの顔を見るのが怖い。その顔を見てもやっぱり、相手が曇りガラスの向こうにいるようにしか思えなかったらどうしよう。彼女たちだけでなく、もしかして先生の顔を見てもそうとしか思えなくなっていたら。

次の瞬間蒼はぎくっとして立ち止まり、身体を硬くした。中庭の学生が一斉に、あちこちへ向かって走り出す。チャイムが鳴り出したのだ。十時四十分。二限目の講義が始まる時間だ。どうしよう。出席するつもりなら、自分も急がなくてはならない。だが教室はどこだったか。まだ二回目のことでとっさに思い出せない。

ショルダーバッグに手を入れて、時間割りを取り出そうとしていたとき、前からいきなり突き飛ばされるように肩を打たれて、痛いより驚きで息が詰まる。ぶつかった学生は謝るどころかチッ、とひとつ舌打ちしてこちらを睨みつけると、身を翻《ひるがえ》して駆けていってしまう。

気がつくと蒼は人影の薄くなった中庭に、ひとり取り残されていた。ぶつけられた肩がまだいくらか痛い。それなら腹立たしいとか不愉快だとか、なにか感じてもいいだろうと頭では思うのだが、なぜかそういう気持ちが自然に湧き上がってこない。なんとなく、狐につままれたようにぼんやりとしている。これはやっぱり少し変だな、と他人事のように思う。ぐずぐずしていないで、どういう気分なのかくらいは精神科の医者に相談して、抗鬱剤をもらった方がいいのかも知れない。一年休学した後で、意識している以上に気が急《せ》いていて、それがプレッシャーになっていることも考えられる。

もともと進学が遅れているのは承知で、好きこのんで浪人もしたくせに、今頃になって焦るなんてただの馬鹿だ。しかし自分の馬鹿さを自分で認められないなら、

(それこそ馬鹿決定、だよね……)

それでもせっかくここまで来たのだから、遅れてもせめて教室には行こうと思い直し、その前になにげなく掲示板に目を遣《や》って、目当ての講義の教授が『急病のため休講』になっているのに気がついた。思わずため息が出る。安堵と落胆がごっちゃになった気分。今日はとことんついていないらしい。

掲示板の前のガラスに映った顔に手をやって、帰ろう、と思う。こんな不景気な顔を見せたら、神代先生たちを心配させるだけだ。

だがそのとき、

「——あの、薬師寺《やくしじ》香澄《かずみ》さん、ですよね？」

後ろから名前を呼ばれた。振り向くとすぐそこに学生風の女の子が立って、じっとこちらを見つめている。目が合った途端蒼の返事も待たず、その顔がぱっと火を点《とも》したように明るくなった。

「良かったあ！　前に教えていただいた携帯電話は通じないし、他に聞く人もいないし、大学で見つからなかったらどうしようって思ってたんです！」

脱色していない、真っ黒な髪はショート。丈が短めの洗い晒したブルージンにGジャンを羽織って、顔立ちもその服装に似つかわしいボーイッシュなそれだ。意志の強そうな口元と顎の線には明らかに見覚えがあったが、咄嗟《とっさ》に名前が出ない。

「ええっと、君は」

蒼の戸惑いを感じ取ったのだろう。一瞬眉が不本意だ、とでもいいたげに寄せられたが、

「川島《かわしま》実《み》樹《き》です。公演のときはいろいろお世話になりました！」

気を取り直したように元気良く挨拶されて、ようやくひとつ記憶がよみがえる。蒼が大学一年のときから関わりを持っていて、ときどきはスタッフとして手伝いもした小劇団『空想演劇工房』。その公演を見て応募してきて、制作の手伝いで蒼と一緒に働いたこともあった女の子だ。

「そうか。川島さんはリンさんたちと一緒には行かなかったんだね？——」

去年起きたある事件のために、劇団の主宰祖父江《そぶえ》晋《すすむ》氏が当面戦列を離れることになった。そして彼の留守も劇団の灯を消さないと決意したパートナーで主演女優の春原《すのはら》リンさんは、いまヨーロッパの某演劇祭に参加するために数名の俳優とスタッフを連れて渡欧している。

「はい。私は学校もありますし」

「ああそうか。確か専門学校に通っているんだよね、シナリオライターの」

「良かったです。全然忘れられちゃったかと思いました」

そういわれて蒼は苦笑する。俳優、演出、制作が一丸となってひとつの舞台を作り、数日間の公演を打ち抜くのは熱狂的な祭りに参加するのと同じだ。疲労が重なるに連れてテンションは上がり、興奮と狂騒状態は楽後の打ち上げで爆発する。求められるままに携帯の番号を交換したのは、たぶんそのときだったろう。

だが蒼が自分のパーソナル・データを、包み隠さず打ち明けるほど親しいメンバーは劇団員にはいない。去年大学を休学し、もちろん劇団の手伝いも出来なかった事情はリンさんなら知っているが、彼女と連絡がつかない状況ではなにもわからなかったに違いない。

「携帯、変えたんですか？」

「ごめん。去年しばらく東京を離れてて、そこだと圏外になっちゃうんで取り替えたんだ」

「ああ、そうなんですか」

「──ええと、それで、ぼくになにか用事？」

冷たく聞こえないように、とは気をつけたつもりだったが、彼女の顔がぱっと赤くなった。しかし彼女は頬を赤らめたまま突然頭を下げた。

「お願いです。私の相談に乗って下さい！」

「えっ？　あの、でも」

「ずうずうしいお願いだとはわかってるんです。わかってるんですけど、いま他に相談出来る人がいなくて」

「でも──」

「お願いしますッ」

ぼく、とても他人の相談に乗れるような状態じゃないんだと、いおうとした。だが額が膝につくくらい最敬礼されて、他になにをいえるだろう。

「じゃあ、話だけでも聞くよ」

「ほんとですか？　有り難うございます！」

役に立てるかどうかわからないよ、と駄目押ししようとして、そんなことをいっても意味はなさそうだと思う。溺れる者は藁をも掴む、か。

（沈みかかってる藁だけどね……）

蒼はため息を嚙み殺した。

## 2

「私の高校時代の友人のことなんです」

大学近くの喫茶店に腰を落ち着けると、川島はそれ以上の前置き無しで本題に入る。

蒼が劇団でつけられた綽名《あだな》のひとつが『私設人生相談室』だ。別に広告したことも吹聴した覚えもないが、同年代の知り合いから「ちょっとした相談事」を持ちかけられることが少なからずあったのは事実だった。

それに対して蒼が、すばらしく冴えた解決策を提示できたわけではない。ただ話を聞いてもらうだけで満足する、あるいは話すことで当人が漠然と感じていた問題点や、認めにくかった本音が語る内に明確になり、解決の糸口が出来る、というほどの効能はあるようだった。

「彼女の名前は及川カンナといって、W大の文学部の学生で、東長崎の学生マンションに住んでいるんですが、二月の初めからもう二ヵ月以上、ずっとマンションに戻っていないんです。大学の期末試験は受けて、でも今度二年生になるのに科目登録もしていないらしくて」

「行方不明だってこと？」

それは確かに穏やかではない。だが、それなら蒼なんかに相談するよりまず警察に届けを出すべきではないだろうか。もちろん届けたからといって事件性が明らかでもない成人の失踪者を、警察が動いて捜してくれるわけではないことは百も承知だが。

「いえ。それが行方は一応わかっているんです。でも連絡が取れなくて、彼女が自分の意志でそうしているのかどうかもはっきりしなくて、もしかしたら監禁されているんじゃないかって」

「監禁――」

いよいよ大変な話になっていく。だがそれはどこまで証拠のあることなのか、単に川島の思いこみだという可能性もあるのではないか。

「薬師寺さんはCWA、The Church of White Angelsっていう名前、知りませんか？」

「知らない。聞いたこともないけど、白い天使の教会？　宗教関係――」

「らしいです。キリスト教系の、新宗教っていうのかな、そういうのです。そこの建物が、武蔵野だか小金井だかにあって、カンナはそこにいるらしいんです」

「つまり、君の友達はそのCWAの信者になっている、ということ？」

だったら難しいな、と蒼は思った。最近はオウムのような例もあることだし、宗教にはまった友人をどうにかしたいと思う人間がいても不思議はない。だが他人から見てその教えがどれほど馬鹿馬鹿しくても、あるいは献金や出家といった犠牲を要求するものでも、憲法に定められた『信教の自由』というやつがある。これが未成年ならまだしもだが、それも友人の立場からでは難しそうな気がする。

しかし川島は憤然と頭を振る。

「違います。カンナは全然そんな、宗教に凝《こ》るようなタイプじゃありません。彼女はほとんど無理強《じ》いに連れていかれて、それきり帰してもらえないんです。そうでなければ私に電話くらいかけてきてくれるはずです。それにW大に入れてすごく張り切っていたのに、期末試験もちゃんと受けたのに、それきり放り出してしまうなんておかしいです」

「及川さんがその教会の中にいることは、間違いないんだね？」

「電話をかけると、いるっていうんです。でも彼女は修行中で、電話には出られないって」

「彼女の家族は？　親御さんが電話しても、電話口には出さない？」

「いえ、それが――」

川島の表情が暗くかげった。

「もしかしてご両親はいないとか？」

「いいえ。でも、それは無理だと思います。カンナの家はちょっと特殊で、だからよけい私、彼女のことが心配で、私がなんとかしてあげないとって思っても、どうしていいかわからなくて――ごめんなさい、薬師寺さんにはなんにも関係ないのに。でもこういうときって、ほんとに、私……」

うつむいたままぐすっと洟《はな》を啜《すす》った川島は、しかしまた顔を上げて真正面から蒼を見つめた。

「もう少し事情を話します。カンナのことも、他のことも。出来るだけ整理してわかりやすくしますから、しばらく聞いていて下さいますか？」

川島の目は真剣で、いまさら嫌だなどとはいえるはずもなかった。

「私が卒業したのは北区にある都立高校で、レベルは取り立てて高くもないけれど、荒れていることもない、本当に普通の学校です。そこで三年間を通じて私が一番親しかったのが及川カンナでした。でも彼女は二年の途中からほとんど高校に来なくなりました。結論から先にいうと、不登校のまま高校は中退して、大検を受けて、一年遅れでW大に入ったんです。

カンナが高校に来なくなっても、私は彼女とはよく会っていました。生まれた家が近くて、小学校の頃からの幼なじみだったんです。だからある程度は彼女の家のこと、ご両親のこともわかっているつもりです。カンナは長女で、下に弟がいるふたりきょうだいで、お父さんはすごく忙しい商社員で、お母さんはいわゆる教育ママでした。

十年以上前の話だから、さすがに幼稚園からお受験、みたいなことにはならなかったけど、小学一年生からピアノとかいろんな習い事をしてましたね。それで中学までずっと優等生だったカンナは、でも中三で初めて反抗しました。私立高校を受験しろって命令するお母さんと大喧嘩をして都立に入って、その頃から私なんてあの家には出入り禁止です。私みたいな友達がいるからカンナが逆らって都立に行ってしまったって、それはまあそうかも知れないですけど。

　それでカンナのお母さんは怒って、もうあんたなんか知らないっていって、弟の方に情熱を傾けるようになって、弟はすごくおとなしいからお母さんにコントロールされるままで、でもカンナに対しても放任なんて出来ないんですね。顔を見ればぐちぐち嫌みのようなことを言い続けて、だからカンナもだんだんぴりぴりするようになって、とうとう切れました。二年生のときだったかな」

　そこで一度ことばを切った川島は、

「家庭内暴力です。それでもさすがに親に手を挙げることはなくて、物に当たる。私も現場を見たわけじゃないけど、金属バットを持って応接間の飾り棚のガラスを叩き割ったり、かなり荒れたみたい。その棚の中には、お母さんがコレクションしてるアンティーク・ドールが入っていて、それを『あたしはあんたの人形じゃない』って叫びながらぶん殴って壊しちゃったらしい。そのときの騒ぎは向かいにある私の家まで聞こえてきたくらいです」

「それは、——苦しいね」

　黙って気が済むまで話させておこうと思ったのだが、ついそうつぶやいてしまう。身体の中に嵐の発作のようなものが荒れ狂って、じっとしていられなくなってしまうときはすごく苦しい。物に当たっても人に当たっても、決して楽にはならない。割れたり裂けたりして起きる音は、自分の骨を叩き折り、自分の皮膚を引き裂くように響く。

それでも暴れずにいられないのは、なにもしないと自分が内から爆発してしまいそうだからだ。罵《ののし》りを浴びせる相手は、憎いけれどそれだけではない。なにより憎いのはこんな愚行に走っている自分自身だ。でも壊さなければ自分が壊れてしまう。叫びはその相手に向かって救助を求める悲鳴だ。だからなおのこと、口を極めて罵るのだ。

助けて、助けて。

止めて、止めて。

この声に気づいて。

ぼくの本音を聞きつけて。

ぼくが自分で自分を殺してしまわない前に、どうかこの嵐を終わらせて。お願いだから——

気がつくと川島が、驚いたように目を見張っていた。

「すごい。薬師寺さんたら、どうしてわかるんですか?」

「え?……」

「私なんてその翌日カンナと会って、

『あれくらい暴れたら少しすっきりしたんじゃないの?』

なんて半分ひやかすみたいにいっちゃったんですよ。そうしたらカンナ、暗い顔して、

『馬鹿。すっきりなんてしないよ。すごく苦しいんだよ』

って。お母さんの顔見てたらむかむかしてきて、我慢出来なくて暴れてみたけど、後はかえって落ち込んで最悪だったって」

可哀想に、と蒼は口には出さずに思った。わかるのは、蒼も昔それと同じ思いをしたことがあるからだ。怒りや鬱屈が身体の中で荒れ狂って、他にどうしていいのかわからない、暴れる以外どうしようもなくなる瞬間。あの苦痛はどんな身体の痛みよりも記憶に生々しい。

(でも、ぼくにはその発作を受け止めてくれる人がいた……)

「お母さん、止めてくれなかったんだ」

「止めるどころか」

川島はまずいものを口の中に突っ込まれたような顔になって、

「その次にカンナが荒れたとき、なにしたと思います？　無理やり車に乗せて精神病院へ」

蒼はさすがになにもいえない。

「でも普段は別にカンナ、ちっともおかしいことなんかないですし、病院の先生も入院させる必要はないっていってくれて、だけどそれで完全に、お互い母でもなければ子でもない、というふうになっちゃった。カンナはそれから家を出て、ひとり暮らしを始めて、アルバイトしながら勉強してＷ大まで入ったんです」

「その及川さんはすごく努力家なんだね、頭がいいだけじゃなくて。そうでなければ家から出てひとりになって、学校も行かないままＷ大に合格は出来ない」

「そうなんです！」

友達を誉められたことがなにより嬉しい、というように顔を明るくして大きくうなずいた川島は、すぐまた必死の表情になって、

「だから、そんなに頑張って入った大学をあっさり放り出すなんて絶対に変なんです。それにカンナはもともとリアリストで、無神論者で、お守りやおみくじだってあんまり好きじゃないっていうくらい、すごく徹底してるんですよ。そういう精神構造の人間は、そもそも宗教に興味持つこともないんじゃないでしょうか。

あっ、それに彼女のお母さんが横浜のキリスト教系の名門女子大を出ていて、全然熱心じゃないけどプロテスタントなんです。それでよけいキリスト教なんて大嫌いだって、クリスマスプレゼントも、くれるなら別の名目にしてよなんていうくらいなんですよ。だから彼女が入るに事欠いて、キリスト教系の新宗教に入るはずがないんです」

「うーん。確かに納得出来ないっていう君の気持ちは、理解は出来るけどね……」

　蒼は腕組みしてことば尻を濁す。人の心の中は簡単にはわからない。及川カンナの宗教に対する反発が、母に対する怒りに繋がっているのだとしたら、形だけのプロテスタントである母を否定するためにより熱心な、真摯な信仰を持つという選択もあり得るのではないか。それまでの既成宗教には惹かれなかったが、たまたま出会った『白い天使の教会』の教えには彼女の渇《かつ》を癒やすものがあったのかも知れない。

「でも川島さんがそれだけ強硬に主張するっていうことは、なにかもっと根拠があるんだね？」

「すごい……」

　川島はさっきと同じことばを口にしながら、前よりいっそう目を丸くしてみせた。

「薬師寺さんって、どうしてそんなふうに心の中のことがわかるんですか？　まるでＥＳＰみたい」

「当てずっぽうだよ。ただ確信がなかったら、そんなに熱心にぼくを捜さないと思って」

「そうなんです。実は私の高校のときのクラスメートがもうひとりここに絡んでくるんです」

　川島はシナリオのプロットを説明するような口調になって、Ｇジャンの胸ポケットから手帖を出し、そこに挟んであったサービスサイズの写真を蒼の方に向けて置いた。Ｗ大の本部の前に立つ講堂を背景にして、三人の女の子が写っている。服装から見て夏か初秋に撮したものらしい。右端に立っているのはタイガースのキャップを前後ろに被り、Ｔシャツの袖をまくり上げた川島自身だ。

　中央には明るい栗色に脱色したソフト・カーリーの髪を波打たせる同年代の女性。ひまわりの花のようなあざやかな黄色のブラウスを着て、大きな白い玉のネックレスにイヤリング。これならさっきくらい混み合ったキャンパスでもパッと目立つだろう。レンズを見つめる華やかな微笑を、

「これがカンナです」

と指さした。

「美人でしょう？」

「そうだね。お洒落《しゃれ》も上手《うま》い」

「荒れていたときは、身なりなんてかまう余裕もなかったから、いまはいつ母親に見られても、馬鹿にされないくらいきちんと身ぎれいにしてるのが彼女のプライドなんだそうです」

「ふうん――」

けっこう性格のきつい女性らしいな、とは思ったが口には出さない。川島は左側の顔に指を移し、

「そしてこっちが海老沢《えびさわ》愛子さん」

眉の薄い、おとなしげな顔立ちだ。カメラの前で緊張してでもいるのか、口元の笑みが硬い。髪は肩までで額を隠す黒い前髪が重い。眉間《みけん》に微《かす》かに皺《しわ》が刻まれているのも神経質そうに見える。

「彼女が？」

「カンナがW大で再会したんです」

## 3

「クラス替えは一度もなかったので、私とカンナと彼女は三年間同じクラスだったわけですけど、特に親しかったわけじゃありませんでした。それは私ともです。海老沢さんは昔からすごくおとなしくて、影の薄いっていうか、あんまり印象に残らないタイプの人でしたから。それが、カンナがW大の文学部に入ったら、思いがけず海老沢さんと再会した。彼女はストレートで合格していたので、二年生だったけど。それで、さすがに懐かしくて声をかけたらすごく喜ばれたらしいんですね。でも、それからが大変だったみたいなんです」

「大変って？」

「その――中学や高校で仲のいい女の子の友達みたいなっていって、感じわかります？」

「ああ。なんとなく」

「休み時間もいつもふたりでいて、お昼を一緒に食べて、一緒に洗面所で髪の毛をいじって、帰りはマックかミスドでまたおしゃべりして、家に帰ってからも電話で話したり。私はあんまりそういうのって得意じゃなかったんで、何人かのグループで適当につき合っていても放課後はさっさと抜けて、学校に来ないカンナと会ったりしてたものですけど」

「そんなふうに出来なくもないんだね？」

「陰ではいろいろいわれてたみたいですけどね。あの及川と友達してるくらいだから、川島も相当変だとか、ウリしてるなんて根も葉もない噂を流されたことも。でも、それくらい知らない振りしてれば平気なんです。シカトしたけりゃすれば、ってこっちが思ってると、かえってビビっちゃう」

ひょいと肩をすくめてみせた川島は、

「で、まあ、そういう感じのおつき合いを、海老沢さんはカンナに求めたらしいんです」

話を元に引き戻した。

「でも、大学だし、一年と二年じゃ選択する講義も違うんじゃない？　高校のときみたいに、ずっとふたりではいられないでしょう」

「それはそうですよ。だけど海老沢さんは携帯でのべつにメールしてきて、少しでも時間があるとカンナにくっついていたがったみたい。登校した日のランチはもちろん必ず一緒で、放課後も二言目には『私も一緒に行っていい？』で、カンナはカンナで約束があるのに、いいともいわないのに勝手についてきたり。この写真撮ったときとか、私と三人で遊びに出かけて飲んだりしたこともあるんだけど、そんなときは殊更《ことさら》、なんていうんだろう、カンナにべったりっていうか」

「彼女を独り占めしたい、みたいな？」

「そうです。及川さんは私のものよ、しっしっ、あんたなんかどっか消えてって感じ」

「恋人みたいに」

「ええ」

苦笑しながら川島はうなずいた。

「これもカンナがいっていたんですけど、再会した直後に海老沢さんから来たメールには、『初めて心を許せる友達と会えました』って書かれていて、びっくりしたって」

「つまり及川さんの方には、そこまでの気持ちはなかった」

「そりゃそうですよ。高校のとき同じクラスだっただけで、性格だって趣味だって共通するものなんかない相手ですもの」

「でも、再会して声をかけたのは及川さんからだったわけだよね」

「カンナは一年生なんだから、知っている顔が見えたらそりゃあほっとしたってことはありますよ。でも海老沢さんは一年大学にいて、その間に友達のひとりも作れなかったってことでしょう。下手したら大学だけじゃなく、その前からずうっと。そんなのいくらなんでも人として寂しすぎますよねえ」

川島の口調がやけに辛辣《しんらつ》だ、と内心蒼は思う。さすがにここで相槌を打つ気にはなれない。新しい人間関係を作るのが不得手な人間はいる。蒼にしてもどちらかといえばそちらに属するタイプだろう。いいことだとは思わないし、克服出来るならそれに越したことはない。だが「人として寂しい」などといわれるのは心外だ。

「で、その海老沢さんがＣＷＡの信者だった？」

「そうです。といっても最初からそうじゃなくて、去年の半ばくらいから。夏休みの間、カンナはバイトで忙しいからって海老沢さんとは会わないで済ませていたから、その間に入信したみたいです」

「孤独で友達作りの下手な人が、そういう場所で救われる、というのはあるかも知れないね。小さな宗教グループなら、家族や友人のような精神的なサポートが得られるんだろうし」

蒼がいうと、川島は納得出来ないとでもいいたげに唇を尖《とが》らせた。

「えー。でもそれならそれで、カンナを巻き添えにすることはないと思います」

「巻き添えにされた、と君が思う理由は？」

　根拠のない思いこみだけでは話にならない。はっきりさせるべきことはさせないと。

「私も一緒に海老沢さんから『素晴らしい教えの話』を聞いて、ＣＷＡのパンフレットをもらいました。今年のお正月でした。でも海老沢さんってお世辞にも話が上手くないもんだから、なにをいっているのかよくわからないんですよ。ただとにかく熱心で、敢えていっちゃえばしつこい。

　それでカンナはしぶしぶ、試験が終わったら教会につき合うって約束をしていました。二月一日の夜に電話でカンナと話したときにも、行くって約束しちゃったから仕方がない、明日行って、変な宗教なら論破して、ついでに海老沢さんの頭を冷やしてやってくるって笑ってました」

「そして、それきり及川さんと会っていない？」

「そうです。携帯にかけてもずっと電源が切られているし、マンションにも戻っていないんです。管理人さんに確かめたら、二月の初旬からいないようだって。そしてパンフレットにある教会の電話番号にかけて尋ねたら、海老沢さんが出て、カンナは修行中だから電話には出られないって。そんな馬鹿な話があると思いますか？」

「そうだね。ちょっと不自然だね」

「ちょっとどころじゃなく不自然ですよッ」

　川島は握り拳で目の前のテーブルを、ごん、と叩いた。

「及川さんの実家には話した？」

　これまでの経緯からしてあまり希望は持てないな、と思いながら尋ねたのに、

「私じゃ電話で声を聞いた途端に切られますから、ご近所のよしみでうちの母に話してもらったんですけど、あれはもう娘でもなんでもない、名前も聞きたくないって——」

「そうかあ」

「私だってカンナ自身の口から自分の意志で信者になったって聞けば、それ以上変なお節介を焼くつもりはありません。女性だけのすごく小さな教団だっていうから、まさかテロもしないだろうし。だけどこのままじゃなんだか、気持ちが落ち着かないっていうか、納得いかないっていうか」

　そういいながら川島は脇に置いていたショルダーバッグを開けて、パンフレットらしいものを取り出す。ホテルのパンフレットなどには一番良くある、Ａ４の紙の縦を三つ畳みにしたサイズだ。表紙に当たる部分には夕焼けに染まった海と空と島影の写真で、その手前に合掌した天使の白い彫像と『本当の自分と出会うために』という白抜きの文字が印刷されている。裏面には中央線の最寄り駅からの簡単な地図と住所、電話番号。「ＣＷＡは地上の迷える姉妹たちの安らぎの家です。悩みをお持ちの方、お気軽にお訪ね下さい」の文字。

　中を開くとキリスト教美術の本から取ったのだろう天使のイラストに、「愛」とか「真実」とかいったことばをちりばめた詩のようなものが書かれている。ざっと流し読みしたところでは、宗教団体のパンフレットというよりはなにかのサークルのそれのようだ。地色はピンクやブルーのパステル・カラーで、レイアウトはどことなく素人っぽい。

「なんだかチープでしょう？　それ、印刷じゃなくカラー・コピーですよ」

「ううん。でも、豪華なパンフレットを用意してる方が胡散臭《うさんくさ》いともいえるんじゃないかな」

「それはそうですけど」

「ここに行ったことは、まだ？」

「まだです。私も二月は学校の課題にかかっていて部屋に籠もってて、三月になってからそういえばカンナはどうしたろう、ここんとこ全然連絡がないなって捜し出して、でもバイトもあるし、なかなか時間が取れなくて」

「教会に電話したときの、向こうの対応はどんなふう？　すごく嫌がるとか警戒するとか、感じが悪いとかは？」

「それはないです。出る相手の人はそのときどきで違ってもみんな女性で、若かったり、年輩っぽかったり。声は誰も穏やかで誠実そうな感じだし、なにをいっても怒ったりはしないけど、答えは何度かけても同じです。カンナは元気で修行しているから心配はいらないって。でも聞き方によっては、適当に誤魔化しているようにも思えてきて――」

　不安げにことばを切った川島は、少ししてほとんど聞こえないくらい小さな声で、

「迷ってるんです、本当のところ。思い切って訪ねてみた方がいいでしょうか。薬師寺さんもそう思います？」

「少なくとも電話よりは、向こうの様子がわかるよね。まさか一度訪ねただけで、君まではまっちゃうってこともないだろうし」

　だが川島は硬い表情のまま、じっとこちらを見つめている。その顔を見ている内に、蒼も急に不安になってきた。世の中には、ことば巧みに連れ込んだ人間を取り囲んで、何十万もするリトグラフや和服を無理強いに買わせるキャッチセールス、などというものも存在するのだ。宗教団体でも、手相や姓名判断を口実に誘い込んで、高いお布施を要求するたぐいの話はあちこちで聞く。ここが絶対にそういう悪辣な手を使わない保証はない。年下の女の子にうっかり無責任なアドヴァイスをして、なにか起きたら大変だ。

「もしも心配なら、ぼくがつき合うよ」

「わあ、有り難うございます！」

　目を輝かせ両手を握りしめて、川島は嬉しそうに声を上げた。

「良かったです。薬師寺さんってほんとにいい人なんですね！」

　その口調に蒼はあれっ、と思う。

(もしかして彼女は、最初っからそのつもりでぼくに?――)

　まさか悪気はないのだろうが、ずいぶんちゃっかりしている。意識的にやっているならシナリオ書き志望より役者向きだ。しまったかなあ、と後悔したが、一度口に出したことはいまさら撤回出来ない。嫌々引き受けさせられたわけではないし、まあいいだろう、と思う。他人の好意を上手に引き出して自分の役に立てるその種の抜け目なさ、たくましさを、蒼はそんなに嫌いではなかった。

　それともうひとつ、川島と話している内に、気づいてみれば蒼の目の前につきまとっていた離人感のスクリーンはずいぶんと薄らいでいる。感情も思考力も前通り働く。誰かのために力を貸して上げることで元気が出るなら、自分は鬱病でもなんでもない。そう確信が持てるなら、感謝しなければいけないのは蒼の方だろう。

　その晩蒼は谷中の、桜井京介のところで夕飯を食べた。ルームメートの栗山《くりやま》深春は、いま劇団『空想演劇工房』のメンバーのひとりとして春原リンらとともに先週から渡欧していて、来月の初めにならないと帰ってこない。

　京介が用意していたのは、鶏とササガキゴボウの炊き込みご飯、アサリのおみおつけ、菜の花のお浸《ひた》し、ワカメとワケギとあおやぎのぬたという純和風の春らしい献立《こんだて》だ。京介の手料理というのも、そろそろ見慣れたつもりでも、やはり物珍しさはつきまとう。

　深春がいるときなら、蒼が夕飯に来ればアルコールを飲まないということはない。神代教授の家を訪ねたときも同様だ。ふたりとも無類の酒好きだからだが、そうなれば京介も蒼も相伴《しょうばん》する。しかしふたりきりだとなぜか当然のように、酒を飲むという選択肢はない。蒼も別段飲みたいとは思わない。静かな夕飯だ。

「深春の留守中に大掃除でもした？」

「いや。なぜ？」

「だって、すごく部屋がきれいだ」

　正直にいえばきれいというよりも、もともと広すぎるくらいに広いリビングが、やけにがらんとしているように感じる。

「ひとりだと散らかりようがないよ」

　京介の大学近くの下宿は、いつも本の山やなにかで腰を下ろす場所もないくらい散らかっていたじゃないか、とは思ったが、口を開いて出てきたのは蒼自身あまり考えていなかったことばで、

「寂しくない？」

「ひとり暮らしなら、蒼も同じだろう」

「まあね。でも、ぼくのところはここほど広くないし、それにいつもならいる人がいないというのは、少し違うでしょう？」

「別に。ただ、料理を作りすぎる傾向があって、それは困るな」

「そうだね。深春がいれば四人前作っても平気だもんね」

「食べ過ぎなんだ。あいつもそろそろ気をつけていないと腹が出る」

「わあ。今頃向こうでくしゃみしてるよ」

　京介はそれには無言の微笑で答えた。

　話が途切れると、お互いの咀嚼《そしゃく》の音だけが聞こえる。だが、それが別段気まずいとか、気詰まりだとかいうことはない。もともと特別関心を惹く話題でもない限り、口数は多くない京介だ。蒼は以前から彼の沈黙には慣れていた。

　特に京介と神代教授の家で暮らし始めた昔、対人恐怖症を引きずっていた蒼にとって、他人から向けられることばは、たとえそれが京介の口から出るのであっても、それだけで強い緊張を引き起こした。向かい合って会話するより、背中に温もりを感じたり、そばにいる気配を感じながら黙っていることの方が、気持ちが安らいだ。

それに京介の無言は拒否のしるしではない。本を読んでいても、書き物をしていても、意識の一部は常に蒼に向いている。蒼が聞いて欲しいと思えば、彼はいつでも耳を傾けてくれる。そのことがわかっているからこそ、無言のままそばにいる時間がなにも増して心地よいのだ。共有する沈黙の時間は信頼の証だった。

もちろんいまでは初対面の人に無闇《むやみ》と緊張することもないし、話が合う、語り合って楽しい知り合いは他に何人もいる。視野が広くそれからそれへと話題が尽きない友、物の見方が個性的で快い刺激を受ける相手、ルールを守ってスポーツのようなディベートが楽しめる知人。人間関係を広げるのが決して得意でないとは自覚していても、友人は友人を連れてきて、いつかそれなりのネットワークは生まれている。だがことばは交わさなくてもふたりでいることが嬉しいのは、蒼がそんなふうに思えるのは、いまのところ京介ひとりだ。

（でもやっぱり京介ってどこか不思議だなあ。普通の人間っぽくないっていうか……）

蒼はふと箸を止めて、伏し目がちに口を動かすテーブルの向こうの京介の顔を、初めて見るもののように見入ってしまう。そしていまさらのように、京介ってきれいだ、と思う。普段は見慣れているというより、いちいち見蕩《みと》れていたらなにも出来ないから意識にフィルターをかけているのだろう。だが、なにかの拍子でそれが外れると——

染めているわけでもないらしいのに少し茶色っぽい、さらさらとした前髪の向こうの、リムレスの眼鏡をかけた白い顔。二年前の、なにが起きたか教えてもらってはいないが那須《なす》で大怪我をしたときの頬の切り傷の痕は、幸いほとんど消えたようだ。よくハンサムな男性の形容詞として使われる「彫りが深い」というのは、京介には当たらない。西洋人的な骨格では明らかになくて、鼻は高過ぎも大き過ぎもしないし目は切れ長だ。

ただ色は白くて、肌はきめが細かくて、微かに青く血管の透けたまぶたに伏せたまつげが長くて、その下に続く頬には髭を剃っているような跡も全然ない。こうしてすぐ近くで眺めていても、三十代の男性には到底見えなかった。女にも見えないけど、いやむしろ、生身の人間には見えないというべきか。そのピンクの唇から、ゴボウを噛むコリコリいう音が聞こえてくるのがまたミスマッチだ。箸の使い方は相変わらず小さな子供のようにぎこちなくて、そんなところが辛《かろ》うじて京介を現実の中に着地させているようにも見える。

（京介は、寂しくないのかな？――）

　ふっ、とそんな思いが蒼の胸をかすめた。さっき尋ねたのは、深春が不在で寂しくないかという意味だったが、いまのはもう少し違う意味だ。京介に似た人間はいない。彼は異質だ、この世界の中で。それはもしかしたら、恐ろしいほど寂しいことではないのだろうか。

「ナンバー１よりオンリー１」なんて歌が流行《はや》るのは、みんなが基本的に等質の、同じ人間であることを前提にした上の、ほんの少しの差違についてだろう。大して違わないからこそ、違いが大事だ、大切な個性だということになる。それは基本的に正しいことかも知れない。だがもっと本質的に、地球人にたったひとり混じった宇宙人みたいに、誰とも違う人間がいたとしたら？

　今日の昼間、Ｗ大文学部キャンパスの賑やかな人混みを歩きながら、自分がその中に溶けこめない異物のように思われて、離人症ということばを思い出した。あのお祭り騒ぎに同調できない蒼は、少なくともあの瞬間は紛れもない異分子で、そのことが苦痛だった。だが思い出してみればそれと似た周囲への違和は以前にも感じた覚えのあるもので、蒼は成長し、世界を広げるとともにその違和感を自分から追いやり、あるいは飼い慣らして、いままで生きてきたともいえるのだ。

だからあの離人感は決して鬱病の症状などではなく、蒼が克服してこなければならなかった古傷がまた少し形を変えてうずいているというだけのことに違いない。それなら心配は要らない。いっとき不調を感じても、自分はきっと乗り越えられる。それくらいの自負は蒼にはある。

（でも、京介は？――）

　異分子というなら、蒼などより遥かにそれである京介が、心の内にあのざらりとした違和の感覚や、自分と世界との間に冷たい隙間風が吹き過ぎるような離人感を覚えていない、とどうしていえるだろう。だから彼はいつもこんなにも静かで、黙し勝ちで、あたりの色に染まることなく、別の空気を纏《まと》ってひとり立っているのではないだろうか。そういう京介と出会って、彼の手に導かれて一度切り離された社会に戻ってきた蒼には、それが最初から彼という存在であり、当たり前すぎて取り立てて意識することもなかったのだが、

（考えてもみなかった。そういう京介が寂しくはないのだろうか、なんてことは――）

（もしかしたらぼくは未だに、京介のことなんか全然理解できていない。ただ一方的に理解してもらって、支えてもらっていながら、そのことに安住してきたのだとしたら――）

（ぼくと京介は、永遠にフィフティフィフティにはなれない……）

（でも、それならどうすればいい？――）

「蒼、お代わりは？」

　気がつくと食べ終わって箸を置いた京介が、片手に茶碗を持ったままぼおっと前を向いて止まっている蒼を、不思議そうに眺めている。

「――あ、ううん。ぼくもこれでごちそうさま！」

　照れくさいような、胸が痛いような気持ちを説明することばもないまま、あわてて茶碗の中身の残りを口に押し込んだ。

そうして結局蒼はその晩、いおうかどうしようかと迷っていたことを口には出さなかった。川島実樹から持ちかけられた相談のことだ。頭から反対されるかも知れないから、と思ったわけではない。オウムの事件以来、新宗教の小団体はとかく怪しげな存在として見られがちだが、京介の場合理屈抜きで、あるいは偏見から、そんな怪しげなものには近づくな、というような言い方はしないはずだ。説明すれば聞いてくれ、理解してくれるだろう。知り合いのために役に立ちたい蒼の気持ちと、及川カンナに対して蒼が覚えた共感は。

（でも、今夜じゃなくてもいい——）

どうせ行くことはもう決めてしまったのだし、そんな大げさに考えるほどのことでもない。一度川島につき合ってみて、もしもその教団に明らかに問題がありそうだったら、そのときこそ京介にでも誰にでも相談するなり、他の手段を検討すればいいだけのことだ。

だが、そのときの京介もまた、口には出さないあることに心を奪われていた、そのせいで微妙に上の空だったのだと、蒼が思い当たるのはだいぶ先のことになる。

# 独房の聖女

## 1

京介と夕飯を食べた翌日の午後、蒼は中央線武蔵小金井駅の南口で川島実樹と待ち合わせた。田舎めいたこぢんまりとした駅舎と、それに見合う小さなロータリーだが、そこから南へ向かう道路は両側にアーケードの続くレトロな商店街になっていて、道幅に較べて交通量が多い。自動車がたくさん走っているというだけでなく、その道は駅の右手で中央線の線路にぶつかる『開かずの踏切』のひとつだ。カンカンカンという耳障《みみざわ》りな警報が、ひっきりなしに鳴っている。

そうして堰《せ》き止められた車両は車道を埋めているが、運転手は皆馴《な》れっこになっているらしく、誰も彼も呑気な顔で、開けた窓からぼんやり煙草の煙を吐いていた。

「ここからそう遠くなかったよね？」

「十分もかからないそうです」

「うん。ぼくも一応住所から地図は当たってきた」

このあたりは、昔は『武蔵野』と呼ばれて雑木林ばかりが広がっていた土地だ。段丘の崖下には砂礫《されき》層から豊富な湧き水が泉となって噴き出し、それが豊富な植物を育てる水源となったという。いまはすでにその面影《おもかげ》も乏しいが、線路の北側なら、徒歩二十分ほどのところに桜の名所小金井公園と保存建築の屋外博物館であるたてもの園があるから、蒼も何度か足を運んだ覚えがある。それに反して南側は、あまり馴染《なじ》みがない。地図を見た限りではマンションより普通の住宅が多く、ところどころに公園や広い庭を持つ邸宅が点在していた。

「今日この時間にぼくたちが訪ねることは、向こうでは承知しているんだね？」

「――はい、それは」

「行けば及川さんと会わせてくれるかどうか、聞いてみた？」

「いいえ。ただ、そちらのことが知りたいから、とだけいいました」

「うん。それはそれでいいと思うよ」

川島は今日もラフなジーンズの上下だったが、やはり緊張しているのか表情が硬い。蒼が話しかけても前を向いたまま、

「私、あれからネットで、ＣＷＡのこと調べてみたんですけど」

「なにかわかった？」

「駄目ですね。出来てまだ、ほんの一、二年らしくて、知名度も低いんです。新宗教って結構枝分かれして増殖したりするらしいんだけど、そのへんの情報もさっぱり」

「ふうん、そうなんだ」

「大手の匿名掲示板の『宗教』のカテゴリに、なにか知っていたら教えて下さいって書き込みしておきましたけど」

「ネットの情報は、でも鵜呑みにすると危険だよ。特に匿名掲示板の場合、責任の所在が明らかじゃないからね。悪意のデマだって宣伝だってリスク無しに書き込める」

「はい――」

「それと、キリスト教系とかニューエイジ系なら、本部がアメリカにあったりする可能性もあるね」

「ニューエイジってなんでしたっけ？」

「ぼくもよくわからないけど、ＵＦＯやＥＴにヨガとか臨死体験とか超能力とかまでごちゃまぜになった宗教っていうか、疑似宗教っていうか。『天使』もそういう文脈で出てくる場合があるんだよね。だからもしかしたらＣＷＡも、キリスト教じゃなくてそっちかも知れない」

「ああ。それで守護天使と出会って助けてもらったとか、宇宙霊とのチャネリングとか、そういう話になるんですよね。もう、ほんと馬鹿みたい。恐山のイタコとどこが違うんだろう」

「『インターネットの中の神々』って本に、簡単だけどそのへんの説明もあった。どうせなら英語のサイトも当たった方がいいよ」

「海老沢さんって、なんかそういうの好きそうな気がする。もしもそんなインチキ宗教にカンナを巻き込んだんだとしたら、ほんと、ただじゃおかないんだからッ」

川島は目を怒らせて吐き捨てた。

駅から離れていっても、かつての武蔵野の面影はまるでなかった。かといって都心の古い住宅街を散策するときのような、趣《おもむき》のある家にも出会わない。多くはここ十年以内に建て替えられたのだろう、住宅メーカーの既製品めいた二階屋だ。郊外の建て売りよりは明らかに敷地のゆったりした、だが立ち止まって眺めたくなるほどの雰囲気のある佇《たたず》まいも感じられない、そんな家並みのただ中に――

「あ。あれだと思います」

五階建てのビルが建っていた。マンションではない証拠に、洗濯物や布団の干し場であるベランダがない。窓は少なく、平面はこぢんまりとした正方形に近いようで、そのわりに丈が高いので塔のようにも見える。もっとも途中の道にはもっと高いマンションもあったから、それほど目立つ高さではない。

周囲には家が取り壊された後にアスファルトを敷いて時間貸しの駐車場にしたスペースや、十階ほどの鉄骨を組み上げたまま工事が中断したビル、モルタルの壁がすっかりひび割れた空き家かも知れない古いアパートなどがあり、道の向こうには生け垣の上から黒々と大樹が繁る大邸宅の庭らしいものも見える。

それでも少し離れたところから、それがくっきりと目に飛び込んできたのは外壁の真新しい白さのためだった。加えてあまり多くない窓の窓枠はよくひかる銀色のアルミサッシなので、その点でも目立ってはいるが、安っぽいといえなくもない。

しかし周囲を回ってみても、宗教団体らしい看板などはまったくなかった。屋上を仰いでも十字架はもちろんテレビのアンテナらしいものもない。ただ小さく軒の出た玄関のガラス扉の脇に、ノート大の黒いプレートが張られていて、

『女性たちのための安らぎの家　ＣＷＡ』

とだけ金色の字が打ち出されている。だがこれでは宗教というより公共の福祉施設のようだ。宗教団体として人を集めるなら、もう少し一般人に対するアッピールが必要ではないだろうか。

「あんまりそれっぽくすると、オウムみたいに周囲の住民から立ち退きを迫られたりするからですよ、きっと」

川島は小馬鹿にしたように吐き捨てた。

「行きましょう！」

先に立ってスモークガラスの自動ドアの中に足を踏み入れる。蒼も続いたが、そこはエアロックのような小さな空間で、背後の自動ドアが閉じてから改めてもうひとつのドアが開いた。そうして現れたのは、大して広くはないロビーとしかいいようがない部屋だ。といっても椅子やテーブルがあるわけではない。正面には台の上にガラスの水槽がひとつ。微かに潮臭い匂いがするその水槽を、天井からぽつんと照らす照明はひとつきりで薄暗い。

背後で二重のドアが閉じたきり、あたりは静まり返っている。聞こえるのは水槽に空気を送るポンプの、ぼこぼこという鈍い音ばかりだ。川島と蒼は思わず顔を見合わせ、またあたりを見回す。だが次の瞬間、右手のドアが開いた。いや、ドアがあるようには見えなかった。グレーのクロス張りの壁の一部が、ドアのように開いたのだ。

　そこに立っていたのは、白一色のヴェールとワンピースを身につけて金色の十字架を下げた修道女のような女性だった。半ば喧嘩腰で声をかけようと身を乗り出した川島は、しかし相手の顔を見て声を呑んだ。女性は真っ黒なサングラスと白いマスクで顔を覆っている。髪型も顔の形もわからない。辛うじて見て取れるのは相手の体つきくらいだ。まさか花粉症対策でもないだろうに。

「川島実樹さんでいらっしゃいますね？　ようこそおいで下さいました」

　マスクの中から聞こえた声も、変にくぐもって作り声をしているようだ。それでも川島は気を取り直したように、前に踏み出した。

「あの、私、友人の及川のことが知りたくて来たんですッ」

　だが相手はわかっている、というようにひとつ顔をうなずかせて、

「それでそちらが？」

「私の知人で、先輩の薬師寺香澄さん——」

「お願いを聞いていただけたようですね」

　意味がわからない蒼は川島の顔を見たが、

「ではそちらのエレベータで五階へ上がって、明かりの点いている廊下をお進み下さい」

　そのことばと同時に、水槽の向こうの壁でエレベータのドアが開く。

「どうぞ」

　うながされてふたりが足を踏み入れると、ボタンを押すまでもなくドアが閉まった。動き出した。

「あっ。なにこれ、階数表示もなにもない！」

　五階へ上がれといわれたが、五階へしか上がれないエレベータというわけだ。

「まあ、勝手に建物の中を歩き回られたら困るだろうしね」

「ですね」

「それより川島さん、さっきのはなに？　お願いっていうのは」

蒼に聞かれるのを予想していたように、彼女は首をすくめた。

「ゴメンナサイ。実はひとつ、昨日は言い出せなかったことがあって」

「謝らなくていいから。それはなに？」

「あの、知り合いと一緒に行ってもいいかって聞いたら、女性ならいいっていわれて」

「えっ、でも」

まさか女には見えなかったろうに、と蒼はますます怪訝《けげん》な顔になる。それともあの女の人は目が悪かった、とか？

「怒って帰ったりしません？」

「ここまで来て、それはしないよ」

「男の人でもいいって、いわれたんです。でもそれには、条件があって」

「どんな？」

「ええと、その、童貞なら」

上目遣いに顔を見られて蒼は絶句した。

「あのっ、いえ、もちろんそんなの、知らないですよ。ただ外から見た感じがそういう人って、私他に知らなくて」

こういう場合どういう返事をすればいいんだろうと悩んでいる内に、エレベータが止まった。ドアが開いた。小さなホールのほぼ正面に、ぽつんぽつんと明かりのついた狭い廊下が開いている。

「あ、きっとこっちですよ。ね！」

川島はわざとらしく弾んだ声を上げて、先に立って進んでいく。蒼はひとつため息をついて、彼女の後に続いた。これはどう考えても、信頼されているというより甘く見られて舐められているのだ。しかし歳下の女の子に向かって、怒鳴りつけるわけにもいかないだろう。それも、そんな理由で。

（まあ、彼女だって悪意があったわけじゃないし）

深春に聞かれたら腹を抱えて爆笑されるに決まっている。いや、京介だって笑うかも。やっぱりいわなくて良かった、と蒼は思った。

廊下は少しして鉤《かぎ》の手に右に折れ、ひとつのドアで行き止まる。ヨーロッパの古い教会ででも使われていそうな、上がアーチ形のカーブを描く木製の扉だ。蝶番《ちょうつがい》は見るからに頑丈そうな黒の鍛鉄《たんてつ》で、それが蔦《つた》のように渦を巻く装飾になっている。

「この中に入れ、ってことですよね」

「たぶんね」

同じ鉄製の黒いノブに手をかけて、さすがに一瞬川島はためらった。また上目遣いにこちらを見るのに、力づけるつもりでひとつうなずき返す。息を詰めてドアを押し開き、足を踏み入れた川島はしかし、あっ、と声を上げていた。それは後に続いた蒼もほとんど同時だった。

「川島さん、薬師寺さん、よくいらっしゃいました」

女性の声が室内から呼ぶ。

「どうぞお入りになって、ドアを閉めてこちらへどうぞ」

だがふたりはドアの敷居のところに立ったまま、すぐには返事をすることも出来ない。蒼たちの目に映ったのは、まったく予想もしなかったものだったからだ。

## 2

ドアの向こうから現れたのは六畳ほどの洋室だ。床には安っぽい茶色のカーペット、壁はクリーム色のクロス張りで、天井に蛍光灯がひとつ点っている。だがふたりに話しかけてきた女性の姿は、そこにはなかった。

奥の壁に三十センチ四方ほどの窓が開いていて、木の格子《こうし》がはまっている。昔風の駅の切符売り場よりは低い位置の、椅子にかければちょうど顔が見合わせるほどの高さだ。その中に人がいるらしい。だが窓の中には明かりがないために、薄暗くてここからはっきりとは見定められない。

改めてよく見ると、窓が開いているのは奥の壁というよりも、この部屋の中に置かれたもうひとつの部屋、あるいは箱のようなものだった。全部で十畳くらいある洋室の中に、四畳半くらいの箱が外壁に寄せて置かれているのだ。高さは二メートル弱、幅と奥行きは三メートル弱で、左右の壁との間には隙間があり、箱の上面と部屋の天井との間にも数十センチの隙間がある。もっともそこにはすべて周囲と同じクリーム色のビニールクロスが張られているから、動かせるようには見えない。

窓の中からこちらを見ている顔があった。内側で椅子にかけているらしい。穏やかに微笑みながら手招きしているように見える。

「どうぞ、よろしかったらそこの椅子をお使い下さい。お使い立てして申し訳ありませんけれど、わたくしはここから出るわけにはいかないので」

耳に快い女性の声だった。若いのか歳取っているのかもわからない、だが透明な声だ。

「あ、あなたは？」

「川島実樹さんはお友達の及川カンナさんのことを心配していらっしゃる。そのためにわたくしどもの教会がどんなところか知りたい。そうですね？」

「ええ、そうです」

「それをお話しするには、わたくしが適任だと思うのでお目にかかることにしました」

「あなたが、教祖様？」

「まあ、いいえ」

格子の中の女性は、おかしそうに口元に手を当てる。

「わたくしどもはキリスト教徒ですから、教祖というようなものはおりません。崇《あが》めるのは主イエス、お取りなしを願うのは御母マリアと諸天使諸聖人。そしてここは女のための祈りの家、安らぎの家。教会というよりは、修道院と呼ぶ方がより正確だと思います」

「修道院——こんな東京の町中で？」

「目に見える建物にさしたる意味はありません。真の修道院はわたくしども姉妹の信仰によってこそ、確かに堅固に築かれます」

　部屋の隅に重ねて置かれていた三本足のスツールから、二脚を蒼が窓のそばに運んできた。どうやら話は長くなりそうだ。川島もいたずらにカッカしないで、落ち着いた方がいい。だがそうして間近から相手の女性と顔を合わせたふたりは、思わずまた同時にあっ、といってしまった。純白の頭布と白衣をつけて格子窓の内側に座っている女性の顔は、額《あぎ》から目、頬にかけて赤紫色をした不定形の大きな痣で覆われていたからだ。

「ご、ごめんなさいッ」

　数十秒の間茫然とその顔を見つめていた川島は、小さく叫んで口を押さえ、目を伏せる。

「いいえ、こちらこそ驚かせてしまってごめんなさい。でも顔を隠していると、あなたはきっともっと変に思うでしょう?」

「え——いいえ」

「謝ったりされる必要はありません。わたくしはこの顔を少しも恥じてはいないのですから。同じなのですよ、修道院も人間も。大切なのは目に見える立派な建築や美しい姿ではありません。魂に抱く信仰こそが人間の価値なのです。わたくしのこの痣はそれを知るために与えられたものなのだと思い、神に感謝しています」

　川島はすっかり呑まれてしまったようで、椅子に座ってうつむいたまま満足に返事も出来ない。これじゃあなんのためにここまで来たかわからないじゃないか、と蒼は思う。

「ぼくからも、質問させてもらって、いいでしょうか」

「ええ、もちろん。なんでもお尋ねになって」

　相手の口調はどこまでも穏やかで、明朗に澄んでいる。その声の感じからしても、年齢は二十代かせいぜい三十代の前半だろう。

だが正面から顔立ちを見定めようとすると、どうしてもその無惨な痣にたじろいでしまって、正視するのが難しい。

「最初に、あなたのことはなんとお呼びすればいいですか？」

「そうですね。姉妹たちはわたくしをマテルと呼びますけれど、シスターとでもいっていただいてかまいません。わたくしは、薬師寺さんと呼ばせていただきますね」

「はい。それではシスター、あなたはこの『白い天使の教会』の教祖ではないけれど、責任者だと思っていいのでしょうか？」

「そう。あなたが責任者ということばにどこまでの意味を含めているのか、わたくしには正確にわかりませんけれど、一応そう考えていただいて差し支えありません」

「では、この教会で起きていることは基本的にあなたの命令による、と考えていいのでしょうか」

「それは違いますわ。わたくしは姉妹たちになにも命令などいたしません。ここに集《つど》う姉妹たちは神の前に平等です。ひとりひとりが浮き世のくびきを離れ、神と向き合うための場所です。わたくしもまたそのひとりだというに過ぎません」

「ですがこの『教会』では、何十人かの信徒が共同生活をしているのではありませんか？　それなら生活のルールを決めて、監督する立場の人が当然必要になると思うんですが」

「もちろんルールはありますよ。ユースホステルに泊まるにもルールとマナーはありますわね。それと同じ。他人に迷惑をかけない。共有の場所をみだりに汚さない。自分のことは出来る限り自分でする。当たり前すぎることですわね。なにもおかしなことはありませんでしょう？　それを守る約束の出来た人だけが、姉妹としてここに留まっているのですから、取り立ててなにも命令などする必要はありませんのよ」

シスターは口元に手を当てて、また少し笑ったようだった。

「この建物の中にあるのは、姉妹たちがひとりひとり寝泊まりするための小さな個室と、後はシャワーやトイレ、食事のための部屋。そして守らなければならない決まり事は、他の姉妹たちの瞑想を妨《さまた》げるような行為を慎んで真摯に神と向き合うこと、それだけです。掃除や洗濯といったことは、当番で行います。もちろん留まるのも、出ていくのも、ひとりひとりの意志です。神と向き合うことは強制して出来ることではありませんから」

「でも、それなら――」

「及川カンナも、そうして個室で瞑想をしている、というんですか？　彼女自身が望んでそうしているんだと？」

川島がいきなり割り込んだ。視線は膝の上で握り合わせた手のところに落としたまま、それでも硬い声音で、

「カンナは海老沢愛子に連れられて、二月二日にここに来たはずなんです。そしてそれからずっと戻ってこない。電話をしても、修行中だから出られないの一点張りで」

「わたくしには、いまここに何人の姉妹がいるのか正確なことはわかりませんが、わたくしどもがその方を閉じこめている、とお考えなのですね？」

「だって、他に考えようがありません。私は彼女のことを知っています。カンナは、神様とかそんなものに興味を持つタイプじゃ全然なかったのに、せっかく入った大学も放り出して戻ってこないなんて、絶対に変です。あなた方はいったいカンナになにをしたんですか！」

シスターはしばらく口を閉じて、目を伏せた川島の顔をじっと眺めていたが、

「その方はお母様と葛藤しておられた、そして無理強いに入院させられそうになって、それ以来ご実家とは疎遠になっている、といっていた方ね」

川島はぱっと顔を上げた。

「カンナと会ったんですかッ？」

腰を浮かし、窓の格子に手をかけるのに、

「お名前はわかりません。でもわたくしはいつでもここにいるので、望んだ姉妹は来てわたくしと話すことが出来るのです。それがあなたのお友達なら、わたくしは何度もお話をしています。そのときにお母様とのこともお聞きしました」

「でも、それはもうカンナには終わったこと、解決済みのことです。私、彼女がそういうのをはっきり聞きました。なにをいっても通じない相手だから、母とは一生会わない、他人と思うって」

「でも川島さん、そのおふたりが母子であることは変えようがないのです。血の繋がりを断ち切ることが出来るのは主イエスのみ。魂の絆は肉の絆に勝ります。けれどあの方自身がまだ、それを望んではおられません」

「そんな……」

「あの人はとても心の強い方、強い自分を持っている方。でも、だからこそ悩みも深いようでした。お母様を赦したい気持ちと、赦せない気持ちがせめぎ合って、考えれば考えるほどどちらにも進めず、誰にも話せずに苦しんでいました。わたくしどものところへ来られたのも、お友達に強いられたというよりは、その方自身が悩み苦しみから抜け出す契機を求めていたからではないでしょうか。わたくしにはそう思えるのですが」

「わかりません。私、そんなふうに思ったこと全然なくて」

「距離が近いとかえって見えないこともあります」

川島は黙り込んで、再びうつむいてしまう。自分が友人の悩みに気づいていなかった、と指摘されたことは、彼女にとってかなりショックだったらしかった。

「もう少し、こちらでの生活の仕方について伺っていいですか？」

替わって蒼がまた会話の主導権を取る。川島の話を聞いたときから、及川カンナ自身が信仰に興味を持った可能性はある、とは考えていた。母親が形だけでもプロテスタントだったということは、宗教的なものの下地はあったということだ。反発はしていても、まったくの無関心よりはむしろ気持ちは近かったというべきだろう。だから熱心な友人に引きずられて渋々にでも訪れた彼女が、春休みの間くらいここで生活してみよう、そうして自分の母子関係をもう一度考え直してみようという気になることはあり得る。

だが科目登録もせず、新年度が始まっても出てこない、川島から電話をもらっても出ないとなると話は少し違う。不自然に過ぎる。ここの人間がなんらかの強制的な修行のようなものを課して、外へ出すまいとしている、あるいは嫌な話だが、厳しい修行のために彼女の心身が損なわれて、戻すに戻せなくなっている、ということさえ考えられなくはない。

問題はそれをどうやって探り出すか、だ。もしもそれが事実だとしても、ＣＷＡは責任を認めはしないだろう。幸いいまのところはこうして会話が成立しているのだから、出来るだけ話を長引かせて情報を引き出し、なんとか及川に面会させてもらえるよう話を持っていくことだ。探られて痛い腹があるなら、ことを荒立てたくないのはむしろ彼女らの方のはずなのだから。

「普通のキリスト教だと、洗礼を受けてミサに与ってキリスト教徒になるんですよね。こちらでもやっぱりそうなんですか？」

「いいえ。わたくしどもが重視するのは祈りと瞑想によって神と出会うことですから、形式には一切こだわりません。ここで祈りたいと望んだ方を迎え入れるのがまず始まりです。ですから姉妹たちにはカトリックの幼児洗礼を受けた人も、プロテスタントの教会に通っていた人も、仏教徒のままの人もおりますのよ」

これには蒼も、川島も驚いた。それは普通のキリスト教徒になるつもりなら、普通の教会に行くだろうが。

「自分が通っていた教会に満足できずに、ここへ来て瞑想の日々を送る姉妹もいます。ここで神を感じてから、改めてカトリックなりプロテスタントなりの教会で洗礼を受ける人もいます。信仰を形にはめることはしません。

キリスト教の初期の時代、陰修士と呼ばれる人たちが多く出たことがありました。砂漠や不毛の荒野など人が住まぬ土地に孤独に暮らして、ひたすら禁欲的に神のみを思う生活をした。時代が下るに連れてヨーロッパでは共同生活の修道院が増え、陰修制は廃《すた》れていったのですが、いまもギリシア正教のアトス山では独住の陰修士がおります。わたくしどもの『白い天使の教会』は、可能な限りこの陰修制を実現するよう努めているのです。神との対話はどこまでも、一対一でなされるべきものですから。

この建物全体で三十ほどの個室がありますが、いまここに暮らすのは十五人ほどでしょう。あまりに多くなりすぎると、陰修制とはいえなくなってしまいます。人と人の関わりが出来、組織が必要になり、ひたすら心を神へ向けるという純粋さが失われてしまいます。多くの姉妹を受け入れたいとは望みますが、現実には難しいことですね」

「でも、みんなでお祈りするような場所はやっぱりあるんじゃないですか？　祭壇があったり、十字架があったり」

映画『薔薇の名前』で描かれた、中世の修道院の情景を考えながら尋ねた蒼に、

「さっきも申し上げましたように、ここには個室以外のものはほとんどありません。聖堂はなく、個室以外の場所で祈る場合は屋上に行きます。神のまします天の下以上に、美しい教会があるでしょうか。飾り立てた祭壇や神の像が、本当に祈りに必要でしょうか。わたくしはそうは思いません」

「それでも、食事のときなんかには顔を合わせますよね？」

「姉妹たちは必要のない限りは個室から出ることなく、ひたすら祈りと瞑想に時を過ごします。食事室で他の姉妹と会うことがあっても、会話はもちろん目を合わせることも望ましくありません。わたくしはここで姉妹たちを迎えますが、彼女らが互いに話し合うことはないのです」

「ずっと黙って？——不自然だわ！」

「いいえ。沈黙は神への信頼の表れであり、礼拝なのです。神ご自身がその存在を顕わされるとき、人はなぜ黙さずにいられるでしょう。かしましく語り続け、歌い笑いして過ごすなら、あなたはいかに多くのものを聞き逃すことでしょうか。神の声を聞くために、肉の声は慎まねばなりません。沈黙こそわたくしどもが守るべきもっとも重要なマナーです」

　その確信に満ちた口調に、蒼もとっさに言い返すことばが見つからない。

「不自然、といまあなたはいわれました。自然ということばをあなたが、欲望の赴くまま、それを満足させることを第一に生きること、と考えておられるなら、確かにわたくしどもは大層不自然なことをしているといえるでしょう。

　けれど、どうか考えてみて下さい。好みのものを食べたいときに食べたいだけ摂り、暑さ寒さに煩《わずら》わされず、清潔な身体を寝台に横たえて眠る。ただそれだけのことさえ、人が容易《たやす》く享受できるようになったのはいつからのことでしょう。人類の歴史数百万年の内の、ほんのつい最近、いいえ、この現代でさえもそのような快楽とは無縁に生きている人々は無数に存在するのです。

　己れの肉体の欲望を満たすことは、本当に自然でしょうか。当たり前でしょうか。無条件に肯定されるべきことでしょうか。ならばパンがひとつしかないとき、ベッドが一台しかないときに、それを我がものとするのもまた自然ですか？」

（論理のすり替えだ――）

蒼は思う。川島はそんな意味でいったわけではないはずだ。しかし、もともと宗教のことばは信仰の上に立っている。現実の論理とは嚙み合わない。

「あなた方は気づかれないようですが、不自然というならばわたくしほど不自然な生き方をしている者もいないのですよ。わたくしはルクリューズなのです」

微笑みながら、だが誇らかな調子でそういわれて、ふたりは思わず顔を見合わせた。シスターは無言のまま、格子の中からこちらを見つめている。

「あの、ルクリューズってなんですか？」

おずおずと川島が尋ね、

「日本語には適正な訳語がありませんが、『禁固隠遁者』とでもいいましょうか。自ら望んで生涯を、限られた室内に封じ込めてひたすら祈りに捧げる終身の陰修士です。フランス語で、男性はルクレ、女性はルクリューズ、それがわたくしです」

「陰修士とは違うのですか？」

「はい。わたくしはここに入るとき終身隠遁の誓願を立てました。この部屋には扉がありません。塗り込めてしまったのです」

蒼も川島もぽかんと目と口を丸くして、格子窓越しに見えるシスターの顔を見つめるしかない。ことばの意味は聞き取れているが、その内容はといえばどう考えても理解を絶している。それが本当だとしたら、禁固というよりはほとんど生きながらの埋葬ではないか。想像しただけで胸が悪くなる。

ご覧なさい、というように彼女は小窓から椅子をずらせて、自分の背後の部屋を右手で示した。繰り返しうながされて覗き込んでみると、そこは外見よりまだ狭そうな殺風景な小部屋で、奥の壁の高い位置に開いた小窓の下に狭い寝台が見える。他に調度らしいものは、昔の小学校にあったような木製の机と椅子、そして壁につけて置かれた古めかしい洋服簞笥と本棚くらいだ。

「あなたがたの目にはどう見えますか？　刑務所の独房のようですか？　テレビがない、オーディオがない、パソコンがない、きれいな花や絵がない。でも、それは本当に必要なものでしょうか。現代のわたくしたちはあまりにも多くのものに囲まれています。そして人間ひとりが生きていくのに、身体はそう多くのものを必要としないのだということを忘れてしまうのです。そうは思いませんか？」

「でも、食事は？」

　川島がふいに彼女のことばをさえぎって聞き返した。それが怒っているような調子なのは、彼女が動揺しているしるしだった。

「それにお風呂とか、着替えとかだって要るじゃないですか」

「そうですね。食事と着替えはそこの回転扉から差し入れてもらいます」

　彼女が指さした扉は、十センチ四方くらいの大きさしかない。

「それにシャワーとトイレはユニットが付属しています。そうでないと、奉仕の姉妹たちの負担が大きすぎますから。それに、これでも中世と較べればずいぶん贅沢なのです。その頃は小枝の束に布を被せて寝床にし、洗面の水と排泄物のための容器は食事の差し入れ口から出し入れしたそうです」

「信じられない……」

　川島はようやくそれだけいい、

「十四、五世紀には、流行といえるほど多くのルクリューズがいたそうです。十八歳で壁の中に入り、生身の聖女として崇められながら八十年間生きた女性も知られています。でもわたくしはそれが悲惨だとも、狂気の沙汰だとも思いません。当時、女に生まれれば結婚して夫に仕えるか、修道院に入って上長に服従するしかなかった時代に、ルクリューズは肉体は壁の中に封じられていても魂は神以外の誰に服従することもなく、ひたすら祈ることのみで生きられたのですからね」

川島は、もはやことばが見つからないようだった。顔は恐怖と嫌悪に引き攣っている。それでも目は小窓の中の女性から離せない。

「シスター」

自分の声が震えないように、蒼は喉の筋肉に力をこめた。

「はい？」

「なんのためにそんなことをしているのか、教えて下さい」

「不自然、ですか？」

「——いいえ。でも、理由がわかりません。女性の自由が制限されていた中世のヨーロッパなら、まだいくらかわかります。でも」

「ええ。いまの社会はその当時とは較べものにならないほど物質は豊かで、人は欲望のままに生きられますわね。女性に対する差別が消えたわけではないけれど、欲しいものを欲しいといって非難されることはない。けれど」

彼女は一度ことばを切って、格子の中から蒼と川島を見つめた。

「それであなたたちは幸せですか？」

川島がすっ、と短く息を吸った。だがその音は蒼の耳に、小さな悲鳴のように聞こえた。

「わたくしは幸せです。肉体の自由を捨てて魂の自由を贖《あがな》ったからです。どんな欲望も、もはやわたくしを苦しめることはありません。わたくしはすべてを神に捧げ、己れを空しくして姉妹たちと、地上の人々のためにひたすら祈ります。この壁の中でひとり神を迎え、神と対話し、神の存在を肌で感じ、神の花嫁となるのです」

ふっと口をつぐんだシスターの口元から、白い前歯が覗く。顔が上がって天井を仰いだ。いや、その目が見ているのは神の存《まし》す天界か。

「それはもちろんおわかりにはならないでしょう。あなたは信仰をお持ちではないのですから、天へ祈りを届けるための器となる悦び、その恍惚は」

蒼は視線を外していた。彼女の目の輝きがひどく恐ろしく感じられた。

「もうひとつだけ聞かせて下さい、シスター。あなたはルクリューズになって何年ですか？」

　蒼の視野の隅で、ゆるり、と彼女は頭を振った。糊の効いた白いヴェールがひるがえった。

「現実の歳月は、わたくしにはなんの意味もありません。ルクリューズの時間は流れ去る時間ではなく永遠に循環する時間、神の時間なのです」

「あなたがいま話された、中世の生身の聖女のように？」

「とんでもない。それは傲慢の罪を犯すことです。ルクリューズはどこまでも、卑しい神の婢女《はしため》として己れを捧げなくてはなりません」

　シスターは目を伏せて、右手を額から胸へ、左肩から右肩へと動かして十字を切る。胸に下げた大きな白木の十字架を両手で抱くように持ち上げ、口づけする。おごそかな、そして美しい仕草だった。

「父と子と聖霊の御名において――」

　コツコツ、と扉を叩くひそやかな音がした。微かなささやき声が聞こえた。

「マテル様、どうか私の懺悔《ざんげ》をお聞き下さい」

　はっ、と川島の目が大きく見開かれた。

「あの声、海老沢さんだわ――」

　椅子から立ち上がり、ドアに向かって走り寄ろうとする彼女の腕を蒼は掴んで止めた。変に騒いで逃げられでもしたら元も子もない。「静かに、落ち着いて」と目で話しかけるが、ちゃんと伝わっているかどうか心許ない。

「お入りなさい、妹よ」

　シスターの声が明瞭に部屋をよぎり、ゆっくりと廊下からのドアが開く。川島はまたそちらへ足を踏み出そうとし、蒼も半分引きずられかける。しかしドアから入ってきた姿を見たとき、川島はその場に棒立ちになっていた。蒼もまた。

純白の頭布に、襟元の詰まった長袖の白いワンピース、胸にかかった大きな白木の十字架という服装は格子窓の中のシスターと同じだ。だが彼女の顔は、白い仮面で覆われていた。顔の凹凸にぴったりと寄り添い、ただ目の位置にふたつの穴が開いて、無表情な目がこちらを見返している。

「仮面――どうして？」

「おわかりになりませんか。わたくしが壁の中に我が身を封じているように、姉妹たちは仮面の中に虚栄の肉体を封じているのです。ここで修行する姉妹たちはみな、そのようにしています。顔も名前も、神との対話には必要ないものなのですから。なにも驚かれることはありません」

「海老沢さん？」

川島が尋ねたが、相手は無言のまま身じろぎひとつしない。

「答えてあげなさい、愛子」

小窓の中から『聖女』がいう。

「そうね。それだけでなくあなたの顔を見せておあげなさいな。なにも心配は要らないということを、お友達にわかっていただくために」

## 3

川島から蒼のマンションに電話がかかってきたのは、その翌日の夜遅く、そろそろ寝ようかと思っていた十二時近くのことだった。

『薬師寺さん、遅くにすみません。いま、少しお話していいですか？』

「うん、いいよ」

『私、考えたんですけど、やっぱりこのままカンナから連絡が来るのを待っているわけにはいかないと思うんです』

「その気持ちはわかるけど、でもそれならどうする？」

『ＣＷＡに入信してみようかと思って』

「ええッ？――」

受話器を摑んだまま、蒼は大声を上げている。

「本気？」

『本気ですよ』

聞こえてくる川島の声は、少なくとも蒼よりは落ち着いているようだ。

『今日の昼間、もう一度電話していろいろ聞いてみたんです。そうしたら、入信するには簡単な申込書に記入して出すだけでいいんですって。お祈りの仕方なんかは頼めば指導してくれるし、教材もあるけれど、後は特別決まった儀式とかそういうのはなくて、寝起きする個室か屋上でひとりで黙って瞑想するだけ、それを何日続けるって強制も全然なくて、自分でもういいと思えば帰ればいいし、来たくなったらまた来ればいいし、なんなら日帰りで通ってきてもいい。そういうのは全部自主性に任されているっていうんです』

「うーん。でもねえ」

それが掛け値無しの事実なら、そもそも及川カンナが監禁されているとも考えられないわけで、彼女が心配する理由もないことになる。

「お金は？」

『入会金と制服の借り賃とテキスト代として最初に三万円。後は食費光熱費が日割りで五百円。まあ、寄付はご随意でっていわれましたけど』

「それが本当なら、高いというほどじゃないね」

むしろ安い。安すぎるというべきか。

「でも、額面通りに受け取っていいのかな」

『私貯金はないし、カードも持ってないですし、親も東京の借家住まいで、財産なんてないですから、ないものを取るわけにはいかないですよ』

川島はもう決めている、という口調だ。

『それに、相手の手の内に入ってみなけりゃなにもわからないじゃないですか。いくら話したって、あれじゃ門前払いと同じだわ』

仮面の下から現れたのは間違いなく蒼も写真で見せられた海老沢愛子の顔で、しかし彼女は無愛想を通り越して怒っていた。川島の来訪を心から嫌がっているようだった。及川カンナは無論自主的にここに留まって神に祈る修行をしているのだし、俗世の友人とことばを交わして精神の集中が途切れることを望んでいないというのだ。

「そのことは何度も電話でいったでしょう？　あなたが信じないのは勝手だけど、私たちの教会へ押しかけてきて、マテル様にまでご迷惑をおかけするのは止めて欲しいわ」

「私はただカンナが心配なだけよ」

「同じことを繰り返させないでよッ。だいたいあなたはね——」

眉間に皺を寄せたその顔は、川島と同い歳には見えない。もっとずっと老けて感じられる。ヒステリックに声を上擦らせながら言い募るのに、

「愛子」

シスターに名前を呼ばれると、はっと息を呑んで口をつぐんだ。

「いけないことです。そのような怒りのことばを神は望まれません」

「申し訳、ありません」

「この方たちがお友達を心配されるのは当然のことです。でもいままでお話しして、わかって下さったのではないかと思いますよ」

重ねてたしなめられて、海老沢はけわしい表情のまま唇を引き結んだ。

「ねえ、信じて下さるのでしょう？」

なんと答えればいいのかわからない。無論疑おうと思えばいくらでも疑える。だが信じるも疑うも、根拠がないというなら同じだ。所詮は水掛け論にしかならない。そして蒼が困惑したのは、海老沢に向かってさらに食ってかかるかと思った川島が、妙に気落ちしてしまった顔で黙り込んでしまったことだった。

『だって、あそこでいくら話しても通じないなっていうのが見えて来ちゃったんですもの。あの、ルクリューズ、でしたっけ、ああいうのってロジックも常識も超越してるでしょう？　正気の沙汰とは思えないのに、あの人どう見ても正気で、それがよけい怖いっていうか。そういう相手に向かって、いくら友達が心配で、なんていってもどうにもならないですよね』

「それはぼくも同感だけどね――」

　蒼は一度うなずいたが、

「でもそれでよく入信してみようなんて思ったね。そのロジックも常識も通用しないところに、ひとりで入っていくんだよ」

『うーん。それはそうなんですけどね、でもＣＷＡの人は電話で話しても、熱心に勧めてこっちを入信させようってところが全然ないんですよね。むしろあんまりやたらと広げたくない、みたいなんです。ちょっと変わってないですか』

「まあ、確かにね」

『海老沢さんがカンナを誘ったみたいなのが普通なのかと思ったら、違うんですって。いまは新しい姉妹を募っていないんだけど、マテル様のお口添えがあるからって、渋々承知してもらった感じ』

「じゃあ、及川さんが監禁されているとはもう思ってないんだ？」

『そうですね。でも、それじゃなんで彼女が大学には行かなくてもいいから、ってまでの気持ちになったのか、なにに惹きつけられたのか、そのへんが知りたくなったんです。それについては不自然だ、というのはやっぱり変わりませんから』

　あのときは結局仕方ないので、帰り際に及川への伝言を頼み込んだのだ。大学を休学するつもりなら事務所に届けを出さなくてはならない。今年度の学費を納入したのかどうかまではわからないが、科目登録もしないまま放置しておくのはまずい。

退学するなら退学届けを出さないと、除籍にされれば一年通った学歴は全部パーだ。そのことだけでも伝えてくれるように、及川自身が大学に足を運ぶことが出来ないなら、必要書類を郵送するくらいのことはしてあげるから、と。

「もしもそれがよけいなお世話だとしても、せめて川島さんに電話くらいしてあげて下さい。彼女が心配しているのは本当ですから」

蒼がそういっても海老沢はむっつりしたまま、こちらを見ようともせず、

「伝えるようにいたしますわ」

シスターだけが小窓の中から答えた。

「どうぞ、薬師寺さんも、またいつでもお訪ね下さいな」

蒼は曖昧にうなずいたが、

「でもどうか、わたくしのことを外で、関わりのない人にお話しになるのだけは、絶対にお慎み下さいませね」

そういわれて、つい帰りかけたドアのところから振り返った。

「いいふらすつもりはないですけど、でも、なぜですか？」

「こうしてお会いしてわたくしのことを包み隠さずお話ししたのも、あなたがたの目的が真摯なものだということがわかっていたからです。わたくしのような存在がうっかりマスコミにでも洩れたら、興味本位でどんな扱いをされることか。わたくしだけでなく、ここは傷ついた姉妹たちのための隠れ家、アジールなのです。暴力を振るう夫や、財産目当ての血族から逃れてきた人もいるのですよ。世間の好奇心に晒されるようなことは、誰ひとり望んでおりません。どうかくれぐれもよろしくお願いします」

わかりました、とうなずいたが、駅へ向かって歩いて戻る間になんとなく胸にひっかかるものを覚えたのだった。そのひっかかりの理由を、昨日から頭の隅でずっと考えていたのだが——

いま川島からの電話を受けていて、ようやくそのことに気づいた。CWAはまったく布教を志向していない。これは宗教団体としては、ひどく不思議で奇妙なことではないだろうか。

蒼にしても別に宗教について、特別勉強したことはない。だが、海を渡ってはるばるヨーロッパから極東までキリスト教の宣教師がやってきたように、宗教にとってその教えを広く告げ知らせる布教行為は欠くことの出来ない属性だという気がする。そして昔も今も、人を集めて信徒にし教えを広めるには宣伝が必要だ。

ユダヤ教から分かれてキリスト教を興したイエスは、街頭で教えを説いただけでなく、死人を甦らせたりパンを増やしたり、いくつもの奇蹟を行ったという。本当かどうかは知らないが、とにかく福音書にはそう書いてある。奇蹟を起こしたと主張するのも宣伝の内。そしてキリスト教最大の奇蹟が十字架にかけられたイエスの復活だ。

どんな宗教も新しく社会に現れるときには、刺激的なセールスポイントを持ち出して信徒を獲得しようとする。常識を凌駕した奇蹟や、逆に現世的で確実な御利益の場合もある。それがなくては宗教として生き残れない。近代の新興宗教ブームでは、病気回復や家内繁栄財産獲得という具体的な御利益の約束が人を惹きつけた。いまも数からいえば、それが日本の宗教のメインテーマかも知れない。

だが、明らかに時代は変わった。医療が発達し、寿命が延び、飢えや貧困に苦しむこともない多くの日本人にとっては、物質的な御利益より精神面の充足が求められるようになってきている。病気治癒ではなく心の「癒やし」だ。あるいはいくらかマンガじみた超人願望だ。例のオウムはヨガで超能力が獲得出来るというのがひとつの売り物だったはずで、その証拠として教祖の空中浮遊が写真入りで雑誌に掲載されたり、盛んにテレビ出演して文化人らしいポーズを見せたりした。

しかし宣伝というなら、自分自身を壁の中に閉じこめたルクリューズというのも教祖の空中浮遊以上の大きな売りになるのではないか。いや、払われた犠牲の大きさがはっきりと目に見え、変な胡散臭さのない分手品紛いの奇蹟よりよっぽどインパクトがある。しかしあの教団に、彼女を売り物にする気はないらしかった。それ以上に、自分たちの教えを広く世間に流布させて人を集めよう、教団を大きくしようという意志はまったく感じられなかった。

(好奇心に晒されたくないっていわれれば、それはそうかな、と一度は思ったけど——)

なぜ通常の宗教は布教を志向するか。彼らの側の論理からすれば、「真理を広げるのが信徒の務め」であったり「神がそれを望むから」であったり「地上を天国と成すため」であったりする。だが、別の側面からの論理も存在する。宗教団体が膨張を志向するのは、生産に従事しない専業の聖職者を養うために、信徒から集金する必要があるからだ。

古代から現代まで、宗教者というのは通常生産活動には携わらない。仏教の用語を使えば出家する。それがむしろ聖性の証になるのだ。ナザレのイエスが大工道具を置いてふるさとを離れ教えを説き始めたとき、耳を傾けた人々から差し出される寄付がなかったら、彼は飢えて死んでしまったろう。そして信徒が増えればそれだけ、多くの寄付を負担感は少なく、つまり貧しい者も排除することなく集めることが出来る。

だが信徒が増えれば彼らを迎える者、聖職者が複数必要になるし、やがては専用の祈りの場が要るということにもなる。神の国の素晴らしさを説く聖職者が襤褸を着ていてはみっともない、教会も掘立小屋ではうまくない、ということになればますます金は必要になり、そのためにますます信徒は増やさねばならない。それにはいよいよアッピール度の高いセールスポイントが必要になる。鶏と卵みたいなものだ。

だがあの『白い天使の教会』は布教する意志がない。それだけでなく信徒から集金をする気がない。十五人、といっていた。一日五百円では光熱費にもなるまい。宗教団体としては矛盾している、といっていい。それでいて東京都内にあれだけのまだ新しいビル一棟を占有して、維持している。所有関係はわからないが中央線の駅から歩ける位置なら、税金だって安くはないだろうに。

(そういう教団もあるってことかな、ぼくが理解していないだけで。芸術家みたいに特定のパトロンがいる、とか……)

受話器を持ったまま少しの間放心していた蒼は、

『もしもし？　薬師寺さんたら、寝ちゃったんですか？』

川島の声にはっと我に返った。

「あ、ごめん。ちょっとぼんやりしてた。で、向こうにはいつから行くの？」

『早い方がいいと思って、学校への届けとバイト先への連絡は友達に頼んで明日月曜日の朝から』

「長期戦覚悟？」

『えー。でも私も学校がありますから、出来るだけ早くカンナを摑まえて、話して、どういう結果になるかはわかりませんけど、とっとと娑婆《しゃば》に戻ってきます』

「それじゃあ少なくとも、沈黙の誓いは破らないとならないね」

『そうですね。でもまあ他の人には迷惑をかけないようにすればいいんだし、怒られないように上手にやりますよ』

「ご苦労様。君の努力が報われるといいね」

『でも、私いままではただのインチキ宗教だとしか思ってなかったけど、ひとりで瞑想って要するに座禅みたいなものですよね。ちょっと興味も湧いてきてるんで、この経験がシナリオ作りにも生きるといいかな、なんても思うんですよ』

「そうだね。どんな経験も、君がしっかりしていればプラスに転化できると思うよ」

『わあ。薬師寺さんにそういっていただけると、すごく心強いです』

「そう？　いって欲しいことだった？」

　はしゃいだような声を上げる川島に、蒼はつい皮肉な調子で聞き返してしまったが、

『あっ、調子いいやつーとか思ってます？　でもほんとですよ。だって薬師寺さんはいつも嘘や気休めじゃない、自分が本気でそう思っていることしかいわないじゃないですか。だからみんな薬師寺さんに相談したがるんです』

　蒼はなんと答えればいいのかわからない。しかし川島はまた急に声を低くして、

『それで、なにかわかったことがあったら随時、薬師寺さんにメールしようと思うんですが、かまいませんか？　その、やっぱり全然心配ないとはいえないし、不安もあるんで――』

「うん、それはもちろん。ぼくも心配だから、出来るだけ頻繁にメールしてよ。こっちでもあの教会のこと、出来る限り調べてみるし」

『はーい。よろしくお願いしまーす』

　だが電話を切ると、蒼は急に不安になってきた。強引な勧誘がないことと、費用が安いことで川島は安心したようだが、それがただのポーズでない保証はない。決して後押ししたつもりはない、決断したのは川島だといっても、万一彼女の身になにか起きたら大変だ。

　宗教と布教と金についての話は、蒼が自分で考えついたわけではない。オウムの事件が盛んに報道されていた数年前に、京介から聞いたのだった。いかにも彼らしい身も蓋もない分析で、だが明快だし、論理的だ。もちろんそれは宗教の内部にいる人間にとっては到底受け入れがたい、不信心の極みということになるのだろうが。

「妙なことにまで一家言《いっかげん》のあるやつだな」

深春が感心しているのか、呆れているのかわからない口調でいい、

「建築史と宗教史は無縁ではあり得ないからね」

京介は例によって淡々とそう答えたものだ。やっぱり彼に相談しようと決めたものの、時計を見ると時刻は零時三十分過ぎ。以前の京介なら当然起きていた時刻だが、せっかく健康的な昼型に移行したものを、こっちの都合でまた睡眠パターンを崩させるのは気が退ける。

（ものすごく急ぎってわけでもないし。そうだ。明日になったら門野さんにも、なにかわかるか頼んでみようかな……）

だが翌日の月曜日、蒼は京介を摑まえられなかった。いまは夜型でないとわかっていても、朝大学に出かける前にかけるのも早すぎるかと思い、昼休みにかけてみたら留守だった。

相変わらず携帯を持たない彼は、自宅が留守だともうお手上げだ。ちょっと相談事があるので夜にでも携帯にかけて欲しい、と入れておいたが、驚いたことに門野のオフィスでも電話は留守電になっていた。通常のオフィスタイムなら、いやそれ以外のときでも、彼の有能な秘書である『美代《みよ》さん』――それが姓なのか名なのかも、蒼はいまだにわからないのだが――、が出ないということはいままであり得なかった。

その日川島実樹は予定通りCWAに行き、蒼は講義の最中も刻々と送られてくる彼女のメールを、興味とそれ以上の落ち着かない気分で待ち受けることとなった。大学から自分のマンションに戻ってからは、京介からの連絡も。

門野の秘書からの連絡は夜八時過ぎに届いた。門野が体調を崩して入院している、という。別段病気ではない、大事を取っただけだからなにも心配は要らないと彼女は繰り返した。

『年寄りの冷や水ですわ。だいたい会長は飲み過ぎるんです。これを機会に少しは節制して下さると有り難いんですけど』

電話が切れてから、蒼はふるっ、と身体を震わせた。なんだか妙に心細い。自分の周りから、急に人の気配が遠のいてしまったような。

(ただの偶然、だよね――)

しかし月曜が火曜になり、水曜になっても、京介からの電話はなかった。

# 殺意の情景（2）

小柄な男だった。

肩は薄く、見るからに華奢《きゃしゃ》な体つきだった。

顔も若々しいというより子供っぽいといいたいようで、私は果たしてその男が私を呼び出した当人であるのかどうか、確信が持てないでいた。

それになによりも顔に浮かぶ表情が、あまりにも邪気のない開けっぴろげな微笑で、それもまた私が求め、その男が提供してくれるという目的への助力にふさわしいとは思えなかった。だから私は率直に自分が感じた疑問を口にした。そして男はいよいよ楽しげに、笑みを深くしながら答えた。

「あなたの疑問は当然だと思いますよ。でもぼくは自ら名乗った通りのものですし、あなたを約束したように助けることが出来ます。それはあなたとぼくが同じ目的を持っているからです。つまりある人間に、苦悩と没落と死を与えることを、です。

ぼくのこの見てくれ、歳より若く見える顔つきや善良そうな表情は、元来ぼくが選択した職業にはふさわしいものでした。仮面、ですか？　いいえ、必ずしもそうとはいえませんね。ぼくはこれより他の顔は持ちません。この顔同様ぼくの心根もまた、悪意や憎悪に引き攣った復讐鬼のそれなどではありません。あなたにしてもそうではないですか。

ぼくたちは『彼』に対して、おかしな引け目を持つ必要はないはずです。ぼくたちは当然の権利を主張し、奪われたものを奪い返すだけです。正しいのは『彼』ではなくぼくたちなのです。あなたがぼくと協力して事に当たるつもりなら、まずそれをしっかりと自覚して下さい」

良く回る舌ね、と私は笑った。どうせならその舌で、あなたと『彼』との関わりを話して聞かせなさいよ。私の方の事情はご存じらしいから。

「いいですとも。しかし、長い話になりますよ」

要点をまとめてわかりやすく、と私は注文をつけたが、本当に長い話になった。間違っても他人に聞かれないように、席を移す必要もあった。けれど、さすがにしゃべることが仕事の内だというだけあって、男の話は興味深く面白く、いつかすっかり聞き入ってしまった。

ぼくは『彼』にすべてを奪われたのです、と男は語った。結婚寸前まで来ていた愛する女性を奪い取られ、仕事を追われ、それまでのキャリアも社会生活も無にされた。いまとなってはその女性に会うことも、自分の名前で生活することも叶わない。それもこれもすべて、『彼』が頼まれもしないのに正義面《づら》をしてしゃしゃり出てきて、自分の推理とやらを並べ立てたせいなのです——


無論それがすべて、掛け値無しの真実であったかどうかは保証の限りではない。この男にとっての、この男に都合の良い「真実」ではあるのだろう。だが、真実とはそもそもなんなのか。信仰を持っていない私には「神の前の真実」など寝言でしかなく、といって「法の前の真実」はそもそも私のものではない。そうした既成の真実を受け入れられないと思うからこそ、私たちが法に代わって『彼』を裁かなければならないのだから。

しかし万人がとまではいわないでも最大公約数の人間が認める、太陽の下に恥ずかしげもない真実と正義はやはり存在するのだろう。それを承知しているからこそ『彼』は、ああも平然と涼しい顔で他人を裁くことが出来、さらには赦すことさえ出来るのだろう。あのときのことを思い出すと、いまも全身が屈辱で熱くなる。『彼』を殺そうとしてし損なった私を、『彼』は赦した。そのことで、私の誇りは再び殺されたのだ。

それを人は逆恨みと呼ぶかも知れない。狂った女の世迷い言と嗤《わら》うかも知れない。なんといわれようとかまわない。『彼』を殺そうと本気で考え出したときから、私はこの世界の外へ半歩足を踏み出してしまっている。もう半歩、完全に身を移してしまうことが、いまさらなんだというのだ。

「いいわ、信じる」

私はあっさりとうなずき、男は笑顔のまま軽く目を見張ってみせた。

「いいんですか、そんなに簡単に決めてしまって。ぼくはもしかしたら、あなたを地獄に案内するために来た悪魔かも知れないのに」

「ずいぶん可愛い悪魔ね。その靴の中に、ふたつに割れた山羊の蹄《ひずめ》が隠れているのかしら」

「そうですとも。サタンは元は天使でもっとも神に近いものと呼ばれていたのですから、いまは剝ぎ取られた栄光と、かつて神から与えられていた見目《みめ》良い姿を装うのはお手の物なのですよ」

「いいのよ、それでも。私にはもうなにも失うものなんてないんだもの、道連れに悪魔よりふさわしいものもないわ。教えてちょうだい。どうすれば『彼』を破滅させられるの？」

「ぼくの立てるプランに、全面的に乗ってくれるとおっしゃるんですね？」

「ええ。他人に従うのは正直いって嬉しくないけれど、この際目的の方を優先するわ。私ひとりではたぶん、勝てないもの」

「先にお断りしておきますが、ぼくの計画に即効性はありません。時間がかかります。手間も非常に。しかしあなたは計画の要になっていただくのですから、始めてからでは異議は受け付けられない。配役の変更は利かないのです。そのことも承知してくれますね？」

「そう。その、時間がかかるというのは、『彼』にとっても、ということかしら？」

「頭のいい女の人は、ぼくは好きだな」

　そういって男は声を立てて笑った。私の心から緊張を取り去る、柔らかく暖かな笑い声。少女のような唇の間から覗く前歯が、目に浸みるほど白い。

「あなたの考えている通りです。『彼』を苦しめるには、『彼』自身に攻撃を加えるより効果的な方法がある。『彼』がこの世界で得たもの、『彼』が愛するものを傷つけ、危機に落とし、奪っていく。当然『彼』は我が身を捨ててもそのものを助けようとするでしょうが、それは叶わない。手の届きそうな場所で血にまみれ、炎に巻かれて死んでいく者たちの苦鳴に、『彼』は己れの無力さを見せつけられ、そのたびに我と我が身を切り裂くような思いを味わうことでしょう」

「そうね。ゆっくりとね」

「ええ、手足の指を一本ずつ裁ち落とすように、時間をかけてゆっくりと」

「『彼』は、苦しむわね」

「苦しみます」

「あの作り物のような顔が、苦悩に歪《ゆが》むのね」

「呻き、歯ぎしりし、身悶《みもだ》え、血の色の涙を流すでしょう」

　胸にさざ波立つ微かなためらいを振り切るためにも、私は大きくうなずいた。

「素晴らしいわ。それこそ私が望んでいたことよ」

「そして、あなたこそぼくが望んでいた方だ。握手しましょう。一蓮托生の仲間として」

　くすくすと笑いながら男は目の前に右手を挙げ、その白い指をひらめかせる。私はテーブル越しに手を伸ばして彼の手の上に重ねた。ひんやりと冷たい肌が吸いつく。私も声を揃えて笑おうとしたが、それは喉に粘つく泥のようにこびりついた。

　嘘だ、と思ったのだ。いや、悟ったのだ。なぜなら彼の笑顔はあまりにも感じが良く、声の調子は溢れるほど誠実で優しすぎる。その口にすることばはあまりにも、誂えたように私の心の望みに寄り添いすぎる。こんなことはあり得ない。

間違いない。この男は私を使い捨ての道具として利用するつもりでいる。用が済めば捨てられる走狗《そうく》か、あるいはもっと悪い、『彼』を引き寄せるための罠《わな》の単なる餌か。

　私は死ぬ。殺される。この子供っぽい顔とすべらか過ぎる舌を持った男は、名乗ったままの悪魔だ。私は文字通り、その悪魔に魂を投げ与えようとしているのだ。

　しかし私は、男と触れ合った手を退《ひ》かなかった。目を逸《そ》らすこともしなかった。いまさら悔いても遅い。後戻りは出来ない。いいえたとえ出来ても、私にするつもりがない。私の命は四年前に終わったも同然なのだから、これ以上生き延びてなにをする目当てもないのだから、それくらいならこの身体と心を投げ出してやる。『彼』に対する復讐の贄《にえ》、人の仮面をつけた悪魔への捧げものとして。そして悪魔であればこそ、必ずや、私の希望は叶えられるに違いない。

「握手なんかじゃ物足りないでしょう。きちんと契約を交わしましょうか、悪魔さん。羊皮紙に血の署名をして」

「いいですよ、お望みなら。だが、契約書ですか。物的な証拠を残すのは、誰にとっても賢明なことではありませんね」

　その口調がいくらか用心深いものになるのを感じて、今度は私が声を立てて笑った。ほら、駄目じゃないの。本当の悪魔ならそれくらいのことでびくつかないで、私をたぶらかす理屈をつけてみせなければ。

　残念だわ。あなたはやっぱり悪魔じみた人間でしかないの？　それなら、そうね。万が一にもあなたに裏切られないよう、私も予防手段を講じておくくらいのことはしてもいいわね。

「それは大丈夫。書き上げたら灰にして、ワインに溶かして飲んでしまうのよ」

「なるほど」

「だからそこにはっきりと書いておいてね。あなたは私の身も心も好きに使っていい。その代わりあなたは確実に『彼』を、桜井京介を破滅させねばならないって」

# 灰の水曜日

## 1

四月十五日月曜日の午後――

桜井京介はＪＲ大塚駅前の喫茶店でひとりの男と会っていた。

彼の名前は武智《たけち》兵太《へいた》。Ｗ大の入学年度は三年後輩だそうだが、学部は法学部だというし、当然ながら直接の面識はない。だが「母校がＷ大」という人間は、どういうものか日本社会のあらゆる場所にはびこり待ち受けているような気がする。特に出版関係などには。しかし武智の場合、職業は私立探偵だという。

これまでならそんな得体の知れない相手からの頼みなど、天から相手にはしなかっただろう。だが、栗山深春の紹介だった。ヨーロッパに発《た》った日、出発時間が早いというので暗い内にあたふた出かけて行った彼が、空港から電話してきた。

「忘れ物でもしたのか」

『物じゃないけど、頼まれごとしていたのを伝えるの忘れてた。Ｗ大の後輩で、私立探偵やってるタケチってやつから電話が来たら、話聞くだけでも聞いてやってくんないか？』

「なんの話だ。それにそもそも、日本で私立探偵なんて職業が存在するのか？」

『いや、俺も詳しいことまでは聞いてないんだけどさ、なんでも明治の建物がからんでくることらしいんだよ。おまえの専門だろ？』

いよいよなんだか訳がわからない。京介は舌打ちして、もっとまともな説明をしろと言い返したのだが、

『それが俺も十年以上振りでさ、電話もらってもそいつの声も顔もはっきり思い出せないくらいで、だから話した感じで、おまえが気に入らなかったらそのまま断ってくれてかまわないぞ。ともかく伝えるだけは伝えたからな』

「無責任なことを――」

『あっ、悪い。搭乗の最終案内だ。まだ出国ゲート通ってないんだよな。じゃ、行くわ。後はよろしくなッ』

　いいたいだけのことをいって、さっさと電話は切れてしまい、京介はもう一度舌打ちするしかなかった。そして数日後、武智からの電話がかかってきたわけだが、断るつもりで結局断らずに会うことを承諾したのにさしたる理由はない。いかにも深春の知り合いらしい熱血かつ純朴な口調が笑えたからかも知れないし、ひとりきりでは料理に時間をかける気にもならないし、ジム通いも少し飽きて、要するに暇を持て余していたからかも知れない。

　指定されたのは二十年前からインテリアもそのままなのではないか、よくぞ潰れず生き残っていたものだといいたくなるほど古めかしい、無駄に広いだけが取り柄の喫茶店で、リストラ間近の会社員が暇潰しに来ているらしい姿がちらほらある他はがらんとした店内でひとり若々しい空気を纏った男は、入ってきた京介を見つけた途端ぱっと椅子から立ち上がった。少し伸びたスポーツ刈りの頭、筋肉のついたがっちりした身体に、見るからに安物のよれかけたスーツとネクタイが似合わない。

「桜井さん、ですね」

「ええ」

「武智兵太といいます。本日はわざわざお運びいただきまして、恐縮です！」

　両手を身体の脇につけて深々と頭を下げると、こちらが座るのを待ってから、もう一度会釈して席に着く。礼儀にはうるさい体育会系、というわけなのだろう。

テーブル越しに差し出した名刺を見たが、書いてあるのは名前と携帯電話の番号だけだ。

「私立探偵、とうかがいましたが」

「はい。仕事は大手の興信所で三年ほど働いて覚えましたが、いまはフリーです」

それでやっていけるのだろうか、というこちらの不審に先回りするように、頭を掻きながら、

「実は死んだ親父が警察官で、退職後しばらく同じ仕事をしていたんで多少はコネがあるのと、前の職場の下請けのようなこともしているもんですから、自分ひとりかつかつ喰っていけるってとこです。とはいっても内情はいつも火の車でして、浮気調査に真冬のラブホの前で徹夜して風邪引いたり、家出した猫探しで引っかかれて傷だらけになったり、なんてのが毎度のことで」

それが猫の爪痕らしい赤い傷の残る両手を示しながら剽軽《ひょうきん》にしゃべり続けるのを、京介は冷ややかにさえぎった。世間話をしにきた覚えはない。

「早速ですが」

「はい？」

「栗山からはなにも聞かされていないんですが、僕にどのような御用でしょう」

「はあ。それはお忙しそうだったんで、話す時間がありませんでした。それと自分としても、打ち明ける人は少ない方が良かったんで、栗山先輩には桜井さんへの橋渡しだけ頼んだようなわけで」

「それはどういう意味ですか」

「つまり、何分にも依頼人の秘密にかかわるということもありまして。ある事件がらみの話なんですがね、ちょいと訳ありで警察も動いていない一件なんですよ」

笑いを消してひどく深刻な表情になった私立探偵は、ぐっと声を落として、

「殺人です。それもひどく謎めいた——」

「待って下さい、武智さん」

「ヘッ？」

京介の鋭い制止に、武智は鼻面を打たれた犬のような顔で目を白黒させながら口ごもる。

「僕が聞いているのは、なにか近代建築の関係でアドヴァイスが必要だということだけです」

「ええ、はい、その通りです」

「建築に関係する以外のことは、お話しいただいても責任ある返答は出来ません。他人の秘密に関わることなど、聞かされても困ります」

すると武智は、へにゃっと間の抜けた笑いを浮かべながら頭を掻いた。

「あ、いやあ、これは。しかし桜井さん、そうそう先回りされちゃあ、なにも話せやしませんよ。物事はこうずうっと繋がってるんで、順々に説明していかないとってだけのことで。ご専門の建物が絡むのは本当ですってば」

「率直におっしゃって下さいませんか。栗山以外の誰から、僕のなにについてどんな話を耳にされたんです?」

京介は、その顔を正面から睨《ね》めつけたまま聞き返す。まさか深春がそれほど親しかったわけでもないらしい大学の後輩に、妙なことを吹き込んでいるはずはない、と思いたい。だが、軽率で口の軽い知人は他にもいる。そして警察や大手の興信所にコネクションのある探偵なら、どこでどんな話を小耳に挟んでいないものでもない。

「えっとお——」

「お答えいただけないなら、僕は帰らせてもらいますが」

「わあ、待って下さいよ。ひとりは長崎県庁文化財課の古森《ふるもり》さんという方です。ご記憶ですか?」

これは正直いって意外だった。だが、覚えのない名前というわけではない。二年前長崎の建築を見に歩いたときに、大学の紹介状を手に訪ねた。通常なら許可されない古資料のコピーなど、いろいろ便宜を図ってもらった。そのときに名前と、下宿の連絡先くらいは書いておいてきたか。

「覚えていますが、それが？」

「つまり、事件の現場は長崎県の小島で、そこの天主堂というか、明治の教会が焼けて人が死んだわけなんですね。それに関連して自分のところに依頼が来たんですが、長崎も古い建築もなにひとつ知識がない。ひとつご教授いただこうってんで県庁へ電話してみたところが、さんざんたらい回しにされまして、最後にたどりついて相手してもらったのが古森さんだった。だけどあんまり自分がもの知らずなくせにしつこいんで閉口されたようでして、あんたW大なら先輩にこういう人がいたよって、桜井さんのお名前を」

「——他には？」

「いやっ、これは、名前は出さないでもらいたいと口止めされてまして——」

　京介は無言のまま腰を上げ、わかりました、白状しますからどうか帰らないで下さい、と武智は情けない悲鳴を上げた。

「名前はなにとぞご勘弁を。伊豆のさる資産家で旧家といえば覚えはおありでしょう？　現在の御当主は三十代の臈長《ろうた》けた美女で、しかし彼女は結婚する気もない。先代が見込んだ婿の候補はいて、彼女も憎からず思っていたのに、美女と莫大な財産を惜しげもなく袖にした男は、なんでも六年前にその一族に起こった怪事件を解決した素人名探偵、というようなことを、なにかの拍子に洩らしたのが重役のT氏。とまあそういったわけでして」

　思い当たる名前があったので、京介は無言のまま憮然としていた。なるほど、あの男か。

「えー。それで改めてお願いしたいんですが、ざっと事件の輪郭をご説明しますんで、ひとつこうアドヴァイスを、もちろんご専門の近代建築についてのことも含めて。お礼はいたします、はい」

「あなたは誤解している。それはT氏の責任かも知れないが、僕は単なる在野の建築史研究家で、『探偵』なんかではない」

「ええ、探偵は自分であなたは『名探偵』」

「馬鹿なことを」

「そんなこといわないで頼みますよ先輩、助けると思って、話を聞くだけでもいいんです。ねえ、後生ですから」

　武智は泣きが七分に笑いが三分といった顔で、揉み手をしながらペコペコ頭を下げては上目遣いにこちらをうかがっている。あまりの馬鹿馬鹿しさに京介は、腹立たしさを通り過ぎて失笑したくなった。易者でもあるまいし、素人が事件の輪郭をざっと聞かされただけで真相が見抜けるようなら、それこそ警察は要らない。

　だがこの男、下手な断り方をするとねちこくつきまとってきかねない、とも思う。いっそそれくらいならしゃべりたいだけしゃべらせて、答えられることは答えて、後腐れなく別れる方が得策かも知れない。名探偵どころか、役に立ちそうもないと見極めがつけば、二度と連絡もしてくるまい。

「いいでしょう。拝聴するだけはします」

　がばっと起き上がった武智は喜色満面、身を乗り出す。

「有り難い。感謝感激雨霰です！」

　目を輝かせた男の顔に真正面から迫られて、思わず身を退いたが、相手は気を悪くした風もない。

「ただしなにも保証はしません。時間の無駄だと思いますが」

「いや、とんでもない。こちらこそお時間を拝借してお礼のことばも梨の山。それじゃ早速」

　気の変わられない内にというのか、あわてて足元のショルダーバッグを開け、ろくに手を着けないまま冷めたコーヒーのカップと、水のグラスを横に押しやって、積み上げたファイルから空いたテーブルの上一杯に資料らしいものを広げる。最初に示したのは九州北西部の地図をコピーしたもの。長崎県の西端あたりに、黄色い蛍光ペンで乱暴に点けた丸があるのを指で示しながら、

「現場はここです。長崎県北松浦郡波手島。ご存じですか？」

「いいえ。平戸島の近辺のようですね」

「はい。平戸の北の生月島までは橋で繋がっていますが、そのまた先で」

「生月島までは二年前に行きました」

「生月の北西海上、ほんの数キロのところにある小島です。といっても自分はまるで初めて聞く名前で、土地勘はさっぱりで」

地図を眺めながら京介も記憶をたどる。大村の長崎空港からレンタカーで、途中まで高速道路を使ってもおよそ四時間。平戸の中心部にはそれでもホテルや観光施設があって多少賑やかなものの、その先は人気も薄く、およそ殺人事件などとは縁がなさそうな田舎だったが。

「まずこいつを見て下さい。長崎で出ている地方紙のコピーです」

蛍光ペンで囲まれた一段のベタ記事を示す。

波手島で未明の火災

十三日朝、北松浦郡波手島で火と煙が上がっているのが生月島西海岸から発見され、消防団員らが駆けつけたところ木造の建築一棟が完全に焼け落ちているのが判った。

波手島は過疎のため三十年ほど前から無人の島となっていたが、昨年から宗教団体のメンバー十数名が土地を借りて集団生活を営んでいた。火災現場では複数の焼死体と見られるものが発見されているため、警察では生存者を捜して話を聞くなど調べを進めている。

「これはいつの新聞ですか」

「今年の二月十四日付け朝刊です」

「続報は」

「それがこれだけで」

京介は眉を寄せて、その短い記事を読み直す。これだけ大人数の死者が出て、ろくに報道もされないなどということがあり得るだろうか。頻々と凶悪事件が起こる都会の話ではない。たとえどれだけ自殺であることが明らかでも、大騒ぎになるのがむしろ当然だ。

「地元の新聞でもこれだけの扱いです。東京では報道もされていません。おかしい、とお思いになるでしょう?」

「――ええ」

「実のところ生存者はいませんでした。しかし長崎県警が早々に出した結論は『睡眠薬を飲んだ上での焼死、宗教的理由による集団自殺、事件性は無し』というわけで、一件落着というんですから」

「身元の確認は?」

「それが火のかからない場所に、遺書というか決意書というか、そんなもんと全員の連絡先氏名が書かれた手紙が置かれていたそうで、確かにそこには、肉体を捨て地上の生を捨てて昇天するためなので嘆かないで欲しい、というような宗教的自殺を示唆する文言が書かれていたそうです。それで遺族に連絡してみたところが、全員この一年から半年前に家を出ていた者で、やはり自殺をほのめかすような手紙が最近届いていたというんです。半数ぐらいは以前から警察に失踪人届けを出していたが、彼らが波手島にいることはどこの家でも知らなかった、ということですね」

いいながら武智は、クリアファイルからまた別の用紙を取り出して京介の方に向ける。被害者のリストということらしいが名前はなく、イニシャルと性別、年齢、居住地の都道府県だけがワープロ打ちされたものだ。

「A. A. 女 36 東京」

「Y. U. 女 72 埼玉」

「T. M. 女 64 千葉」……

全員が女性で関東在住が半数以上。二十代がひとり、三十代がひとり、六十代が一番多い。

「これが遺書にあった名前、ということですか」

「そうです」

「発見された遺体と、このリストは完璧に照合出来たのですか」

「警察の発表だけじゃなく、自分が調べられた限りでもそこに齟齬《そご》はなかったです。遺体の損傷はかなりのもので、遺族も視認は出来なかったのがほとんど。しかし全員歯医者のカルテがあったから、それで確認出来たそうで」

「生存者はいなかったというのは、火災が発見されたとき、島には他に誰もいなかったというだけではなく、他のどこにも事情を聞ける関係者は見つからなかった、ということなのですか」

「話が核心に入ってきましたね」

武智はニッと笑ってみせる。嬉しそうだ。京介が話に乗ってきたと思ったからだろう。

「たぶんお聞きになりたいところでしょうから、先回りして説明させてもらいますよ。波手島で死んだ十三人の女性は、その十三人だけで独立した小さな教団だったらしい。つまり自殺した以外のメンバーは外にいない。中心になっていた教祖というか、カリスマ的な人物が誰だったか、というのもはっきりしていない。彼女らは彼女らだけでひっそりと信仰を深め、ひっそりと死んでいった、と」

「警察は結論している、ですか」

「そういうことです」

「だが、自殺だとしてもそれが報道されない理由にはなりませんね。確か十年以上前に、教祖が病死した後を追って女性信者が何人も、焼身自殺した事件があった」

「はいはい。これでしょ？」

武智は手際よく、新聞の縮刷版を写したらしいコピーの束を取り出す。一九八六年十一月。現場は和歌山だが地方紙ではなく、著名な全国紙が二種で、どちらも事件が起きた日の夕刊の一面と社会面に、『7女性が集団自殺』『豊かな時代　心の死角』など大きな見出しと写真入りで報じている。

「これも、まったく自主的な自殺で事件性はゼロだというんで、続報はほとんどないんだが、まあ、これくらい大きくは扱われたわけです」

「それに、そういう結論に達するまで、当然それなりの捜査もされたはずですね」

「でしょうねえ。しかし波手島の事件は地方紙のベタ記事止まり、死者の名前すら報道されないというのは、なかなかに不可解な事態でしょう?」

「なぜですか」

わかっていることがあるなら、気を持たせたりしないでさっさと話すがいい。京介の一瞥《いちべつ》に、こりゃどうも、と首をすくめた武智は、

「いや、別にもったいぶっていたわけじゃないんですが、なぜ長崎県警がこの件を闇に葬《ほうむ》るも同然の扱いをしたか、自分が掴んだ事実はこうです。そこにいた十三人の女性の中に、警察庁の大物の嫁の実母、つまり姑がいた。その女性は家族との折り合いが悪く、特に婿であるその大物を忌み嫌っていて、家を出て波手島の教団に身を寄せていた。自宅に送られてきた遺書には、自分を追い出した婿に対する怨念じみた告発が延々と書き連ねられていたらしい、といってもさすがにその原文は手に入らなかったんですが」

「自分と死者の関係を明らかにされることを望まなかった人物が、長崎県警に指示して捜査を終息させ、報道を規制した、と」

「そうとしか思えないんですよ。幸い現場は東京の人間なんか聞いたこともない地の果てだ。無名の教団に無名の死者たち。だったらこのまま闇に葬ってしまえ、とね」

「…………」

「よっぽど憎たらしい姑だったんでしょうが、それにしたって桜井さん、もしもこれが殺人だったとしてごらんなさいよ。警察が犯人に手を貸して完全犯罪をさせてやってる、共犯になっているってことになるじゃありませんか」

「つまり武智さんの依頼主は、単に事件が満足な捜査も報道もされなかったことを不満に思うだけではなく、警察の出した結論に疑惑を持っている。集団自殺ではない、殺人だったのではないかと。そういうことですか」

「そういうことです」

「では、政治的な圧力から警察が充分な捜査をしないまま結論を出した、という推測以上に、自殺説に疑問を抱くに足る根拠はありますか」

「それはありますとも。まさかその大物が殺人の糸を引いたとまではいいませんが、警察はこれが自殺じゃないことも承知だったと自分は思っています」

武智は傲然と胸を張ってみせたが、それはいくらか虚勢じみた大言壮語のようにも思われた。

## 2

「もう少し、お話の先をうかがいましょうか」

京介はこちらから催促した。相手の話したいように話させておくと、かえって整理がつかない。適当にコントロールが必要だ。

「自殺にせよ、殺人にせよ、それが長崎県の小島というある意味特異な場所で起こったことに関わりはないのか。武智さんはそのあたりについてはどうお考えですか？」

「いや、それはまったく同感です。本当をいえば自分もただちに現地に飛びたいところなんですが、いままでは野暮用で東京を離れられなくて、ただこっちでわかるだけのことは調べてありますんで」

「うかがいましょう」

「波手島、という地名は、地の果てとかそういったところからつけられたんじゃないかということですね。まあ、北には壱岐《いき》、南は平戸から上五島、東はすぐそこに生月島があるけれど西はひたすらどこまでも海ばかりってわけで。それでも平戸が南蛮交易の拠点になった時代、隣の生月と同時に波手島にもキリスト教が伝わって、禁教令が出た後も不便な場所ではあるし、島民全員がカクレキリシタンになって弾圧は免《まぬか》れたまま明治まで来たというのも、生月と変わらない状況だったそうです。

　で、明治政府が外国からの圧力で禁教を解いて、宣教師もたくさんやってきた。喜んでそちらに行った者もたくさんいたが、どうも自分たちが先祖代々守ってきたカクレの教えと新しく来た神父のいうことは違っているようだ、それに先祖が大事にしてきた納戸の中の神様や行事を捨てるわけにはいかん、というので新しい教会に背を向けた者も少なからずいたわけです。

　そりゃまあ二百五十年も経てば、口伝えに伝えたお祈りが訳のわからない呪文みたいになって、もともとの教えが迷信じみたものに変わってしまうこともあったでしょうし、だがそれでも代々必死に守ってきたものには違いない。それをあんたらの信仰は間違っている、それはキリスト教なんかじゃないといわれたら嬉しくはないでしょうよ。なにをいう、違っているのはそっちだろう、といいたくもなるでしょうよ。

　おまけに明治になってヨーロッパから来た宣教師の中には、貧しい農民のために身ひとつで奉仕して骨を埋めたような人もいた半面、そういうカクレの気持ちを思いやるより、えい汚らわしい、そんな偶像は焼いてしまってとっとと正しい教えに立ち戻るがいい、ってなえらそうな態度をしたやつもいたそうですからね。おかげでそれまで仲良く秘密を保っていた村が分裂して、お互いが対立するなんて悲劇も起きたりしたそうです。

そうして明治以降も残ったカクレキリシタンも、やっぱり時代の変化には逆らえないというのでどんどん数が減ってきている。その中で生月はカクレに留まった者の方が多くカトリックになった者の方が肩身が狭かった、なんてこともあったそうですが、それでも後継者がどんどんいなくなって、伝来の行事もいつまで継承できるかわからない。ところがいまとなっちゃ世界的にも珍しいカクレキリシタンが残る最後の場所だっていうんで、学者が来たり取材が入ったりもしてるそうですね」

そのへんの話はいま初めて聞くことでもなかったが、京介は黙って耳を傾けている。

「その点波手島はもともと人口が少なくて、村はひとつきりだった。そしてやっぱり全員がカクレキリシタンだったのが、生月への対抗心みたいなものもあったらしくて、禁教が解けると早々に村を上げてカトリックに復帰して、豊かではなかったろうに早くに教会も建てたといいます」

「教会を——」

「ええ。それが今回の事件で全焼したやつだ、とまあ聞いたわけなんですが」

「変ですね。僕が記憶している限り長崎県内の戦前に建設された教会建築のリストには、波手島の教会というのは含まれていなかった」

だから京介が長崎に出かけたときも、平戸島と生月島に建つ教会はすべて回ったが、波手島にまで渡ることは考えなかったし、島の名前を記憶することもなかったのだ。

「いや。それといいますのもね、どうやら波手島の村人が明治時代に建てたっていう教会と鐘楼は、いつの時代にか台風で壊されてパーになってしまったらしいんですよ。それが戦後になって、見たところ昔のまんまに建て直された。だから警察も明治のものだとばっかり思っていたらしい。自分も県庁の古森さんから、そうじゃないよって聞かされてへえ、と思ったくらいで」

すると武智が自分を呼び出した『明治の建物に絡む』という話自体、ただの口実でしかなかったことになる。京介は舌打ちする思いだ。

（柄にもない気まぐれを起こした結果がこれなのだから、まったく……）

「しかし過疎化の問題は如何《いかん》ともしがたくて、最後まで残っていた十戸足らずがそろって平戸島に移ったのが昭和三十五年」

「それ以来島は無人に？」

新聞記事には三十年前からとあるから、十年ずれている。そしていずれにせよ、長く放置されていた離島にまた人が住み着くのは簡単ではない。例えば飲料水はどうやって確保したのか。そんな小島では井戸を掘っても水が出るのかどうか。

「いやっ。実はそこにもうひとつ、奇妙なエピソードがあるんですよ。桜井さん、蘭堂叡人《らんどうえいと》っていうカトリックの作家、聞いたことありますか？」

「名前だけは」

確か県庁の資料室にも長崎に取材した一群の小説本の中に、その妙に字画の多い名前の背は並んでいたと記憶している。洗礼も受けた敬虔なキリスト教作家で、昭和の戦前から戦後、原城の乱や禁教時代を題材にした歴史小説を書いた、という程度の知識しかないが。

「その作家が、なにか」

「波手島に取材に来て、そこの娘と結婚して、壊れた教会の再建や鐘楼建設に寄付をして、あげくは島に家を建てて隠棲しそこで死んだそうです。しかも家が建ったのは村が無くなるのと入れ替わりで、つまり身の回りの世話をする人間や家族は何人かいたようですが、それ以外は誰もいない島に暮らしていた。上水道はそのときに生月から引いたんで、集団死した十三人もそれを再整備して使えたようです。あ、もっとも」

京介の不審げな表情に、すばやく先回りするようにことばを継いで、

「いまはとっくに蘭堂も、その家族だか同居人だかも島にはいません。作家が死んだのは昭和四十五年頃で、新聞記事の中の三十年前から無人というのはそのへんから数えたんじゃないですかね。彼が死んだ後しばらく住んでいた遺族も、不便な暮らしに音《ね》をあげたんじゃないですか、いつの頃からかいなくなって、ずいぶん立派なお屋敷だったらしい蘭堂邸も、いまじゃ廃墟どころか床や壁の一部が残っているだけらしいです」

「すると上水道を利用した以外には、蘭堂と死んだ十三人には関係はなかった――」

「ところがそうじゃない。あ、いえ、別にわざと話を引き延ばしてるわけじゃないですよ。自分にしてもひとつひとつ、段取り踏んで話していかないとわからなくなるもんで。まずひとつは、よそ者の様子を見に来た生月の人間に向かってそこにいた女性のひとりが、土地の使用許可は蘭堂家からもらっていると答えたという」

　武智は顔の前に太い指を立ててみせる。

「実際、蘭堂叡人は波手島生まれの妻をもらったことで、島のかなり広い土地の相続をしたようです。場所が場所だから、資産価値というほどのものではなかったでしょうがね。家を建てるときに、それ以外の土地も買ったり借りたりしたらしい。だが平戸に移住した旧島民の中にも、当時のことを知っている老人はすでにいないし、蘭堂の子孫の行方もわからないらしくて、これが事実かどうかいまのところ分明ではないようですがね。

　関わりのふたつめ。この小説家、波手島に引き籠もった晩年は精神状態の方がかなり怪しくなっていたらしい。連載していた長編小説も中断したまま、人を寄せつけず、果ては隠者みたいに部屋から出てこなくなったあげく、死んだのが昭和四十五年ということに一応なってるんですが、ここに妙な伝説というか、風聞というかがまつわりついているんですよ。なにかわかります？」

「いや」

「蘭堂叡人は壁の中から消えた。死体は発見されなかった。それはなぜか。彼は生身のまま昇天したのであるというようなことを、彼の遺族が口にしていたそうです」

「イエス・キリストのように？」

「それです。その遺族の方も、少しいかれていたんですかねえ？」

「少なくとも正統なキリスト教の教義からは、大きく逸脱した考えではありますね。そのことを十三人の女性は知っていた、ということですか？」

「土地の貸し借りだけでなく、接触はあったんだろうと思いますよ。しかも十三人が焼死した木造建築というのが、蘭堂が出資して再建した村の教会だった。これがみっつめの関わりということです」

「波手島で集団自殺した教団の聖なるイコンがその小説家で、信徒たちは彼の死をなぞるように自殺した。そういうことですか」

「まあ、それが警察の出した結論らしい。蘭堂叡人が教祖なら幸い彼も十中八九死人だ。捜査のしようがないって言い訳もつくじゃありませんか。彼らの信仰の実態なんてのも確かなところはわからないんですが、一応キリスト教系なことだけは確かなようですしね」

「つまり燃え落ちた教会は、彼らの信仰コミューンの中でも祈りの場だった」

「そうです。事件が起きた二月十三日というのは、なんていったかな、キリスト教の方のお祭りの日なんですよ。なんだか毎年移動する日付だとかで、その計算が一度くらい聞いたってとても覚えられないんだけど、カーニバルの後の水曜日」

「『灰の水曜日』ですか」

「あっ、それそれ。そいつです。しかしどういう意味があるんですかね」

「灰は聖書の中で、ひとつには罪の告白と悔い改めを意味します」

「ほー」

「また嘆き悲しむものが頭から灰を被って慟哭《どうこく》するという古代の習慣から、悲しみの象徴でもある。そして人が最後に行き着くものとして、死を表すシンボルでもあります。集団自殺の日取りとして選ぶには、ふさわしいかも知れませんね」

「そうなんですよお」

世にも情けない、という顔でうなだれた。

「しかし武智さんとしては異論がある」

「そりゃそうですよ。自分もキリスト教のことなんてろくに知りゃあしませんがね、だいたいキリスト教徒ってのは自殺はしないものでしょう？」

「そうともいえません。和歌山で集団自殺した教団の主神は『絶対神エホバ』だったそうですし」

「ええっ、そうでしたっけ？」

武智はたまげたような声を出して、自分が持ってきた新聞コピーを満足に読んでいなかったことを明かしてしまったが、

「もっとも死んだ教祖は生き神様で、彼を囲んでいた神の花嫁たちが後を追って天国に行くために自殺したというのでは、キリスト教とは似ても似つかない。神の名や用語を借用することと、その宗教がどういう信仰を説いているのかは別の問題です」

「そっ、そうですよねっ」

武智は京介のことばひとつでまた勢いづく。

「少なくとも波手島のグループは、そんな似非《えせ》キリスト教じゃなかったですよ。キリシタン時代のラテン語やポルトガル語をカタカナ表記にした用語と、カクレの用語をごったまぜにして使っていたらしいんですが、残された手紙なんかを見る限りは、原始キリスト教に近い禁欲的な修道会のようだ、と」

「なるほど」

「え、ええ。ただ知らない人間にはさっぱり意味が取れない。だからその遺書みたいな手紙というのも、受け取りはしたけどまさかそんなつもりでいるとは思わなかったというんです」

どんな手紙か読んでみたいな、という思いが京介の胸をかすめぬではなかった。だがそれをこちらから口に出すのはやはり抵抗がある。関わりを深くするような発言は極力避けるべきだと思う。

「大いなるミステリヨが現れたから、悲しみの入りの日にマルチルのコロハを受け、とかなんとか。そうしたらこの『悲しみの入り』というのが、カクレの用語ではその灰の水曜日のことになるんだとか。――ああ、頭がいてえ」

「しかしキリスト教は確かに自殺を禁じているものの、弾圧者に対する闘いとして殉教を勧めた過去があります」

「勧めた、んですか？」

武智はぎょっとしたように目を剝いた。

「イエス自身が死が待ち受けているのを承知しながらエルサレムに上り、罪無くして処刑された。彼に従う者は彼とともに十字架を背負い、真理の証のためには生命をも捧げるべきである、と」

「だけど、禁教の時代にはそりゃ死ね、自殺しろ、というのと変わらないじゃないですか」

「僕もそう思いますが、これは歴史的事実です。日本に伝道にやってきたイエズス会士たちは、禁教令が発布されるようになってからは信徒に覚悟を促《うなが》すべく、古代ローマの殉教聖者たちの伝記を翻訳出版し、殉教の意義を説いた。そして徳川の時代になっても、発見されれば拷問と死が待っていることは百も承知で日本に潜入した宣教師がいた。これを英雄的と賛美するか、自殺行為と非難するかは人それぞれでしょう。

そして件《くだん》の宗教コミューンが生活の場として波手島を選んだことに意味があるとしたら、そこには当然カクレキリシタンと弾圧、殉教のイメージがつきまとったはずです。さっき武智さんが口にしたことばの中に、『マルチルのコロハ』というのがありましたが、マルチルは殉教、コロハは冠のラテン語です」

「殉教の栄冠？　うううー、そうですかああ」

　武智は呻きながら頭を掻きむしった。苦悶の表情ではあるが、いささか大げさすぎて滑稽でもある。だが彼は再び、がばっと上体を起こした。

「いやっ。武智兵太はまだまだまいりませんッ。この図面を見て下さい、桜井さん」

　今度クリヤファイルの中から現れてずいと差し出されたのは、教会建築らしい建物の平面図だった。方位の示す東の短辺に半円形の凸部がつき、西に玄関があり、東西に三本ずつ二列の柱が並んでいる。

「これを見てどう思われます？」

「平面図を見る限り、長崎県内に現存する明治の教会建築の中でもかなり古いタイプに属する、とはいえますね。東側の祭壇と西側の玄関部を別にした主要部分を会堂部といいますが、それが正方形に近いのと、会堂部を三分する主廊と側廊の幅の比が小さいのが特徴です。明治十四年築といわれる五島の旧五輪教会に似ている。これが波手島に？」

「そうです。十三人が住んでいたプレハブ小屋が三棟、コの字に並んだ中央にこれが立っていて、全焼して、焼死体が発見された。真っ黒焦げになっていた跡を、警察が復元したわけです。いまの状態はこんなんですが」

　武智は、今度はテーブルの上でサービスサイズの写真を入れたファイルを開く。荒涼とした海を見下ろす丘の上に、真っ黒に焼け落ちた火災現場らしいものが写っている。残っているのは炭になった柱と壁の一部、床の一部くらいだが、それほど大きな規模の建物ではない。むしろ、小屋と呼ぶ方が近いくらいのものだ。他には新しいめのプレハブ小屋や、赤錆びた火の見櫓のようなものも見える。以前五島や西彼杵《にしそのぎ》半島の教会で似たものを見た。火の見櫓ではなく鐘楼なのだ。

「この写真は」

「自分の依頼人が出かけていって、撮影してきたもんです。素人写真だが様子はわかるでしょう」

「ええ」

「そうすると建てられたのは戦後でも、もともとここに建っていた明治の教会をなぞって造られたと考えていいんじゃありませんか？」

「そうも考えられます、平面図を見る限りは」

　京介はあくまで慎重な答え方をしたが、

「警察の検証のよるとこの小屋の窓と扉はすべて内側から板を打ちつけて釘付けにされていて、中に閉じこもった彼女らは灯油を撒き、睡眠薬を飲んで朦《もう》朧《ろう》とした状態で火を点けて焼死したというんです。しかし例えば十四人目がいて、火付け役を買って出て、全員が意識を失ったところで抜け出して外から火を点けたってことだってあり得るでしょう。というわけで、近代建築史研究者桜井京介氏にうかがいたいんですよ。こういう木造建築に、なんかこう構造的に抜け穴として利用できるようなものが存在する可能性ってのは、あるもんでしょうか？」

## 3

「残念ながら、ここでその当否を判断するには材料が足りない、としかいえませんね」

　勢い込む武智の頭を冷やしてやるつもりで、京介はゆっくりと、感情は表さずに留保的な答えを返した。

「堅固とはいえない木造の建築、それもこれだけ完全に焼け落ちているところからみると、土壁さえ用いない単なる板張りの壁だった可能性も高い。抜け穴などなくても釘で打ちつけた板が完全に止まっていたか、人ひとり這い出ることが可能なくらい浮いていたか、焼け跡を見てわかるものなのか。火は内部から放たれていたのか、外部からでもあり得たのか、科学的に判定が可能なのか、判定はなされたのかどうかも知りようがない。あなたは結論を先行させて僕に同意を求めている」

武智はむっとしたようだった。両肘をテーブルに突いて口をへの字に曲げた顔を突き出すと、

「じゃあうかがいますがね、桜井さん。なんで火が点けられたんです？」

「殺人の証拠を隠滅するためだ、とでも？」

「そうですよ。いくらキリスト教が殉教者を祀《まつ》り上げる宗教だったとしても、弾圧されているわけでもない、人里離れた島で平和に暮らしている女たちがなんだって自殺、それも生きたまま焼け死ぬような苦しい死に方を求めるんです。イエス・キリストだって蘭堂叡人だって、火《ひ》炙《あぶ》りで死んだわけじゃありませんぜ。死ぬ前に家族に送られた手紙にも自分が知る限りは、昇天する、天に昇る、天使が迎えに来るなんてことばはあったが、焼け死ぬなんてことは一言も書かれてなかった。それに頭が変になってるようにも読めませんでしたよ」

「つまり彼女たちに、自殺する意志はなかったというんですね」

「なにかいままでの自分とは違ったものになる、くらいのことは考えていたかも知れませんよ。というより、そう思いこませたやつがいたんですよ。自分の想像といわれればそれまでですがね、教会に入って、その特別な儀式のために必要だとか理由をつけて窓をふさがせる。それから薬をたっぷり入れた飲み物を飲ませて、そのままお祈りでもさせておけばすっかり眠っちまう。後は釘付けにした扉のひとつをこじ開けて、外に出て、火を点ける。

消えないほど燃え上がったのを見届けて、エンジン付きのゴムボートかなんかで生月島か、平戸島の西海岸に上陸する。波手島の浮かんでいる生月の北西部分っていうのは、村も家もろくすっぽない寂しい土地だそうで、波手島で火の手が上がったところで、明るくなってからでなけりゃあ誰も気がつかなかったでしょうからね、犯人がそうして姿を消すことには、なにひとつ難しいことなんてなかったはずですよ」

やにわに手を伸ばした武智は置きっ放しになっていたカップを取り上げ、すっかり冷めたコーヒーをがぶりと飲んでまずそうに顔をしかめた。

「もう、この際ですからぶっちゃけてしまいます。っていうか、とっくにお気づきでしょうが、自分の依頼人は死んだ十三人のうちのひとりの遺族です。実をいいますと、自分もこんなに大きな一件の依頼を受けたのは初めてなもんだから、どこからどう手を着ければいいのやら皆目わからんかったわけで、こうして見ず知らずに等しい桜井さんに泣きついたりしてるんですがね。

　しかしそれだけにビジネスじゃ済まないっていうか、自分としてもなんとか真相を明らかにしたいと思うんですわ。仕事を教わった興信所の所長なんかが聞いたら、公私混同はするんじゃない、この阿呆めと罵倒されるに決まってますがね」

　ああまずい、といいながら空にしたカップをがちんと音立てて受け皿に戻した武智は、

「自分みたいな職業についた以上、普通より世間の裏っつーか隅っつーかを見ないとならないのは仕方ないとは思うんですよ。だけど、家族にいきなり死なれて取り残された、それも明らかな殺人なら犯人を憎めばいいし、自殺なら自殺でなぜ止めてやれなかったかとか、さぞかし悩んだりするでしょうが、いつかはなんとか諦めをつけるとか、心の持ちようはあるじゃありませんか。

　だけど警察は自殺だって決めつけるのに、そこになんだか裏がありそうだ、自分たちにはどうも納得出来ない。これは辛いですよ。気持ちの落ち着けどころがわからないんだから。それで止むに止まれぬ思いで現場まで写真を撮りに行った。そうしたら今度は驚くじゃないですか、妙な電話がかかってきたというんです。県警やら東京の警察庁やらから何度も、名乗った通りの人間かどうかも不明だが、解決した事件をいまさらほじくりかえすようなことは止めた方がいいって、親切ごかしの脅しのような」

「それで武智さんに依頼が？」

「だってこりゃあビビるでしょう。堅気《かたぎ》の市民なら当然のように、警察ってのは自分たちを守ってくれるものだと思う。それにそんなことをいわれたら、自分の方が悪いのかと思いそうになるでしょう。それでもどうしても納得が行かないから、仕方なく金を使って自分を雇ったわけです。

　自分だって最初は半信半疑の気分もありましたがね、ちょいと調べてみたら件の大物氏は与党幹事長直々の要請で、次の参院選で政界入りが決まりかけているっていうんだから、こりゃもうきな臭いなんてものじゃない。まさかそのために邪魔な婆さんを殺させたわけじゃないだろうが、せっかく殺されてくれたものをこれ幸いと闇に葬って口を拭うくらいのことはやりかねない。だがそんな非道がまかり通るなら、民主主義もへったくれもあるものか、自分に出来ることならなんとか一肌脱いでやりたいとまあ、思うわけで――」

　苦笑しながらため息をついた。

「桜井さんにしてみたら、関係もないことに巻き込まれていい迷惑でしょうがね」

　ははあ、さては、と京介は思う。依頼人は女なのだろう、それもこの男の守備範囲の。まったく馬鹿馬鹿しい、と思わないではなかったが、

「いいですよ。それじゃあ、自殺以外の可能性というのをもう少し検討してみますか。これが大量殺人事件ではないかと武智さんが考える理由を、まず聞かせて下さい」

「自分にしてみたら、自殺だと決めつける理由を出せといいたいところですね。さっきもいったようになぜ焼死なんて苦しい方法を選んだのか、そもそも理解しがたいですし」

「それには宗教的信念を合理主義で判断するのが間違いだ、という反論が考えられるでしょうね。より大きな苦痛を甘んじて受け入れることにこそ意味がある、と考えたのかも知れません」

「そりゃ正気の沙汰じゃない」

「無論そうです。キリシタンの殉教もいまの我々の目からすれば、到底正気の沙汰とは思われない。宗教の問題に合理的な解釈を加えることには、自ずから限界があります」

「待って下さいよ。そういったらそれで話が終わっちまう。自殺だとしたら不審な点は、些細なといえば些細なことですがいくつかあるんです。焼け跡から発見されたのは焼死体十三体と、融けかけて変形した金槌らしいものが二丁、焦げた釘多数、熱で割れた窓ガラス。しかし灯油のポリタンクは焼け跡ではなく、少し離れたところに転がっていた。これは桜井さんは、どう考えます？」

「そのポリタンクは無関係で、自殺に使われた方は火災の熱で跡形もなく溶けてしまった。あるいは、灯油を撒き終えて窓から外に出しその窓を釘付けにした。空になったタンクは風で移動した、と考えることは可能では」

「じゃあもうひとつ。十三人は相当量の睡眠導入剤を飲んでいたが、それを入れていた容器が発見されていない」

「紙か、火で容易に消えるものに入れられていた」

「水も無しで？」

「紙コップかペットボトルを用いた」

「島では極力ゴミを出さずに済むように、使い捨て容器のたぐいはいっさい使用していなかったというんですがね」

「自殺のときだけそうした容器を使った、という推測を否定する根拠に欠ける」

「宗教的自殺にしちゃあ、紙コップはあんまりだとは思いませんか？」

「——思います、個人的には」

「なら、ここは自分のポイントですね」

　にやっ、と歯を見せて笑った。どうもこの男は、真剣なのかふざけているのか、もうひとつ本音が掴みにくい。

「では、話の角度を変えましょう。これが殺人事件なら、犯人はどのような人物だと武智さんは考えているのです」

「教団の主宰者、でしょうな。彼女たちを島に呼び集めて生活を共にしていた、それこそ生き神様かも知れない」

「そのような人物が十三人の他に存在した、と」

「確証はありません。だがいないと決められたもんでもない」

「動機は？」

「金」

　これまた端的な回答だ。

「なにが儲《もう》かるって桜井さん、宗教ほど儲かるものも今日日《きょうび》ありゃしませんぜ。なにせお国の公認だ。宗教法人の認可さえ出りゃあ宗教活動には税金がかからない。おまけに信教の自由はこれを侵すべからずが憲法の第何条かだから、警察も腰が重いしマスコミだってちょいと二の足を踏む。

　そっちはオウムのおかげでずいぶん流れが変わってきたけど、アパートに押入って弁護士一家皆殺しなんて行き当たりばったりの遣り口があれだけ長く発覚しなかったのも、実のところ容疑者のオウムが宗教法人だったからじゃないですか。弁護士は被害者の会の顧問で、動機はもろにあったし、バッジっていう証拠まで残っていたっていうのにね。

　波手島に集まった中には、全員とはいえないが何人か、かなりの資産家がいたはずですよ。例の警察庁の大物の姑からして、自分名義の預金を引き出して、貴金属なんかも換金して、ごっそり持っていったらしい。こいつの行方がどうやら不明なようなんです。自分の依頼人は三十代の女性の遺族だが、その女性だって独身で長いこと働いていて、それなりに貯金は持っていたんです。ところが彼女の住んでいた部屋にあった通帳を見ると、定期預金が全額解約払い出しされていました。その金額は一千万円を超えていたそうです。

中には家財道具を売り払って、現金に換えて持っていった人もいたらしい。十三人分ですよ。教団に献金したとしたらその金はどこに消えたのか。波手島のプレハブ小屋には少なくとも、現金も貴金属も通帳も残ってはいなかったといいます。どこかに口座なり金庫なりがあるんじゃないですかね。

その女性の場合、それでも部屋の家賃と光熱費は残してあった普通口座から引き落とされていたというんで、自殺する気ならそっちも片づけていくのがむしろ自然でしょう。それからして彼女はまたその部屋に戻ってくるつもりでいた、と遺族の人は考えているし自分もそう思います。

どうです、桜井さん。自殺じゃおかしいとは思いませんか？」

# ぐろうりや

## 1

　京介はすぐには答えなかった。軽卒な発言をして許される場面ではない、と思ったからだ。武智に再度「どうですか」とうながされてから、ようやく口を開く。

「確かに、波手島で自殺した十三人以外にそのグループに関わっている人間がいて、彼女たちの差し出した献金がその人物の手元にある、という可能性は肯定します。だが、それと彼女たちの死が自殺ではなく、第三者が立ち会った殺人であるというのとは別の問題のような気がしますが」

「やれやれ。聞きしにまさる慎重居士振りだな、桜井さんは」

　武智は苦笑を洩らす。

「献金の管理をしている人間が別にいるなら、そいつは確実に教団の中枢にいる人物でしょう。なのに信徒たちが死んでしまった後でも、名乗り出る気配もない。十三人の死によって利益を被《こうむ》ったまま口をつぐんでいる以上、これが金銭目的の殺人だというのは当然の結論じゃないですか」

「だが、果たして教団が金銭のために殺人を犯すでしょうか」

「仮にも神の教えを説く者が、と？」

「いや。殺人というリスクと引き合うかということです。金の卵を生む家鴨は、性急に殺すより生かしておく方が賢明ではありませんか」

「信徒から金を返せという要求が来て、トラブルになっていたとすれば、口封じや保身という動機も加わってきますよ」

「しかし宗教団体が、供養料、お布施、献金などの支払いを求めることは、宗教活動の一環として認められています。一応は自発的に支払った金銭を取り戻すには、それが社会的な相当性を逸脱する不法行為であったことを証明しなくてはなりません。これは口でいうほど容易《たやす》いことではない。もともと形あるものへの対価ではなし、期待しただけの効果、御利益がなかったからといっても、金銭を捧げることで精神的な満足は得られたはずだという反論はあり得ます」

「しかし――」

「それにもしもそうして教団と対立していた人間なら、波手島まで来て共同生活を送ることも、武智さんが想定したような儀式を受け入れて、易々と殺されることもなかったろうと思いますが」

「わかりました、わかりましたよ」

　武智は閉口したように広げた両手のひらを顔の前で振って、

「自分が相変わらず結論を先決めしてるっていうんでしょう？　決めてますよ。そして逆に自分としては、あなたを説得出来るかどうかがこの結論、通るか通らぬかの試金石だと思っているわけですよ。だからあなたが慎重居士なのは、自分にとってはむしろ有り難いんです。ただちょっと、なんていうか、自分の直感がどこまでいっても否定されるのが口惜しいだけで」

「しかし、決定的な証拠があるわけでもない以上、結局は解釈の問題で平行線にしかならないのではありませんか」

　だが武智は、

「いやっ。それでも自分の疑問点のひとつについては可能性は肯定してもらえたわけですからね、こっちも弾みがつこうというものですよ」

　弾みがつくのは結構だが、いつまで経っても話が終わらないのはかなわない。といっても、急いで帰って用事があるわけでもないのだが。

「つまりあなたは最初から、これは殺人事件だという直感を持った」

「そうです。依頼人と会って、死んだ女性から届いた手紙を読み、彼女が住んでいた部屋に行ってみたときから、この人は自殺するつもりなんかなかったとピンと来ましたよ。地の果てみたいな島にいるったって同じ日本の中なんだ。覚悟の自殺をするつもりなら、一度戻って家財一切始末してからでもいいじゃないですか。それが一応はきちんと掃除してあるといっても、まだ三十代の独身の女性が自分の着た服や、日記なんかもそのまま部屋に残してあったんですよ。無くなったのは預金だけだ」

なるほど、そういうものを見ていれば武智が自殺ではない、と主張したい気持ちも理解出来無くはなかった。だが実際のところ、自殺者の心情をおもんばかるのは容易くはない。遺書を残す者もいれば残さぬ者もいる。身辺整理を徹底的にする者も、すべて打ち捨てて死を選ぶ者もいる。

「まあ、家族に送られてきた手紙の方は、実のところ遺書という方が当たっているような書きぶりでした。奇蹟とも天の啓示ともいうべき神秘のことが起きたので、一同神の御元へおもむく準備をした、というような意味のね。ただそこに例のキリシタン用語が入り交じってるから、いよいよ意味が取りにくい。読んだ警察はどうせ『狂信者』の一言で切り捨てたんでしょうよ。他にも二、三の遺族から手紙を見せてもらえたんですが内容は大同小異で、本当に自分の意志で書いたものか怪しいとも思いますよ。まあだから、その手紙は証拠としてあんまり重視すべきじゃないと、自分は思ってます」

「マインド・コントロール、ですか」

「そうです。一年から半年、他の情報が一切入らない僻地《へきち》に住まわせて、じっくり頭の中を有り難い神の教えに染め上げて抵抗出来なくして、あげくはきれいさっぱり殺して焼いて犯人は消えた。後は警察が隠してくれる。完全犯罪ですよ、これこそ」

京介は無言のまま、改めてテーブルの上に広げられた資料、中でも波手島の現場を撮した写真を眺め直す。もしも武智が主張するように十三人の死が殺人であり、彼女たちの献金を最終的に強奪するために行われたのなら、規模は遥かに小さいがナチスによるユダヤ人虐殺を思わせる。

ナチスはドイツ社会の中でも経済的に優越した部分であったユダヤ人から、当初は亡命させる代価として、後期には絶滅収容所に移送する過程で、その資産を徹底的に収奪した。だがそれは少なくとも、表向きの動機ではなかった。ユダヤ人弾圧がドイツ社会における非ユダヤ人大衆の、富める異民族に対する嫉妬を背景に、その無言の支持によってとめどなく激化していったにせよ、そこには優生思想、ゲルマン至上主義、民族浄化という似非科学的な大義名分があった。人はしばしば、犯罪にさえ言い訳を欲しがる。嫉妬ではなく階級闘争だ、利欲ではなく正当な復讐である——

無論、衝動的短絡的な犯罪は常にある。欲望を制御する術《すべ》もなくその意志もなく、目の前にあるものに手を伸ばして奪う。抵抗されたから暴力を振るって殺してしまう。あるいは複数犯が遊戯のような暴行をエスカレートさせ、結果的に殺害に至る。動機はおろか明確な殺意すら自覚しない。だが、それは犯人が何歳であろうとも精神的な幼児の犯行だ。幼児なりの悪辣さや隠蔽の悪知恵は働かせても、その結果のリスクを計算することが出来ない。

しかし、これが殺人なら犯人はすべて計画的に、しかも最低一年以上の時間をかけ、関係する相当数の人間を操り、欺き通したということになる。それは被害者十三人だけにはとどまらない。僻地の宗教コミューンを開設維持するだけでも、それとは知らぬままの協力者がいたはずだ。そして当人は宗教的なカリスマとして彼女らを信じさせ、絶滅収容所のように鉄条網で囲むことも、鞭で追うこともないまま死の床へ導いた。

（ただ金のために？——）

そんなことがあり得るだろうか。殺人だとしたらやはりそこには、少なくとも犯人だけは納得しているような、怨恨なり復讐なりの理由があったのではあるまいか。京介の目は、イニシャルと年齢、居住都道府県だけが打たれたリストの上をさまよう。全員にではないかも知れない。本命はひとりだけで、後は道連れにされたという可能性も。いや、しかしそれではやはりリスクが大きすぎるか。

「——彼女たちを結びつける、共通の要素はないのですか」

「その結び目に犯人がいるんじゃないか、というわけですね。しかし残念ながら」

武智はあっさりと頭を振る。

「どうやって彼女たちが釣り上げられ、集められたかもわかっていないんです。共通項は女であることと、大なり小なり金を持っているということ、それくらいですよ」

「まるで——」

京介の口がいつか自然と動いている。

「なにかの実験のようだ……」

日本国内の女性という群から、無作為に抽出され波手島という閉鎖系に集められたサンプル。彼女らの精神を操作し、生物にとってはもっとも反本能的な行為であるはずの自殺に向かって、行動を集束させていくという『実験』。

（それならば金銭強奪よりも、計画殺人の動機として説得力があるというのか？……）

「実験、ですか？」

不思議そうに聞き返されて、ハッとなった。変哲もないことばが、記憶の底をかすめる。幻想だ、絵空事だと思う。小栗虫太郎《おぐりむしたろう》描く『黒死館殺人事件』に登場した、人間を栽培する実験遺伝学さながらのおどろおどろしい悪夢。だが、ついそんなことを考えてしまったのは。

（馬鹿馬鹿しい——）

思わず頭を振った。

「どうしました、桜井さん。なんだか顔色が悪いみたいですよ」

「いえ、なんでもありません」

京介は再び頭を振って、記憶をその先までたどることを拒否した。少なくとも他人の前で、考えたいことではなかった。

## 2

武智は大して気にしたふうもなく、そうですか、とだけいうと、また改めてというように新しい話題を持ち出してきた。

「実は自分も今回の件では宗教カルトってやつのことを知らなきゃいかん、というわけでいろいろ勉強してみたんですがね、これがかなり得るところが大きかったんですよ。もしかすると犯人は、こういう前例を知っていたんじゃないかって。

日本だと宗教がらみの事件っていうと、オウムが起きるまでは霊感商法とか集団結婚式とかいったのがほとんどで、人の生死に関わるのはさっき桜井さんが口にされた、和歌山県の集団自殺事件があったくらいだが、世界的に見ると他にもけっこうあちこちでその手の事件がなくはないんですね。それもとんでもなくきな臭いやつが。

アメリカの『人民寺院』が一九七八年南米ガイアナで集団自殺九百十三名というのが死人の数の点じゃダントツだし、九三年にはテキサスで『ブランチ・ダヴィディアン』が教団施設に立て籠もって、包囲のＦＢＩと銃撃戦のあげくに放火集団自殺死者八十四名なんてのもあります」

手元のメモを見ながら数字を挙げていた武智は、ありゃ、とつぶやいた。

「これはどっちもキリスト教系か――」

「北アメリカに多数あるキリスト教系の新宗教の会派から、さらに分裂したグループだと思います」

「そういやあ、一夫多妻で有名なあれとか、輸血拒否問題のあそことか、元はキリスト教でアメリカから出てきたもんでしたね。アメリカってのはキリスト教の国なんですかね」

「人口の八割はキリスト教徒、といっても英国国教会から分離した改革派、いわゆる清教徒を始め無数の分派があります。プロテスタントの系譜に属する派が多いけれど、聖書の一言一句を事実として受け止める根本主義から合理的神学を志向するユニテリアンまで、傾向は多種多様ですでにキリスト教とも呼べないものも少なくありません。

　武智さんがあげたふたつのグループは、確かどちらもリーダーが自らを救世主、キリストの再来と自任して、終末的な世界観を語って信徒を自殺に駆り立てたはずです」

「つまりこの例はどっちも教祖自身が完璧にいかれてて、いつからか知らないが自分のホラを自分でも信じ込んで当人も死んだわけだ」

「そうですね」

「じゃ、やっぱり波手島の十三人はそういうのとは違いますよ。彼女らが窓を釘づけにするのから、薬を飲むことから火を点けるまで全部自分でやったとしても、操ってそれをさせたやつがいる。確実に。そして死体がない以上、そいつは無事に逃げ延びたとしか考えられない。これはもう自殺だとはいえないでしょうが」

　やけに確信ありげに断定してみせるのに、

「なぜですか」

「彼女たちが全員女だからですよ」

　思わぬ指摘だった。京介は武智の真意が理解できぬまま、目を丸くしていた。

「人民寺院のジム・ジョーンズも、ブランチ・ダヴィディアンのデビッド・コレシュも男だった。特にコレシュは写真で見る限りずいぶんハンサムで、周りに女信徒をはべらせてハレムみたいなことをしていた、というのもうなずけますよ。

いいですか。女は大抵の場合男よりも現実的で、冷静だし損得の計算が出来る。女は自分のついたホラに自分で酔うような馬鹿はしないし、同性に対してはいくら心服しているようでもちゃんと見るものは見て、自分と引き比べて点数をつけている。だけど複数の女の中に口が上手くて頭の切れる、悪い男がひとり加わったら、女たちを飴と鞭で競争させて闘わせて、いいように引き回せるでしょうよ。

男の中にはそうやって女にいうことを聞かせている内に、今度は自分がとんでもなくえらい存在であるように思いこんで暴走し、自滅するようなやつもいることでしょう。だけどこれが女だけなら、そんなことは起こりっこないんです。

和歌山の女性たちも、生き神様を真ん中に仲睦まじい共同生活を送っていたといいますが、その神様が死んで後を追おうということになったとき、誰が一番忠実か女同士の競争心が働かなかったとは思えない。

洗脳されてパーになっていたとか、そういうのとは違います。命が惜しいという気持ちがあっても、ここでためらって死に遅れたら他の女性たちに負ける。これまでの長い信仰生活がまったく無意味だったことになる。そんな心理に駆られたからこそ、全員揃って迷いもせずに焼身自殺を選んだんだと自分は思います。そもそも女は女のためには死にませんぜ、桜井さん」

京介はゆっくりとまばたきしながら武智のことばを聞き、さらに考え直してから、うなずいた。

「僕は武智さんほど、女性心理に通暁《つうぎょう》してはいないようです。だがあなたのその見解には、これまででもっとも説得力を感じます」

「ほんとですか？」

「もっとも、僕を説得したところでどれだけ意味があるのかはわかりませんが」

嬉しそうに、やった、と小さくガッツポーズをしてみせた武智は、

「じゃ、もう少し先を聞いて下さい。世界の宗教がらみの事件を調べ上げて、その中で自分が注目したのはカナダ、スイス、フランスで起きた『太陽寺院教団』の集団死。これです。これがかなり臭い。おまけにいまだに真相は不明なまま。ご存じですか、この事件？」

「その名前だけは記憶があります。松本サリン事件があったのと同じ年でしたね」

「はいそうです。こっちはしかしキリスト教系じゃない。オカルト＋チャネリング＋テンプル騎士団＋薔薇十字＋エコみたいな、なんでもありの怪しげな教義で売っていた教団だそうですが、なかなかどうして上手に信徒をたぶらかして財産を搾取して、教祖と幹部だけは肥え太っていたらしい。これこそマインド・コントロールってやつですか、常識も充分にあるだろういい大人を妙な規則規則で縛り上げて、頭を空っぽにさせて、操っていた。しかも指導者は完全な詐欺師です。

手も触れないのに聖堂の扉が音もなく開き、仮面をかぶってだぶだぶのマントを着た巨大な人影が、薄暗い中で剣を振り回せば光が走り、有り難や宇宙霊の降臨だと信徒一同感激しきりだったというんだが、トリックを聞いたら情けなくて涙が出ますよ。当然ながらドアはただの自動ドア、剣の光はコードを這わせた豆電球、教祖の愛人が脚立に乗って立って、作り声を出していただけだってんだから」

今度はファイルから、ぎっしりと書き込んだレポート用紙の束を取り出している。

「事件が発覚したのは一九九四年の十月五日未明のことで、スイスの山の中にある農園から出火しているってんで消防隊が駆けつけたところが、そこの燃えている納屋の下に大層な地下室があって、全部で二十三人が死体で発見された。ほとんどは祭壇を囲んで輪になって横たわっていて、電話を利用した遠隔発火装置が仕掛けられていたが、その一部分しか上手く燃え上がらなかったんですな。

　さらにそこから百キロばかり南に下った農園でも同じ未明に火事が出て、そっちの建物はほとんど全焼しちまったが、やはり二十五人の死体が見つかった。死体は黒焦げで、誰が誰やら容易にわからなかった。ついでカナダでも火の出た家から五人の死体が発見されて、いずれも不動産の所有者は太陽寺院教団の関係者だということになったんです。

　最初は集団自殺だとばかり思われた。それから教祖や№2の姿がない、さあ自殺に見せかけた虐殺かという話になった。死因はいろいろで、死亡推定時刻にもずいぶん開きがある。射殺された者、大量の精神安定剤を飲んだ上銃弾を喰らった者、薬を飲んだ上でビニール袋を被されて窒息死した者、服毒死した死体もあった。

　だが歯形なんかで鑑定をすると、結局焼け焦げていた服毒死体の中に教団の教祖や幹部、その妻や愛人や子供までがほぼ洩れなく含まれていたことがわかった。

　さらに生き残りの信徒や、教団を抜けた者から事情を聴取すると、最近教祖はしきりと世の終わりが近いというようなことをいっていた。多額の献金を受け取った信徒から返金を迫られて、財政難に陥っていた。つまりは長年にわたる詐欺のボロがとうとう現れ出して、尻に火が点いていたというのがわかってきた。

　そんなこんなで結局スイスの捜査当局は、教団の解体を目前にした教祖幹部とその腹心たちが、教団に従ってはいたが自殺する意志まではなかった信徒たちを、なんらかの口実で呼び集めて殺害し、加えて返金要求をつきつけていた元信徒、彼らにしてみれば裏切り者を処刑してから自殺した、つまり純然たる集団自殺とはいえないが関係者は全員死亡、教団は中枢を失って解体されたに等しく、もはや危険はないという結論を出した。日本の法律でいえば、被疑者死亡による不起訴処分、ということです」

「――なるほど」

唾を飛ばしての熱弁も一段落か、ふう、といって氷の溶けきったコップの水をあおった武智は、

「いやいやまだです。この事件には二幕目があったんですよ。スイスとカナダの事件から一年二ヵ月後の九五年十二月十五日、生き残りの信徒としていずれも捜査の対象とされたスイス人、フランス人十六人が失踪しているのがわかり、八日後フランス・アルプスの山中で焼死体となって発見されました。


輪になって仰向けに横たわった十四人は、精神安定剤を服用した上で頭と胸に銃弾を喰らって絶命し、液体燃料をかけられていたが、残るふたりは銃弾を顎から受けて少し離れた場所に倒れていた。この二名が実行役で、十四人を殺した上で自殺した。ご丁寧にも他の死体と同じようにちゃんと液体燃料を被って、火を点けてからピストルを発射したと考えられています。十四人を殺したロングライフル二丁と、自殺に用いられた短銃二丁がその場に残されていました」


京介はいま聞かされた情報を、ざっと頭の中で並べ替え、点検する。

「つまり、少なくともその時点まで太陽寺院教団の組織的な拘束力は機能していた」

「そうです。彼らは一年以上もそのことを周囲に隠し通して、教団は解体したと信じさせた。だがまやかしの教えを彼らはまだ信じ続け、命令系統は生きていた。その点で、スイスの捜査当局は完全に読み誤ったってことです」

「表向きに教祖や幹部として立っていた人物が死んでも、教団が生きていたということは、第二の事件の後にもそれが形を変えて生き延びていて不思議はないと？」

「自分はそう思いますよ。第一、指導者を名乗っていたやつらが死んじまったのに、残された連中がなんの理由があって自殺するんです。残党がいくら頑張ったって、いい加減マインド・コントロールも解けるはずでしょう。

それがそうならなかったってことは、死んだ教祖はとっくに飾りものになっていて、本当に信徒を統率していた指導者は別にいた。そいつが後腐れのないように、以前の太陽寺院教団のやばい部分を知っている信徒を一掃して地下に潜った、あるいは全然別の顔になって生き延びていると考えられませんかね」

「そう。しかし例えばオウムも、未だに教団は存続しているし、教祖を崇拝し続ける信徒もかなりの数いるようですが」

「そりゃあ組織が潰されずに残れば、社会から疎外された元信徒が心の拠りどころが欲しくて逃げてくる、自分たちは間違っていなかったという幻想にすがりたがるというのはあるでしょう。ああいうのはわかりますよ。ひとりではいられない、お友達同士で寄り集まっていたい。要はそういうことだ。だからオウムの残党を追い出したり、石を投げたりするのは逆効果でしょうね。

残ってるやつらは殺人やサリン・テロにまでは手を出していない、いわば下っ端の信徒なんでしょうし、生身の教祖が拘置所の中で痴呆みたいになっていても、写真や映像はただのシンボルだ。テレビのアイドル同様だ。だけどあの連中に向かって、おまえらそれが教祖を救うためだから自殺しろ、といって聞くと思いますか？ 教祖の側近はほとんど逮捕されて、いま残っているオウムの指導部には信徒を自殺他殺に駆り立てるだけのカリスマ性はない、と自分は見ますね」

「——確かに」

「太陽寺院教団の場合はそうじゃなかった。フランス・アルプスの現場というのは、車を捨ててかなり長いこと歩く必要がある場所だってことです。だから彼らは強制されたわけじゃない、なにかもっともらしい理由を信じ込まされて自分の足で歩いたんでしょう。昨日や今日入れ替わった指導者じゃ、とてもそんなことはさせられないでしょうに」

「自殺するつもりはなかったかも知れない。だが、来いといわれれば行った。真冬の十二月に夜の山を登った。薬を飲めといわれれば飲んだ。すでに多数の信徒仲間が死んでいるのに、危険を感じて逃げ出そうともしなかった。まったく不自然すぎるほどの従順さですね」

「ちょっと信じがたいことですがね」

それこそ洗脳だ、マインド・コントロールだ、とでもいいたくなる。だがそれでは結局、なにも説明したことにはならない。

「そうでしょう。まあ、もっとも太陽寺院教団はマフィアの資金洗浄組織の隠れ蓑だったとか、ソ連の脅威に対抗する秘密の反共ゲリラ組織と繋がっていてCIAがバックアップしていたなんて話もあるんで、脅迫と暴力で連れ出したって可能性だってあります。犠牲者の中には幼い子供も三人いた。母親と息子もいた。人質を取って強制した、ということも考えられますが」

「…………」

いずれにしても忌まわしい話だった。

「それと教祖は以前から信徒たちに、自分は秘密の上層部からの指導を受けている、といったことをまことしやかに話していたといいまして、チューリヒの地下都市に棲む三十三人の不老不死の長老だとかなんだとか」

「それは自分を権威づけるために、オカルト系のグループや詐欺師が良く使う手ですよ。フリーメーソンのエジプト起源を捏造した山師カリオストロ、神智学の創設者マダム・ブラヴァッキーとチベットの賢者たち――」

「ええ、ええ。自分もそれは聞いてます。だがもしもこれが文字通り、バックにいる何者かを意味していたとしたら、どうです？　素直な信徒は秘密を守る。ひねくれた人間は良くある手だと思いこむ」

「秘密の上層部とはマフィアやCIAを指していたと？」

「いや、その正体はわかりませんよ。でも教団がどれだけの動産不動産を所有していたかは結局解明されていないし、その行方も無論わからない。なにせ関係者がみんな死んじまっているんだから調べようがないわけで、それをごっそり手に入れて、すべてを闇に隠すには信徒皆殺しほど確実な手段はなかったわけですよ。ギャングだろうと、スパイ組織だろうとね。

　第三者の関与を思わせる点は他にもあります。フランス・アルプスの現場で自殺したふたりの右手の側にピストルが落ちていたが、ひとりは左利きだったとか。あ、すいません。電話なようなんでちょっと失礼」

　いきなり話を切り上げて立ち上がった武智は、歩き出しかけて、

「ま、太陽寺院の方はどうでもいいんです。興味がおありなら、このレポートお貸ししますからじっくり読んで下さい」

　ずっと握っていていい加減よれた紙束を、無雑作に京介の手に押し込むとトイレに立つ。彼が戻るまでの間京介は、そのレポートにざっと目を通した。大量の人名が出てくること以外、事実関係は武智の話と大差はない。その他には、十四年間教祖の近くで献身して職も家も家族も失い、最後に離反して奪われた財産の返還要求をつきつけ、危うくスイスで自殺の道連れにされかかった男の手記というのがかなり長く引用されていて、興味深かった。

　人生の前半に少なからぬ挫折を味わったとはいえそれなりに堅実な生活をしていた男が、なぜそんな怪しげな宗教にはまったのかという理由は、いまひとつ鮮明ではない。あるいは堅実すぎる生活に飽きて、もっと意味のある、偉大な秘密に触れる経験が欲しかったのかも知れない。しかし彼はその長い信仰生活の間に、ことばとは裏腹な教祖の乱脈生活を目撃するだけでなく、儀式のトリックである豆電球つきの剣まで発見する。

衝撃を受け、恐怖を覚え、しかし彼は迷妄から醒めるより、自分が見たものの意味を否定して信徒として暮らし続けることを選ぶ。預言が外れるのを目にし、幾度となく裏切られ、失望させられても、また少しでも親切なことばをかけられれば、かつて覚えた陶酔や愛情が胸によみがえってきて動きが取れなくなる。それを繰り返した。

『……どうしてみとめることができるだろう。わたしはすべてをささげ、すべてを失った。そんな挫折をどうしてうけとめることができたろう。わたしはこのとき四十歳に達していた……』

失ったものが大きければ大きいほど、そして取り返しがつかないことを痛感すればするほど、人間はそれを認めることの辛さに耐えられず、目を閉じてしまう。すべてを否定し、裸にされた愚かな自分を直視するより、なにかの間違いだ、とつぶやいて奴隷の生活に舞い戻る方が容易い。集団死させられた信徒の中にもそういう人間はいただろう。

（それなら、波手島の事件では？——）

「お待たせしてすいません」

戻ってきた武智は、椅子に座るとまたふかぶかと頭を下げる。

「それに、ずいぶん話が長くなっちまって申し訳ないです。この後お急ぎの用事とか、そういうのはなかったですか？」

かれこれ三時間近くも引き留めて、いまさらなにをいっているのだ、という感じだ。

「いえ。その太陽寺院教団の事件をご説明いただいて、武智さんが波手島の事件を宗教的な集団自殺ではなく謀殺だと狙いをつけた理由も、納得出来るように思いました」

「まっ、現場を密室にして火をかけて、証拠隠滅で全員自殺に見せかけた殺人、という具合に要素を抜き出して太陽寺院事件の図式を重ねてみれば、筋が通るなと考えたわけですがね」

「そして死に至るまでの経緯や動機は別にしても、十三人の女性信徒を束ねるリーダーが別にいて、その人物が彼女らを自殺に駆り立て自らは姿を消したというのは、説得力のある仮説だと思います。もちろん飽くまでも蓋然性の次元ですが」

　相変わらず京介は慎重な物言いを続け、武智はもどかしげに肩を揺すっていたが、それについてはどうこういっても仕方ないと諦めたのだろう。

「まあ、そういっていただいただけでもある程度自分の目的は達しました」

「そうですか」

「で、ことのついでですがうかがいます。桜井さんはどう思います。その蓋然性をもっと確実な真相にまで持っていくためには、自分はこれからどっちに向かってトンネルを掘るべきでしょう。忌《き》憚《たん》無いご意見をお聞かせ下さいませんか」

## 3

「そういわれても当たり前のことしか思いつきませんが、先ほどもいったように、十三人を結びつけることになった人脈なり場なりを捜し当てる必要はあると思います。居住地を見ると大半の人は、関東に住んでいたようですね。とすればやはり彼女らが集められる契機となった会合とか、宗教的なネットワークが存在するのではありませんか」

「見つかればそこに教祖がいる、かも知れない。うーん。まあ確かに、そうですね」

　武智は手元の手帳にメモを取りながら、むう、と難しい顔をしている。陳腐すぎる結論で不服なのかも知れないが、それはこちらの責任ではない。あるいは彼がひとりでこの事件を抱え込んでいるなら、それは無理だ、到底手が回らない、とでも思っているのかも知れない。

「後は彼女たちの自宅に、教団の素性《すじょう》をうかがわせるような本や文書が残されていないか」

「あっ、それは駄目です」

　武智は手帳から顔を上げて、ボールペンを顔の前でワイパーのように振る。

「自分も十三人全員の遺族と連絡を取ったわけじゃないっていうか、けんもほろろに追っ払われたところも多かった始末ですが、少なくとも依頼人の血縁だったA・A・女の部屋は調べさせてもらいましたが、あれは完全にそういう指示が事前にあったんでしょうね。教団関係の本どころか、普通の書店で売られている聖書すらない。日記を読んでも住まいを離れる直前まで、宗教関係のことは一言も書かれていないという徹底振りです」

　それでは、残されていた部屋が自殺の準備をしているようには見えない、という武智のことばと矛盾するなとは思ったが、主観的な判断をあげつらってみても仕方がない。

「まあ、彼女の手紙はあります。ここに」

　手の下にしたクリヤファイルをぽんと叩いてみせて、それから武智は奇妙に口ごもる。

「もしも桜井さんが望まれるなら、ええと、お読みになります、か？」

「いや、それは結構です」

　そんなものを読んでしまったら、それこそ関わりにならないとはいえなくなる。これ以上深間にはまるのは遠慮したい、というつもりでそう答えたのだが、あるいは「結構です」ということばを肯定的な返事のように受け取られてしまったのか。

「——どうぞ」

　ゼムクリップで止めた便箋が、ずい、と目の前に突き出された。目を逸らすのが一瞬遅れて、その文字が読めてしまう。硬そうな鉛筆をぎりぎり尖らせて書いたらしい、薄い小さな文字。縦に引かれた罫線の間で縮こまったようにその字は、明らかに手書きなのにワープロ文字のように几帳面《きちょうめん》な楷書だ。

お父様　お母様

長らく音信もせぬままご無沙汰してしまい申し訳ありません。わたしは魂の姉妹たちとともにこの国でもっとも清らかな土地に祈りの日々を送っております。大変に満たされた幸せな日々です。

いつの日かまたお目にかかれるときにはわたしの出会った神の教えについてお父様お母様にもお聞かせしようと心に決めておりましたがそれは叶わぬこととなりました。しかしそれはわたしにとりましては大いなるエワンゼリヨなのです。

かねてより聞き及びましたミステリヨのしるしが現れました。天より落とされたる悪しき蛇の化身が塔の頂に身を貫かれて死ぬることがそれです。わたしは姉妹たちともども悲しみの入りの日の昇るより前にマルチルのコロハを受けグロウリヤに包まれてパライソへと上ります。

わたしのことにつきましてはなにひとつご案じになることはありません。どうかお父様もお母様もわたしのために悲しまないで下さい。わたしはいまビルゼンマリヤさながらのガラサにみちみちております。

ただ無念に思うのは死んだ妹祐美《ゆみ》のことです。祐美は事故で死んだのではありません。ある男に心を奪われたために悩み苦しんで運転を誤ったのです。しかもその男は祐美の思いを知りながら墓前に詣でることもしないまま忘れ去ったのです。他の者に向かっても死んだ者のことは忘れてしまえと言い放ったのです。

わたしはその男を殺そうと思いましたがついに叶わぬままでした。殺すなかれと神は教え給うてもわたしはこれを罪とは思わずコンヒサンしようとも思いません。復讐のならなかったことを悔いるばかりです。わたしが義《ただ》しいならば神が替わってお力を揮《ふる》われるに相違ありません。

いつか京介はその、二枚にわたる手紙を読み終えていた。二枚目の便箋の最後にも、送り手の名前は書かれていない。あるいは三枚目があるのか。視線を走らせると、武智は急にあわてたように手元のクリアファイルを引き寄せた。だがそのページの間から、同じ白い便箋の端がはみ出ている。

「それが続きですか」

「いや、その、すみません――」

彼は顔を伏せてこちらを見ない。だが額に汗の粒が吹き出しているのが見える。

「見せてもらえませんか」

「いや、その、しかし」

「あなたはこの、死んだ女性の知り合いだったのですか」

「い、いえ、それは、違います。ただ、たまたま」

「では見せて下さい」

「――――」

「そのつもりだったのではないですか」

京介が右手を差し出してそのまま動かないでいると、彼は視線を伏せたままのろのろと、三枚目の便箋を抜き出して手渡した。その様子を見ただけで、確かめないでも差し出し人の名はわかる。武智が自分を呼び出したのは、深春のコネがあったからでも他の誰から名前を聞いたためでもなかったのだ。

その日のために書き記しておきます。

お父様　お母様

祐美を殺した男の名前は桜井京介といいます。

もしも彼の名が新聞に載ったならそれは神が復讐の御手を揮われた証です。

ではどうぞお心安らかにお過ごし下さい。

父と子と聖霊にぐろうりや

神の花嫁　相原麻美《あいはらあさみ》

「すいませんッ！」

テーブルの向こうで武智が、店内の耳目を集めずにはおかぬほどの声を張り上げながら頭を下げていた。

「すいません。自分は決して、その、騙すようなつもりはなかったんです。ただいろんな偶然が重なって、それで」

　京介はなんと答えればいいのかわからない。しかし椅子から腰を上げて、テーブルに両手をついて頭を下げていた武智は、その姿勢のまま顔を上げた。食いつくような目でこちらを見つめながら、

「お願いです。これもなんかの縁だと思ってどうか自分と一緒に波手島に行って下さい。桜井さんが必要なんです。この事件の真相に迫るには、どうしても自分ひとりでは力不足なんです。どうか、どうか、お願いしますッ！」

# 殺意の情景（3）

この世には、死んだ方がいい人間っていると思うんですよ。絶対に。別に、俺のためにというだけのことではなくて。

　とにかく生きていても、社会に害毒を流すだけだという人間。生きている意味がないというよりも、死んだ方がずっとましでまだ意味があるとしか思えない者。他人を不幸にするのが楽しいというとんでもない人間でいながら、自分が悪いとは爪の先ほども思っていない、そういう手合いがね。もちろんそれは誰よりも、俺にとって彼女が死ねば嬉しい。それは否定しませんよ。

　七十過ぎの小さな老婆です。俺が両手を首に巻きつけて、ちょっと力を入れればそれっきり息の根が止まるだろうというくらいの。でも、そんなことは出来ない。なぜといって、俺は彼女が憎いのと同じくらい怖いからですよ。あの底意地の悪い目でジロリと見つめられると、腹の底まで見透かされそうですごく怖いんです。想像しただけで、腕に鳥肌が立ってくるくらいにね。

　俺をそんな風にしたのはもちろん件《くだん》の老婆です。いずれ俺が彼女を殺したくなるのがわかっていて、手出しが出来ないように子供のころから恐怖を刷り込んでいたんでしょう。ええ、そうに決まっています。彼女は俺の母親の妹、つまり母方の叔母です。母親が早くに死んで、父親は仕事が忙しくて再婚もしなかったので、俺は彼女に育てられました。だからその頃は老婆ではなかったはずですが、若いときの顔は思い出せません。頭にあるのは歳取ってしなびて小さな老婆の顔だけです。

母親と叔母の生まれた家は金持ちで、俺の父親は気に入られなくて駆け落ち同然で結婚したそうで、当時祖父母にあたる人が生きていたら、俺はそこに暮らすことは出来なかったでしょう。だが叔母の手で育てられたことが、俺にとって幸いだったとはとても思えない。未婚の叔母は母親を亡くした俺に、ことあるごとに父親と死んだ姉の悪口を吹き込んでねちねちといじめ続けたんです。

いま思えばあれは明らかに虐待でした。口答えすれば食事を抜かれました。爪を伸ばした指で脇腹を痣になるほどつねられたこともあります。だが父親は忙しすぎてなにも気づかなかった。あるいは気づかないふりをしていました。

大学に入った年に父親が死に、俺はやっと叔母の家を出てひとりで下宿するようになりました。けれど叔母との縁は切れない。叔母が俺を放そうとしないのです。なにかといえば俺を呼び出して、育ててやった恩とやらを盾にこき使おうとする。

無視すればいいだろうって？　それが出来れば苦労するものですか。彼女は俺が逆らえば、遺言状を書き換えるに違いないんです。叔母には他に身寄りがないので、俺が唯一の相続人なのですが。そんな金を欲しがるのが悪いとおっしゃる。勝手なこといわないで下さい。俺は母親に代わって、彼女が受け取るべきものを受け取りたいというだけのことなのですから。

それというのも叔母は自分の親が死んだとき、俺の母親の無知をいいことに遺産相続を誤魔化したのです。彼女が持っている実家の不動産も預金や株券も、もとはといえば俺の母親に半分権利があって、それを父親と俺が相続して、結局は俺がもらうはずでした。叔母はそれを曖昧にして、母が死んだときも自分が俺を家に置いて育ててやるのだから、いずれ自分が死ねば全部おまえのものになるのだから、いまは分割する必要はないなどといって、隠して我がものにしたのです。

そうして今度は俺が従順でないと、遺言状は書き換えて慈善団体に寄付するとか、そんなことをほのめかす。子供時代と同じです。いい子でないとお夕飯はあげませんよ、というわけだ。

しかし彼女は別段、守銭奴だというわけではないのですよ。資産家の家に生まれて、お嬢様学校を出た後は結婚もせず実家で遊んで暮らして、金の苦労などしたことはないのだから、外面は上品な老婦人で金遣いは鷹揚です。ただ俺は彼女のもうひとつの顔を、仮面に隠した裏の顔を知っている。自分を馬鹿にした相手のことは何十年経っても忘れず、必ずなんらかの形で復讐する魔女のような顔を。

たぶん元はといえば、俺の母親と彼女の間の確執なのだと思います。ふたりきりの姉妹で、姉は美しく妹の彼女はそうではなかった。姉は恋をして両親に逆らって家を飛び出し、彼女はどこにも行けず恋も出来ずに老いた。その憎悪を俺にぶつけて、子供の俺に陰湿な仕返しを加えていたのです。

小さい頃の俺は、母親に良く似て女の子にも間違えられるような子供でしたから、叔母もさぞかし仕返しに熱が入ったことでしょうよ。いまでも夢に見るくらいです。叔母が笑いながら俺を見下ろしている顔、こちらへ伸びてくる尖った爪……

まあ、そんなわけで俺は叔母を心から憎んでいるし、叔母の人間性そのものを嫌悪して、一日も早く死んで欲しいと願っています。時にはこうして両手を輪にして、叔母の首に爪を食い込ませ締め上げるところを想像しさえします。気がつくと自分の指を掻きむしっていたり。俺もまったく正気ではありませんね、これでは。

殺せるものなら殺したいですね。でもそれは出来ない。理由のひとつは、殺したら真っ先に俺が疑われるに決まっているからです。俺の殺意を確実に知っているのは叔母だけでしょうが、唯一の遺産相続人としてはもっとも疑われやすい立場であることは否定できませんから。

理由のふたつめは、認めてしまいますが俺がやはりまだ心の底で叔母を恐れているからでしょうね。いざとなって怖じ気づく、冷静さを失ってなにか致命的な失敗を犯すという危険が高いからです。どうか言い訳とは考えないで下さい。叔母以外であれば俺は、それが必要なことであれば、きっと動揺することもなく殺人でも決行できると思います。

さあ、これですっかり包み隠さず申し上げましたよ。いかがです。あなたの力で俺の願いを叶えてもらえますか。俺をあの老婆から自由にして下さいますか？

（心配は要りません）

本当に？

（本当ですとも。わたくしは神のお力添えによりあなたの願いを叶えることが出来ます）

神のねえ——

（信じなさい。信じなくてはいけません）

いいですとも。叔母を始末してくれるなら信じますよ、神だろうと悪魔だろうと。

（まずその不敬なことばを、あなたは改めなくてはなりませんね）

はいはい。

（そして祈るのです、憐れみと赦しを）

世の罪を除きたもう主よ
われらをあわれみたまえ
世の罪を除きたもう主よ
われらの願いを聞き入れたまえ

主のみ聖なり
主のみ王なり
主のみいと高し——

# 顔無き侵入者

## 1

自分の上に過ぎていく時間の一分一分を、蒼はひどく落ち着かない、そして頼りない気分で過ごしていた。だがそれをことばにして吐き出すことも、いまは出来ないのだった。

すでに新学期、専攻に進んでからの新しいカリキュラムは始まっている。その内容も一年の一般教養科目のような、ぼんやりとでも講義を聴いていればレポートも書けてどうにかなるようなものでは、そろそろない。少なくとも自分で、実のある勉強をしようと考えるならそうだ。

あらかじめ用意された授業プランにもとづいて、順番に皿に載せて出される料理を口に入れ咀嚼して飲み下すように、知識なり公式なりを吸収していって、その達成度が成績という数字に変換されるのがそれまで、義務教育から高校の十二年間だとするなら、大学ではまず自分がなにを食べたいのかを決めなくてはならない。そしてコースの組立から一皿の料理の調理法、素材へとさかのぼっていく。学部から院に上がればもはや出来合いの半製品を使うのではなく、海や畑で素材を得るところから始めなくてはならない。

自分にとっては不可抗力の事情で義務教育の九年間をパスしてしまった蒼にとって、むしろ順応するのが難しいのはその延長線上にある高校教育の期間だったはずだ。少なくとも蒼は大学に入って、上からの指示を待つのではなく自分で選び、自分から動くことについて困難を覚えたことはなかった。これまでは、一度も。

だがいま蒼は講義にうまく集中出来ない。ひとつには川島実樹のことが気になっているからだ。彼女が「明日からＣＷＡに入信する」という電話をよこして以来三日。メールは連日届いているものの、彼女らしい活発な連絡があったのは最初の日だけで、その後は次第に本数も、一回の文字数も少なくなってきている。文面から判断する限り、疲労が溜まって精神的にも不安定になってきているようだ。与えられた個室からメールを打つことは可能だったが、隣室に音が漏れたりすると即問題になりそうで、通話は難しいという。

それでも最初の日の午前中、講義のさなかに届いたメールはハイだった。

『いえーい。無事潜入成功っす。白衣の天使みたいな修道女服にベール、けっこう似合うかも。誰が見ても私とは気がつきませんよ。早速館内を歩き回って情報収集を開始します。これからは女スパイ＠マタ・ハリと呼んで下さい。　ミキ』

蒼は即返信した。

【油断大敵。詳細続報を希望。可能なら写真も頼むよ。　Ａ】

以後、その日の内に川島から続々と送られてきたメールの内容を整理すると、以下のようになる。

最初のとき現れてサングラスとマスクで蒼たちを驚かせた女性は、名乗らないので名前は不明のままだがＣＷＡの渉外係とでもいう立場の人間らしい。今度も川島を迎えたのは彼女だった。一階の受付のような部屋で白の修道女服に着替えさせられ、私物のほとんどはロッカーに納めさせられて、替わりに私室の鍵とルールの一覧表などが入った段ボール箱を渡された。携帯は確認せずに隠して持ち込んだ。わからないことがあったらすべて自分に聞くこととといわれたが、女子寮の厳格な寮監という感じで、えらそうであまり感じが良くない。声からしてけっこう年寄りだと思うので、個人的には受付ババアと呼ぶことにした。

川島に指示された個室は三階の３０２だったが、エレベータは一階から『マテル様』の暮らす五階へ通じているだけらしく、階段を上らされた。並んでいる個室のドアには番号が書かれているだけで名前の表示などはなく、中に人がいるかいないかもわからない。四畳半にも満たなそうな部屋は、ベッドと小さな机と椅子があるだけで後はほとんど余地がなく、窓もないので空調はあっても気分的にひどく息苦しい。机の前の壁のへこみに小さなテレビが置かれているが、これは部屋に備えられたお祈りの教本ヴィデオを見るためのものだ。

他の備品は机の上に聖書と、祈りのことばの書かれたパンフレット。『十字架の道行き』と『ロザリオの祈り』の二種類。ただしこれはＣＷＡのオリジナルではなく、普通に売られたりカトリックの教会で配られたりするもののようで、ださい少女マンガチックな聖母や天使のイラストがカラーで印刷されている。

段ボール箱に入っていた紙にはびっしりと事細かな指示が書かれていて、

「一、姉妹たちの祈りと瞑想を妨げることないように、室内でも大声を上げたりしないようにいたしましょう」

「一、個室の壁は厚くはありません。ヴィデオを見るときは必ずイヤホンをつけ、口は動かしても声は立てぬように祈りましょう」

「一、廊下を歩むときは一歩一歩を静かに、呼吸を整え視線は低く、ロザリオの祈りを口の中で唱えながら謙譲の思いを忘れることなく、心穏やかに足を運びましょう」

「一、屋上に出て祈るときも同様に静粛を心がけ、姉妹たちに話しかけることはくれぐれも慎みましょう」

「一、沈黙が苦しいと感ずるなら、その苦しみこそが神への捧げものであると自覚しましょう」

…………

これでもほんの一部だ。読み終えるより前に川島は、少なからずうんざりしてきてしまった。話が違うと思った。どこが当たり前のルールとマナーなんだか。

『おまけに段ボールの中にはあの白い仮面が入っていて、廊下を歩くときもそれを必ずつけろっていうんです。紙を貼り合わせて立体的に出来ていて、耳にかけるゴムがついてます。薄くて軽いけど、かけると視野が限られて、これだけで閉所恐怖症になりそう』

　時計はないが（それも私物として預けさせられた）携帯電話を見れば午《ひる》を回っていたので、食事に行くことにした。食事の回数は決められておらず、自分で欲しいときに摂っていい。食堂、シャワー室とランドリーは二階にまとまってあるというので、ついでにその様子を見てこようと思った。決まっていないとはいっても十二時ぐらいに行けば、他の人とも会える確率も高いだろう。

　食堂は個室三室分くらいのやはり狭く窓のない部屋で、壁際に冷凍冷蔵庫、その横の棚に電子レンジと電気ポットと使い捨ての紙皿や紙コップ、カップスープやヌードル、ビタミン剤や各種サプリメントの入った瓶が並んでいる。冷蔵庫の中にはミネラルウォーターや野菜ジュースの小ペットボトル、レトルト食品。冷凍庫にはチンすれば食べられる冷凍食品。その他には完全健康食品とかのパッケージもあって、嗜好品に分類される清涼飲料や缶コーヒーはないが、修道院を名乗るにしては、ずいぶんと現代的過ぎる食生活だ。

　しかしそれより奇妙なのは、残る空間に置かれた椅子と机だった。食堂ということばからすれば、ダイニングのテーブルがあるだろうと思う。だがそこにあるのは個室に置かれていたのと同じ木製の、昔の小学校で使っていた学習机のようなもので、しかも窓のない壁に向かって横に並べられたその間はグレーのパーティションで仕切られている。

真っ直ぐ前を向いて座れば、ひとりずつそれぞれ互いに顔を合わせずに食事出来るようになっているのだ。これなら仮面を外していても、互いの顔は見えない。というか、パーティションをどかさない限り、顔を合わせて会話しながら食事するという当たり前のことが出来ない。

『席は五人分あるんですが、五人が同じように壁に向かって黙々と冷凍食品を食べているところを想像したら、メチャメチャ異様な眺めです。ちょっとビビります、マタ・ハリも』

というメールには、携帯のカメラで撮った食堂の映像が添えられていた。

冷凍のソース焼きそばと野菜ジュースを食べ終えてからもしばらく食堂でぐずぐずしていたが誰も現れず、仕方なく川島は隣のシャワー室とランドリーを見にいった。複数の『姉妹』が居合わせても顔を合わせないで済む仕組みは、そのふたつの施設でも共通だった。

三つ並んだドアを開くとその一室毎《ごと》に全自動洗濯乾燥機が置かれた脱衣所があり、奥にシャワーブースがある。洗剤や柔軟剤、シャンプーやコンディショナー、ボディソープ、化粧水と乳液も国産の普及品ではあるが備えられている。設備はすべて新品同様で、熱い湯が出た。

『借りた修道女服とベールは、着替えたいと思ったときには申し出れば洗濯済みのものと交換してくれるそうです。あの受付ババアに。それはかなりゴメンかも。下着類はさすがに持ち込みで、ランドリーで自分で洗える。それからタオルは何枚か脱衣所に備えてあって、使ったらその都度洗って乾燥させて戻しておくことって書いて貼ってあります。いよいよ女子寮みたい。でも他に許可された私物はヘアブラシくらいで、当然かも知れないけど化粧品とかは全部ダメ。こうまでなんにもないと、女子寮っていうより刑務所っぽいですかねー。塀の中のコリないミキちゃん』

それから川島はさらに建物の中を歩き回った。二階で入れるのはここだけで、後は鍵のかかった部屋ばかりだ。三階と四階には個室が並んでいて、それぞれ部屋数は十五くらい。『マテル様』のいる五階にはエレベータでないと行けないようになっているらしく、後は階段を二階分上がって屋上に出るだけだ。

あまり広いとはいえない、いや、むしろ変に狭苦しく感じる屋上だった。解放感もない。手すりか金網があって、その向こうにはあの見栄えのしない住宅街が広がっているだろうと予測していたのに、川島の目に映ったのは右も左も灰色をしたコンクリートの壁だけだった。それも高さは優に二メートルはある。ただ頭の上には空が広がっていて、いくらかほっとしたようだ。

『なんか自覚したー。私狭いとこってダメです。今日は曇って少し肌寒いけど、空が見えただけでかなりホッ。出来るだけここに来ようっと』

そこまで来て、歩いてみてようやくはっきりしたのは、このビルがカタカナの『ロ』の字の形をしていることだった。平面が正方形をした五階建てビルの中央に、五階分の吹き抜けというか中庭のような空間があり、各階で廊下は外壁に沿って続き、部屋は内壁を取り巻いている。どちらにも窓がないから確かめられなかっただけだ。

そしてその中庭のような空間は、屋上からさえ満足に見ることは出来ない。外回りと同じような目隠しの壁が巡らされて、塔のように立ち上がっているからだ。ただその壁の低いところに、顔くらいの大きさの穴がいくつかくり抜かれている。覗いてみても暗くて、井戸のような四角い縦穴だということしかわからなかったが、壁に沿って歩きながら穴があるたびに覗き込んでいった。変に秘密めいていると思ったから、というよりも他に見るものがなかったからだ。そしてそこでやっと川島は、他の『姉妹』と遭遇した。

コンクリートの床にひざまずいて、穴に顔を寄せるようにして祈りを捧げているらしい女性。近づく足音に気づいて振り向いたのは、あの白い仮面の顔だった。

『それが誰か予測してます？　はい、当たり。愛子でした。彼女は仮面を脱いで、すごい目で私を睨んで、ちょっと再現する気がしないようなことばを吐き捨てて駆けていきました。私は仮面をつけるどころか持って歩いてもいなかったので、早速ルール違反を犯したということになります。まあ、それなら私をバトーした愛子もルール違反だと思いますけどね。それにしてもあいつ、ほとんど二重人格。マイッタマイッタ。

最初からある程度のルール違反は覚悟の上でしたけど、カンナを捜すっていう目的を達する前に目をつけられるのはやばいですよね。だから急いで部屋に戻って、午後は少しおとなしくしていることにして、このメールを打っています。

カンナのことだけでなく、少しは自分のためにも瞑想とかしてみようかな、なんて思っていたのに、いざとなると集中するのは結構難しいです。いつも持ち歩いていた創作ノートも預けさせられちゃったし、なにもないのってほんとかえって落ち着かないです。仕方ないからヴィデオを見て、お祈りの仕方でも勉強してみます。そんな感じで一応順調です。またメールします。　ミキ』

門野のオフィスが珍しく、留守電になっているのに気づいたのはこの日、月曜の昼だ。夕刻、新しいクラスで飲み会の誘いがあったが、そんな気にもなれずに蒼は真っ直ぐ帰宅した。携帯で受けた川島のメールをパソコンに写し、プリントして内容を読み直す。これまでだと報告があったのは『姉妹たち』の生活関係のことだけで、教養らしいものは全然見えてこない。土曜日の訪問のときのことを思い出してみるが、耳に残っているタームは「祈りと瞑想」「陰修士」くらいのものだ。

フランス語の「ルクリューズ」は綴《つづ》りすらなかなかわからず、小型の仏和辞典にはそもそも見出し語がない。ネットに繋いで情報を検索してみる。アメリカの新宗教リンクにも行ってみたが、語学力の不足もあってかめぼしいものが見つからない。angelがからむ教団は少なくないが、関係がありそうなものはない。そしてこの夜も京介からの電話はなく、マンションにもいない。料理する気にもなれぬまま、コンビニで買った弁当をもそもそ詰め込んでいるときに門野の秘書から電話が来て、彼が入院したと聞かされて愕然とした。

　門野貴邦は蒼の実母である美杜かおるの父、蒼には祖父にあたる美杜晃《あきら》の友人だった。少女時代からかおるとその妹の姉妹を知り、おそらくはかおるに男として愛情を抱いていた。それは蒼の目にさえ明らかに思われたが、彼は決してその気持ちをことばにも態度にも表すことはせず、ただ姫君を守る騎士の役割を愚直に貫いた。

『年寄りの冷や水ですわ』

　気心の知れた秘書は陽気に明快に断言したが、その口調の明るささえもが蒼を不安にする。逝った母の枕辺に腰を下ろした門野の背は、いつになく小さく肉が薄く見えはしなかったか。常に上機嫌の、活力に満ちあふれた彼しか知らなかった蒼は、いまさらのようにその年齢を思い出さずにはいられなかった。大したことはないのだから見舞いなどしないでくれ、と当人が強くいっているといわれれば、それを無視して強引に押しかけるわけにもいかない。そして当然ながら、そんな門野に面倒な相談事を持ち込むなど論外だ。

(京介は、もう知っているのかな?……)

　それにしても入れた留守電に応答がないということは、今日は戻ってきていないのか。金曜日に顔を合わせたときは少なくとも泊まりがけで出かけるような話はしていなかったが、やはり携帯くらい持ってくれないと駄目だ、といまさらのように思う。

ためしに十一時頃、もう一度京介のマンションに電話してみたが、留守電の応答があっただけだ。川島からはあれきりメールは届かない。眠る気にもなれず、蒼はベッドの上で携帯を片手に膝を抱えていた。

次のメールが来たのは真夜中も過ぎて、十六日の午前三時という時刻だった。

『遅くてすみません。やっと解放されました。でもミキちゃんけっこうヤバイです。問題児って目つけられちったみたいです。疲労コンパイ。だけど平気平気。日曜日のファミレスでウェイトレスのバイトしてて、ランチタイムに家族連れの集団にサービスするのと較べたらてんでラクショー。復活したらまたメールします』

ハイなのかロウなのか良くわからないメールだ。

蒼はすぐに返事を書いた。

【無理したら駄目だよ。やばいと思ったら取り敢えず撤退せよ。　A】

返事は来なかった。

なにが起きたのか、事態がある程度判明したのは翌日の続報でだ。仮面をつけずに歩いていたことを海老沢愛子が告げ口したらしく、川島は一階にいる渉外係の女性に呼びつけられて『指導』を受けた。ここにいる以上はルールを守ってもらわねば困るといった趣旨のことを延々ねちねちと説教されて危うく切れそうになったが、無理なら早々にお帰りになられたら、というようなことをいわれて鼻で笑われて、逆に意地でも泣き言なんかいうものか、という気になってしまったらしい。ならばあの個室はあなたには狭すぎるかも知れないからと、二階にある別の部屋に案内された。そこは防音がしっかりしているので、声を出してもかまわないし、少し乱暴に身動きしても問題ない。そこで祈りのヴィデオを見て習うようにといわれて、午後から真夜中過ぎまで飲まず食わずでずっとやっていたというのだ。

『だって受付ババアには意地でも負けたくないですもん。あのババア、すげえ感じ悪いです。カンナのことがなければ即逃げ出したいくらい。

　でも、修行それ自体はつまんなくなかったです。ちょっとヨガみたい。呼吸法とか。肩大きく動かして、速く速く深く深く吸って吐いて吸って吐いてってやってると、だんだん気分が高揚して来る。その後で思いっきり声出してロザリオの祈りっていうのを唱えるんだけどこれがまた大変。主の祈り一回、アベマリア十回、グロリヤ一回で一連。五連で一環と数えて、一環ごとに瞑想するのね。イエス様の生涯の場面を、それが十五あるの。

　ぐるぐるぐるぐるやってると頭がぼーっとしてきて、身体がかーっと熱くなってきたり、ふわふわしてきたり、ナチュラルハイっていうんでしょうか、なんかもーよくわかんない。くったくた。でもなんていうか達成感はある。やったぜ、やれたぜ、私でも、みたいな。

　まあ、そんなわけで心配させたならごめんなさいです。今日もちょっと二日酔いしたみたいな、頭がぼーっとした感じはあるんだけど、今日こそカンナ捜さないと。それからまたマテル様にも会いたい。会ってお話ししたい。けどあの方と会うにもババアに許可もらわないとならないんだから、それについてはちょいムカです。メール、間が開くかもしれないけど大丈夫ですから。　ミキ』

【適当なところで、切り上げて戻った方がいいかも知れない。ちょっと心配だ。　A】

　しかしその日届いたメールはそれっきりだった。

## 2

　三日目、水曜日は午前中に『昨日はちゃんと眠りました。お祈りはやっています。慣れてくるとすごく気持ちが落ち着きます。　ミキ』という短いメールが来て、蒼は少しほっとした。

昼休みにはその日の第二信が届いた。

『愛子以外の姉妹を屋上で見ました。手とか見ると皺があってかなりおばあさんのようでした。でも話しかけてもずーっと意味のわからないお祈りのことばだけぶつぶつやってて、会話になりません。なんだか気持ちが落ち込んで、滅入ってます。マテル様にいろいろ打ち明けてお話ししたい。あの人なら受付ババアなんかと違って、わかってくれる気がします。　ミキ』

そして夕方に第三信。

『マテル様とお会いできました。なんの話をしていたのか、ほとんど覚えていません。けれど気がつくと私は泣いていました。悲しいわけではないのに、ただ涙が目から溢れてくるのです。ごめんなさいごめんなさい、と私は叫んでいました。そしてマテル様が私に、あなたの罪は赦されました、といわれました。私は泣きながら幸せでした。この幸せのままでいたい』

そのメールを読んで、蒼はちょっと考え込んでしまった。及川カンナは宗教になんか興味を持つタイプじゃない、と川島は繰り返していたが、蒼が見るところ川島自身もどちらかといえばそういうタイプだった。クリスマスプレゼントを拒否するほど、極端ではないにせよだ。その彼女がたった三日で回心してしまったようなメールを送ってきている。それが意外でもあり、心配でもある。

やはりこれは京介に相談に乗ってもらう方がいいと考えて、その日は大学から台東区谷中にあるマンションへ直行した。月曜の昼から電話をかけ続けてそのたびに留守電にメッセージを残しているのに、水曜日の今日になってもなんの連絡もない。こんなことはいままでなかった。うるさく連絡してくるようなことはなかったが、例えば旅行に出るなら一言そういってくれるはずだ。もちろんいまはルームメートの深春もいなくて、いつも以上に連絡がつきづらいということはあるにもせよ、だ。

（でも行ってみたら案外、京介は部屋にいたなんてことも、ないかな？……）

淡い期待というか、希望的な観測もなくはない。なにせ学生時代には部屋に籠もって読書に没頭する内に時間の感覚を喪失し、食事するのを忘れて腰が抜けたという嘘のような本当のエピソードの持ち主だ。最近は家事もする、ジムに通って運動もするという別人のような変貌振りだったが、持って生まれた性格がそう簡単に変わるとも思えない。生活全般に口出しをするうるさい同居人が留守なのを幸いに、心おきなく不健康な生活に浸って現実を忘れている可能性はある。

あるいは急病になって、電話もかけられない状態で寝込んでいるとか、留守電の機能が故障していることにまったく気づいていないとか。しかし蒼のそんな思いは、あっさりと外された。部屋の明かりは消えて、部屋の中は何日も人気が絶えているように冷え切っていた。

（あ、れ？——）

畳に直せば二十畳はあるだろうリビングに立ってあたりを見回して、蒼は首を傾げる。こうして眺めていると、どこか妙な違和感があるのだ。だがつい五日前の金曜日には、ここのテーブルでふたりで夕飯を食べた。あのときとなにが変わっているのだろう。家具を見ても、ラグやクッションを見ても、天井の照明を見上げてもそれはどれも以前からと同じものでしかないのに。

オフホワイトのソファの横に、段ボールがふたつある。ひとつは深春が留守の間に届いた彼宛の郵便物の容れ物で、もうひとつは新聞が日付順に入っている。当然新しいものが上になる。一番上は今日、四月十七日の朝刊だ。ということは、京介は今朝までは家にいたということか。それならどうして留守電に返事をくれないのだろう。電話機に目を遣るとメッセージ・ランプは点滅していない。ちゃんと聞いてある証拠だ。

蒼はもう一度段ボールのそばに行って、深春が出かけて以来溜めてある新聞を外へ取り出してみた。当然それは京介が読んで、またきちんと畳んであるものだ。彼は折り込みのチラシも元通り、新聞の間に挟んでおく。しかしいくら畳み直しても、読めば新聞紙はずれる。読んだ跡が残る。十七日の朝刊は明らかに読まれていない。十六日の夕刊も。朝刊は読まれている。

家にいる限り、京介は結構律儀に朝晩届く新聞には目を通す。それなら彼は十六日から留守にしているのだろうか。朝刊が届いた後、夕刊が配達されるより前。そして蒼が最後に留守電にメッセージを入れた、その日の午後よりは後に。だが、新聞は一階の郵便ボックスに届く。今朝の朝刊が届いた後に、何者かがそれを部屋に持ってきてここに入れたということになる。京介でないなら誰が？　ふたりの他に合鍵を持っているのは蒼だけだ。

（まさか、空き巣？……）

だが侵入され、家捜しをされた痕跡があるわけではないのだ。ドアの鍵を壊しもせずに入り込んで、なにも盗らず探さず、新聞だけ持ってきて置いていく空き巣なんて聞いたことがない。気のせいではないのか、本当に？　蒼は立ち上がってもう一度リビングの中を見回す。だが素肌を砂まみれの手で撫でられるような、ざらりとした違和感は消えない。やはり気のせいだとは思えない。

それから、

（あ！——）

ふいに気づいた。このおかしな感覚の理由がわかったのだ。

家具が動いている。リビングのソファやダイニングテーブルや椅子、足元のラグ、壁際の飾り棚に置かれた記念写真（蒼が大学に入学した年にキャンパスで神代教授も含めて四人で撮ったもの）の額や、ヴェネツィアで蒼が買った小さなガラスのオブジェといったものが、少しずつではあるが。

動いているとはいっても、そう大した距離ではない。もともと掃除はされているし、家具は使いやすい位置に整えられている。視覚的には特製の記憶力がある蒼でなければそもそもなにも気づかなかったかも知れない、ほんのわずか、それぞれ数センチ程度の移動だった。

だが三人で食事するときの定位置によって軽く斜めに置かれていたはずのテーブルの長辺は、ベランダ側のガラス戸ときっちり直角に置き直され、ラグも動いていた。四つの椅子もすべて、いちいち定規を当てて測ったように背もたれがテーブルから五センチほどの位置に移動されていた。ソファの上に適当に散らされていた更紗《さらさ》のクッションは、背もたれに寄せて真っ直ぐに並べられていた。リビングの家具のすべてがそうして、神経症的といっていいほど整然と置き直されている。少しずつの変化の集積が蒼の目に映る部屋を奇妙な見慣れぬものに変え、ことばにならない違和感を催させたのだ。

(でも、そんな馬鹿なことって……)

初めはそれこそ気のせいかと思った。ひどく馬鹿げた妄想のようにも思えた。京介が気まぐれを起こして部屋の模様替えを始めただけかも知れない、などと思ってみた。第一、誰がそんなことをするというのか。新聞が部屋まで来ているのは明らかな事実だが、家具の移動は誤解でしかないかも知れない。そしてもしかしたら新聞も、ただなにかの理由で京介が読まないままだっただけかも知れない——

だが洗面所を覗くと、それはもはや明らかに蒼の妄想ではあり得なかった。いつもはコップに立ててある歯ブラシと歯磨きチューブ、それからブラシと櫛、安全剃刀が、洗面所のシンクの横にすべて等間隔に並べられていた。キッチンでは調理台の上に、ラックに収めてあったはずのスパイスの瓶が、これも定規を当てて測ったように真っ直ぐに整列している。蒼は茫然と目を見開いた。京介がこんなことをするはずがない。

　さらに小テーブルの上には食器棚から取り出した三人の食器、マグカップとご飯茶碗と汁椀、箸と箸置きがきちんとセットされている。そうして選び出されたのはどれも同じデザインのコーヒーカップやディナー皿ではなく、三人が自分のものとして使っている食器だ。どこでどんな状況で買ったか、蒼には全部思い出せる。京介のマグカップは、蒼が帝国ホテルで見つけてプレゼントしたライトのデザインのもの。深春のはごつい益子焼、蒼のは白い萩焼。汁椀は会津若松の老舗《しにせ》で見つけた会津塗りで、柄だけが違うお揃いだ。茶碗も箸置きも組み合わせは間違っていない。

　しかし当の三人以外の誰にこんなことが出来るだろう。ここに遊びに来て酒を飲んだり食事をしたりする友人知人はいくらでもいるが、かえってそういうときはこの食器は出ない。それにもしも食卓に出たとしても、その種類や柄をいちいち記憶しておくことなど普通は考えられない。

（空き巣なんかじゃ、ない——）

（でもそれじゃ、誰が？……）

　このマンションで暮らす京介と深春、頻繁に出入りする蒼、三人のことをよく知っている、少なくともすぐそばで観察できる人間だ。そして知っているということを、こうして見せびらかしている。他人が知るはずもない三人の、普段遣いの食器を食器棚から選り出して並べてみせることで。

　キッチンに立ったまま蒼は、ふいにぞくっと身体を震わせた。肌に粟を生じるという表現はこういうときに使うのだろうか。合鍵を手に入れているだけでなく、その侵入者は蒼の反応を読み切っているようだ。リビングの家具をほんの少しずらしただけでも、他ならぬ蒼なら気づく。それから洗面所を確かめさせて、気のせいなどではないことをはっきりさせる。極めつけはこの食器というわけだ。思わず顔を上げあたりを見回していた。窓のないキッチンなのに、どこからか見張られている気がして。

（でも誰が、なんのためにこんなこと――）

少なくともひとつわかっていることはある。そこにあるのは明瞭な悪意以外のなにものでもない、ということだ。さあ、怯《おび》えろ。ひとりきりで震えおののけ。なすところもなく泣いてみせろと嘲笑う声が聞こえてくる。

だが、蒼はキッチンに突っ立ってテーブルの上の食器を見つめながら、両手の拳を握りしめていた。身内に取りついた悪寒、肌の粟立ちが消えたわけではない。しかし顔の見えない影のような侵入者に、家具や記念写真の額に触られ、さらには食器までいじりまわされたとわかったとき、

（冗談じゃ、ないッ！――）

蒼の中に生まれてきたのは、恐怖よりも強い怒りだった。自分にとってなにより大切な場所に土足で侵入されて、腹が立たない方がどうかしている。しかもこの侵入者は明らかに自分を舐めている、嘲弄《ちょうろう》している。

（きっとそいつはぼくのことを、よく知っているんだ。ぼくがこれまでどれだけ、周りのみんなに甘えて助けられて赦されて守られて生きてきたか、そういうことを全部……）

（かおる母さんが死んで、門野さんが体調を崩して入院して、偶然にしても深春がヨーロッパに出かけて、京介もいない。誰にも泣きつけないところで、引き籠もりをやった去年の春みたいに、また怯えて縮こまれ、と――）

そこまで考えて、急にアッと思う。京介はどこに行ったのか。合鍵を持つ侵入者が現れたのが、彼がマンションを離れた後だという保証がどこにある。まさか寝室のベッドの上で、殺されてなんてことが万一にも――

その瞬間蒼の中で恐れが膨《ふく》れ上がり、怒りを凌駕した。文字通りパニックした。嘘だ、嘘だ、そんなことがあるはずがない。夢中で駆け出して奥のドアに飛びつき押し開く。

広いリビングとキッチン、バスの他に、寝室に使える部屋はひとつしかないのだが、狭くはないからシングルベッドを二台置いた残りの空間に京介のデスクがあり、パソコンやプリンタもある。

幸いにも蒼の恐れは外れた。二台のベッドはきちんと整えられて、深春の方にはインド綿のカバーがかけられ、京介のは薄手の掛け布団と毛布が折り返されていたが、そこに彼が倒れているというようなことはなかった。ほっと肩から力を抜きながら、室内を見回す。

こちらは普段あまり入り込むことはないので、侵入者が家具を動かしたかどうか蒼の目にもわからない。デスクの周囲は掃除を済ませた後のようにすっきりと片づいている。上にあるのは白いままのレポート用紙や筆記具、そしてノートパソコンが一台。念のために電源を入れてみたが、パスワードが設定されていた。さすがに京介は用心がいい。見られてはいないと思うことにしよう。前は彼の論文資料の文献やコピーが、机の周りだけでなくウォークインクローゼットの中まで山を成していて、うかつに近づけないような有様だった。論文が仕上がったので去年の内にそれはすっかり片づけたと聞いていたが、本当に以前から見れば信じられないくらいなにもない。大学近くの下宿の部屋はまだ借りたままだそうだから、不要になった資料類は向こうに移動させたのかも知れない。京介が学生時代を通じて住んでいたそこは、本の山でほとんど迷路のような有様だったが、当人にはちゃんとどこになにがあるかわかっている、という話だった。

クローゼットを開けた。無くなっているのはカーキ色のウィンドブレーカー。学生のときから着ていたのはさすがに擦り切れたが、ほとんど同じ形のを見つけてきたと深春が呆れていた。それから京都の鞄屋で買った黒い帆布のショルダーバッグ。短い旅行ぐらいなら京介はそれを持っていく。やはり急な用事で泊まりがけで出かけたのだろうか。

さらにクローゼットの中を探して、もうひとつ無くなっているものを見つけた。コンパクトな非常持ち出し袋。それも市販品ではなく、深春が自分で中身を選んでパックしたもので、ライターくらいの大きさの強力ライト、超小型ラジオ、セラミック製万能ナイフ、断熱シート、磁石、ナイロンロープといったグッズが詰め込まれている。三人分作って渡されて、仕舞い忘れたりするなよと釘を刺された。

『貧乏旅行歴十数年、栗山印の精選お役立ち袋だ。災害でなくても、いざってときにはサバイバルに使える優れものの実用品ばかりだぜ』

紐が色違いだったから、京介の分がないのは間違いない。旅先でそういうものが必要になりそうで、持っていったということだろうか。

（だけど、いったいどこへ？——）

机の上にもなにも、メモらしいものは残されていない。だが、寝室の机の横の本棚に並んだ各種旅行ガイドの列を眺めたとき、あれっと思った。

もともと京介と深春ふたりが使ったガイドブックを端から並べただけで、『日本全国温泉ガイド』の隣に英語版のロンリィ・プラネットとイタリア語のＴＣＩのガイドと『建築ＭＡＰ京都』が突っ込んである無秩序さだが、蒼はここでも軽い違和感を覚えた。雑然と並ぶ数十冊のガイドブックは、背が揃えられているわけでもなく、少なくとも侵入者の手は触れていないように見えるのだが。

前にこの本棚を見たのは三人揃ってタイとマレーシアに行った去年の春だ。深春になにかあったはずだといわれてその地域のガイドブックを探したのだが、順番もなにもなく突っ込まれているおかげで結構時間がかかった覚えがある。あの後に増えたらしいのは『ヴェトナム』のガイド。だがそれは去年ふたりがハノイに行ったときに買ったのだろう。違和感の原因はそれではない。視線を幾度か行き来させている内に、ようやく蒼はあのときここに並んでいて、いまない一冊に気づいた。

（『長崎』だ——）

正確には『長崎とハウステンボス』。それも確か大手の旅行会社が監修している、プレイスポットやレストラン情報満載の、京介のような旅人にはあまり関係なさそうな普通のガイドブックだった。二年くらい前にひとりで長崎の建築を見に行った彼が、初めての場所だから一応買ってみたけれどやっぱり役に立たなかった、というようなことをいっていた覚えがある。二年経って情報も古くなっているだろうそのガイドを、京介はなぜわざわざ本棚から抜いて持っていったのだろう。

（もしかしたら……）

彼は蒼にこういう形で、自分が長崎に行ったことを報せようとしているのか？　留守電を聞きながら返事しないでおけば、遠からずここまで来るだろうと見越して？　電話で話せば、そのときは説明できないことをいろいろと聞かれる。あるいはそれを説明している余裕がない。

だがそれなら書き置きの手紙か、いくら時間が無くても簡単なメモくらい残していっていい。本棚から無くなったガイドブックでは、気づかなかった可能性もある。それに普通なら蒼は、ふたりがいない間に勝手に部屋の中を覗いて回るようなことはしない。それくらい京介は知っている。

（でも、もしかして京介が、ここに侵入者があることを予測していたんだとしたら？）

書き置きなど出来ない。一目見てそれとわかるような合図も残せない。だがそれがマイナスのしるしならどうだろう。三人のマグカップの意匠まで探り出している侵入者であっても、本棚から一冊本が抜けていることまではわかるはずがない。

だとしたら、もうひとつこの部屋から消えていたもの、深春製の持ち出し袋もまた蒼へのメッセージの意味を持っている可能性はある。その意味は深春が口にしたことば「サバイバル」だ。京介は行く手の危険を意識し、蒼にも警告を発している。

考え過ぎかも知れない。だが、そう考えればすべてがうまく繋がるのだ。蒼に電話して打ち明ければ黙って彼を行かせはしない。それは困るから留守電に応答しなかった。しかし前々から侵入者が現れることを予期していたからこそ、ここまで身辺を整理してつけ込む隙がないように注意していた。そういえばノートパソコンも、去年まで使っていたものと違っている。パスワードはかかっているが、万一破られても盗み見られて困るような情報は入っていないのかも知れない。

それでも以前の蒼だったら、なにもいわぬまま出かけてしまった京介に腹を立てたろう。水くさいと拗ねたろう。だがいまは「違う」と思う。京介は蒼を無視したのでも、危険な目に遭わせないようにわざとなにも聞かせなかったわけでもない。信頼してくれたからこそ、こんな形で伝言を残していった。蒼の注意力や記憶力が、きっとそれに気づくはずだと信じてくれたから。

それは結局のところ、蒼自身の願望なのかも知れない。だが、守られるだけの自分ではいたくないと思うのは、心の底からの決意だし生きる目標だ。そしてここまで思い切ったことを仕掛けてくる敵意を持った何者かの存在に、全然気がつかないままでいるほど京介は呑気でも無防備でもない。そう考えられるくらいには自分は、彼という人間を理解している。

（だからぼくは、いまのぼくに出来ることをしなくちゃいけないんだ。きっと京介も、闘っているんだから……）

他の誰かに助けを求めたり、相談したりすることをまったく考えなかったわけではない。例えば京介の恩師でもある神代宗《そう》教授、例えば蒼にとって一番の親友である結城翳《ゆうきかげり》。だが今回の当事者が誰よりも京介であるらしいと考えると、蒼の一存でそれをばらしていいのか、ためらわずにはおれない。迷ったが、まだその段階ではないと思うことにした。

　もしもこれで京介が何日も戻らない、あるいは侵入者がこういう悪戯《いたずら》以上のことをしかけてくる、というのでもない限りは、大っぴらにするのはもう少し待つことにしよう。キッチンに並べられていた食器は、すべて洗い直して元通り食器棚に入れた。スパイスの瓶も洗面所も前通りにして、リビングの触られた家具も拭いて掃除した。以前自分の部屋に盗聴器が仕掛けられたことを思い出して、電話やコンセントに不審なものがないかチェックした。

　あのときお世話になった盗聴器探しの業者を頼むなら、門野の秘書に電話すればきっと派遣してもらえるだろう。鍵を取り替えるとか、郵便ボックスに南京錠をつけるとかも考えたが、ドアの鍵は専門家でなくては無理だし、過剰反応はせずにおく方がいいと考え直した。念のため京介のデスクの引き出しを覗いたが、そこにもノートや住所録といったたぐいはまったく見えない。いよいよ彼が侵入者に備えていたらしい、という確信は強まる。

　それでもこれから一日に一度はここにも来て、異変がないか確かめることにしよう。そのときのために蒼は部屋中のインテリアを映像記憶の中に焼き付けた。悪戯されたキッチンと洗面所は、証拠として片づける前に携帯で写真を撮っておいた。それだけ終えると十時は回っていたが、さすがにここで寝る気はしない。自分のマンションまでは徒歩で二十分もかからないから、それはいいとしても、

（わあ、今夜もまたコンビニご飯かあ……）

　小走りに坂を下りながらどこのコンビニに寄ろうかと考えていたとき、ポケットで携帯が震えた。取り出しながら反射的に「京介？」と期待し、それが川島実樹のナンバーなのを見て、この夕方から夜、ずっと彼女のことを忘れていたのを思い出し、俄《にわか》に後ろめたい。元はといえば最後に受け取ったメールがなんだか様子が違って、いよいよ心配になって、なんとか京介に相談をしたいという思いもあって谷中まで来たというのに。

（そうだよ。彼女だって、このままにしておいていいのかどうか――）

『天使と会いました。天使によってわたしは生まれ変わりました。わたしは幸せです。ハレルヤ』

文面はそれだけだった。

暗い街角に足を止めたまま、蒼は液晶の画面に浮かぶ文字を見つめるしか出来なかった。

## 3

気を取り直してその場で返信した。

【もう少しわかりやすく状況を説明してもらえませんか？　A】

だが翌日、四月十八日木曜日の朝になっても川島からのメールは来ない。電源が切られているようだった。昼休み、思い切ってパンフレットに印刷されたCWAの番号に電話してみたが、いくらコールしても誰も出ない。

蒼は結局その日の午後の講義をサボってJR高田馬場駅に向かった。電話で埒《らち》が明かないなら直接訪問するだけだ。口実はある。今年度の科目登録を済ませていない学生として、及川カンナの名前が掲示板に貼り出されていたのだ。学費は半期分納入されているのですぐに除籍処分にはならないそうだが、いま休学届けを出せばその半額は来期分に繰り延べ出来る。

退学するにせよ届けは出した方がいいということは、前に川島と訪ねたとき『マテル様』に話したはずだが、まだ書類は送られてきていないというので蒼が事務所から届け出の用紙を預かって持っていくことにした。事務所でも学生マンションの住所には通知を送っているそうだが、当然及川はそれは見ていないわけだ。川島から持ってきてくれるように頼まれたのだ、といおうかとも思ったが、それでは彼女が携帯電話を持ち込んでいることを告白するようなもので、うまくないと思い直した。

川島が入信したことは知っているが、当然その後の音信はない。たまたま事務所に頼まれた事のついでに、友人が元気でやっているかどうかと思っていろいろ尋ねてみる、というので別に不自然ではないだろう。いや、多少は変というか、彼女たちになにか男として下心でもあるように見えかねないという気もしたが、そんな心配までしてもしょうがない。そっちに誤解してもらう方が、及川が監禁されているのではと疑っているとばれるよりはましかも知れない。

あまり見栄えのしない住宅街の只中の、白塗りの壁だけが目立つCWAのビル。それが見えてきたところで、もう一度電話をかけてみる。今度は一度きりのコールで出た。

『CWA、白い天使の教会でございます』

若い女性の声だ。

「あの、ぼくは先週川島実樹さんとそちらをお訪ねした薬師寺といいます」

『はい。存じ上げております』

しかしその声は、少なくともこの前一階で姿を見せたサングラスにマスクの女性とは違う。もっとクリアな高音だ。

「この前も申し上げたんですが、ぼくはそちらにいる及川カンナさんと同じW大の学生で、彼女に渡す書類を事務所から預かってきたものですから」

『それはわざわざお手数でございました』

「及川さんとは、会えますか？」

『はい、もちろんです。今日お見えになることは、わかっておりました』

「えっ？」

予想外の答えに、思わず声が上擦る。

「わかっていたって、でも――」

『いまはどちらからでいらっしゃいますか？』

「もう、すぐ近くまで来ています」

『お待ちしております』

最初の訪問のときとまったく同じに、エアロック状の自動ドア二枚が蒼の前に開く。薄暗く狭苦しいロビー。だがいまは、あの魚がいるようには見えない水槽の前に白い立ち姿がある。明かりは水槽にだけ当たっているために、白い頭布と白いワンピースをつけた修道女の顔形は見定めづらい。しかし少なくともサングラスやマスクをつけてはいないし、仮面を被ってもいない。

「薬師寺香澄さんでいらっしゃいますか？」

語尾までくっきりとした明快な発声だ。これなら舞台にも立てる。上背はあるし、劇団関係者ならこの場でスカウトしたくなるかも知れない。

「今日はわざわざ有り難うございました」

深々と頭を下げられた。上がった顔が、にこっと微笑みかけてきた。

「あなたは？……」

「わたし、及川カンナです」

またしても予想外の展開だった。

蒼が招じ入れられたのは一階の殺風景な小部屋で、安っぽいビニール張りのソファが二脚、デコラのロウテーブルを挟んで向かい合っている。奥にはスチールのロッカーが並んでいて、応接室というよりは更衣室の感じだ。川島のメールに書かれていた、最初に私物を預けたロッカーというのがそれなのかも知れない。

「こんな部屋でごめんなさい。それにここではお客様にお茶を出す用意もないんですよ。わざわざ来ていただいたのに、なんだか申し訳なくて」

どこまでもにこやかな彼女に、

「いえ。おかまいなく」

蒼はどんな顔をしていればいいのか、自分でも決めかねている。しらじらとした蛍光灯の光に照らされて、向かい合って座る及川のワンピースの白さが目にまぶしいほどだ。髪の毛をすっかり布で包んで化粧もしていないせいか、前に川島から見せられた写真とはずいぶん印象が違って感じる。

「じゃあ、これが事務所から預かってきた届出書類の封筒です。同じものは及川さんの住所に送られているはずですが」

「本当にすみません。わたし、なにもかも置き去りにしてきてしまったものですから。でも、こんなふうに人に迷惑をかけるつもりはなかったんです。ただわたしひとりいなくなっても、誰も気になんかしないだろうと思って」

　笑いながらちょっと肩をすくめてみせるそのポーズと表情が、妙にコケティッシュに媚態じみて見えるのは、身を包む禁欲的な修道女の純白の制服のせいだろうか。

「どうしてそんなふうに思われたんですか？」

「薬師寺さんはご存じなんじゃありませんか、わたしが親と縁を切っていることは」

「お友達の川島実樹さんから、少しだけ事情は聞きました」

「ああ、そうね。実樹からね」

　そういいながら彼女は大きく膝を組む。片手を上げて長い髪を掻き上げるように、糊の効いたヴェールに触れながら胸を反《そ》らす。飾りのないワンピースの布地を、豊かなバストがきつそうに押し上げている。見えるのはそれだけだが、修道女の身なりにはそぐわないいささか大胆なポーズだ。

「とにかくそのこともあってどうかするとわたし、この世には味方なんかひとりもいないって思いがちなんです。縁を切ってみたところで、両親にめちゃめちゃにされた人生が戻ってくるわけでもないですしね。母親を見返してやるつもりで大学に入ったけど、それでなにが変わるわけでもない。当面の目標が消えた分かえってきつくて、行き所がないような気分。そういうのって実樹にはわからなかったみたいだけど」

「でも、ひとりなんかじゃないですよ。川島さんはあなたのことを心から、すごく一生懸命に心配していたんです」

蒼の口調が思わず知らず強いものになったのは、及川のしゃべり方や表情になにか釈然としないものを感じ始めていたからだった。すべてがどことなくちぐはぐなのだ。口調も表情も吹っ切れたように明るいのに、見開いて前を向いた目の焦点が合っていない。そんな感じがする。

「それは、あなたの望んでいるような理解の仕方ではなかったかも知れないけど、少なくとも彼女の真心だけは疑って欲しくないです。ぼくがこんなことをいうのは、お節介に過ぎると思われるかも知れませんが」

「あら、疑ってなんかいないですよ。実樹はわたしが変な宗教にはまってここに監禁されているとか、そんなふうに思いこんで、わたしを助け出すつもりで入信の振りをして乗り込んできたんでしょう？　どこからそんなこと考えついたのかしら。あの子って昔から悪意はないけど、どこかやることがずれてるのよね」

肩をすくめてクスクスと笑いながら、

「だけど動機がなんでも、彼女がこの教会と出会えたというのはいいことだと思うわ。彼女のために喜ぶわ。マテル様がいわれる、神の召命を受けるってきっとそういうことなのよ」

いつかタメ口になっている。だがその楽しげなことばは、蒼に向かって語られているというよりは、ほとんど独り語りだ。

「川島さんとは会ったんですか？」

「いいえ。ご存じないの？　わたしたち姉妹は、ひとりひとりが神と対話するためにここにいるのだから、お互いに顔を合わせて話し合うようなことはしないの」

「でも、あなたがそうして元気で、自分の意志でこの教会にいるとわかったら、川島さんはきっとここを離れると思います」

「それはない。彼女もここに留まるはずだわ」

「どうしてですか？」

「なぜなら」

　及川はふっと声をひそめた。組んでいた膝を解いて、テーブル越しに上体をこちらへ寄せてくる。化粧気はなくとも輪郭のくっきりした、美しい顔立ちだ。しかし笑いを消した表情はさっきまでのそれよりさらに異様だった。目は確かにこちらを見つめているのだが、やはり蒼を凝視しているというよりどこか他のものを見ているようにしか思えない。それが息のかかるほどの近さに来て、

「本当はこれは秘密、外の人に教えてはいけないことなの。でもあなたはわざわざわたしのために来てくれたのだし、マテル様とも会っている人だから聞かせてあげるわ。でも、いい？　不用意に他の人に打ち明けては駄目よ」

　勢いに押されて、無言のままうなずいている。

「間もなく、滅びの日が来るの。選ばれた処女と童貞だけを残して世界は浄化される。炎によって焼き尽くされるの」

　蒼は唖然として及川の顔を見つめた。大きく見開かれた瞳が潤《うる》んできらきらとひかっている。『秘密』をささやく唇は、抑え切れぬ悦《よろこ》びにほころんでいる。だが冗談をいっているようには見えない。

「これを知らされてわたしはようやく、両親に対する憎しみから解放されたの。だって、もうじきあの人たちはガス室の囚人のようにもがき苦しんで、死んで、むくろは骨も残らないまでに焼かれることになるんですもの。そうとわかればあんな母親、利口ぶって借り物の教育論を振り回して子供を玩具にしたあげく、思うとおりに育たなかったからって精神病院に捨てようとした、あの最低の女、憎んでやるだけの値打ちもない。どうせもうじき死んでしまうんだもの。薬師寺さん。あなたにこの嬉しさがわかる？　わたしの味わった解放感がわかる？」

「それじゃあ——」

　蒼はからからに乾いた喉から、ようやく声を絞り出した。

「及川さん、あなたにとって世界の滅びは喜ばしいものなんですか？」

「ええ」

一瞬の逡巡《しゅんじゅん》もなく、口元に笑みを刻んだまま彼女は答える。

「でもあなたには、川島さん以外に死んで欲しくない人はいないんですか？　失われて惜しいものはなにひとつないというんですか？」

「あるわけがないでしょう、そんなもの」

紅を塗っていない唇の笑みが深くなる。

「いったじゃないの。この世界にわたしのことを気にかけてくれている人なんて誰もいないと思ったって。それはわたしにとっても、気にかける人なんかいなかったということよ。人も、物も、失われて惜しいほどのものなんか、なにもない」

「でも、ぼくはあなたの写真を見た。あなたはすてきにお洒落して笑っていた。あんなふうに人生を楽しんでいた。違うんですか？」

「それはわたしがなにも知らなかっただけ」

彼女はゆっくりと頭を振った。

「魂の永遠と肉の快楽を、引き比べるのは愚かなこと。たとえ失って辛いものがあるとしても、その辛さもまた試練であり、神への捧げものとなる。わたしはもうなにも迷わない」

立ち上がり、視線を宙に上げ、胸元に両手を合わせて白木の十字架を抱く。さっきまでとは別人のような厳かな口調と物腰はそのまま、このビルの五階の壁に自らを封じたというルクリューズを思い出させた。やがて視線が戻る。半眼に蒼を見下ろす。

「信じられませんか、神のことばが。裁きの日の近いということが？」

「信じません」

蒼はその目を睨み返してきっぱりと答えた。

「そんな預言を下す神が、正しいはずはない」

「ならば仕方がありません。信じぬことで救いを拒むのもあなたの運命です」

彼女の口元に浮かんでいるのは、ことばの通じぬ野蛮人を眺めるような蔑《さげす》みと憐れみの微笑だ。

「川島さんに会わせて下さい」

「なぜですか？」

「彼女があなたのことばに同意するか、意見を聞きたいからです」

「無意味ですわ、そんなの。真実はひとつしかありませんもの」

差し伸ばされた腕が、蒼の肩越しに出口の方向を指し示す。

「お行きなさい。いつがその日か、教えることはわたしには出来ません。空が燃え、女の姿をした悪魔が空から墜ち、虚ろな塔の頂に身を刺し貫かれる。それが神の再臨の大いなる前触れです。もしも神があなたを救うと決められるなら、きっと啓示はもたらされるでしょう。ただ裁きの日が遠からず来ることは、心に留めて生きられますように」

気がつくと背後で自動ドアが閉まっていた。一瞬振り向いて、そのドアがもう動かないのを確かめてから、急いで離れる。背中がうそ寒い。少しでも早くここから離れたかった。

だが、歩き出すと膝が震える。力が入らない。風邪の引き初めの、身体が強張ってその芯に悪寒が居座ってしまったような不快感がある。椅子から立ち上がってこちらを見た及川カンナの目つき、人を馬鹿にしながら憐れんでいるような目を思い出すと、なおのこと不快感が募った。

彼女が母親の仕打ちをどうしても赦せないのは仕方ない。そして間もなく世界が滅亡するとか、最後の審判が来るとか信じるのは無論その人の勝手だ。ノストラダムスの予言がブームになったのも、人間はそういう悲惨な未来を想像するのが嫌いではない証拠だろう。だがもうじき世界が滅ぶのだからあの母親も死んでしまう、ザマアミロと思って溜飲を下げるなんて、なんだかひどく不健全に思える。

もちろんその種のマイナスの慰めというのも宗教の機能のひとつであるには違いないし、ものは考えようで、凶器を持って復讐に行くよりはまだましだといえなくはない。そして彼女は自分の葛藤を神様に預けて、幸せになれたのかも知れない。

だがそれ以上に蒼の気を滅入らせたのは、彼女が川島を『どこかやることがずれている』と鼻で笑ったことだった。蒼がこの件に関わることになったのも、友人を心配する川島の熱意にほだされたからなのに、あれはいくらなんでもあんまりだ。

（さっさと川島さんに連絡して、少なくとも及川さんのためにならこれ以上留まる必要はないって教えてあげなくちゃ――）

だが確認してみると、やはり川島の携帯は電源が切られていた。見つかって取り上げられでもしたのか、誰かがそばにいてメールを送るのはもちろん受信も気づかれてしまいそうなのか。彼女から連絡があるまで、待つしかないんだろうか。

そこまで考えて、蒼はふいに息を呑んだ。急にまた別の可能性というか、危惧に思い当たったのだ。たったいま自分が顔を合わせて会話してきた、あの女性は本当に川島が捜していた友人の及川カンナなのだろうか。蒼が見ているのは一枚の写真だけで、それとはあまりに印象が違いすぎる。

無論服装は別だし、メイクの有無もある。だがあの写真に写っていたもうひとり、海老沢愛子は修道女姿で出会ってもそんなに違っては見えなかった。本当の及川といくらかでも顔立ちが似た女性が、「及川カンナです」と名乗って現れても蒼にはたぶんわからない。確かめるには？　川島と彼女を会わせる以外あるまい。

（でも、いくら待っても川島さんが連絡してこなかったら？――）

（CWAが安全な教団でなく、本物の及川さんを監禁しているとしたら、そのことを探り出そうとしていた川島さんだって当然……）

もしかして、これはすごくまずい事態なんじゃないだろうか。蒼は携帯を摑んだままその場で固まってしまう。さっきの及川（と名乗った女性）の口調では、教会の電話にかけても取り次いでもらえるかどうか怪しい。そしてこれきり川島の携帯が繋がらないままだとしたら、自分はどうすればいいのか。彼女を激励して送り出した先が、そんなにも危険な宗教団体だったとしたら。

——天使と会いました——

最後のメールの文面が記憶によみがえる。

——天使によってわたしは生まれ変わりました。わたしは幸せです。ハレルヤ——

（どうしよう……）

こんなときこそ緻密に、あらゆる可能性を視野に入れて考えなければならないのに、頭が動かない。急に陽が翳ったように、目の前が暗い。身体の皮膚は冷たいのに、冷や汗が吹き出してこめかみを伝い落ちる。吐き気がする。気持ちが悪い。

ああ、馬鹿だ。考えてみたら結局昨日の夜も、今朝もろくになにも食べていないし、ちゃんと眠ってもいない。そのせいで貧血しているのだ。頭を低くして、じっとしていれば治まる。でもせめてこんな道端でなく、どこか座れるところ。人が見て変に思われないで済むところ。歩かないと、そこまで。でも、足が痺《しび》れて——

目の前を、ふわっとなにかが通った。

それも縦に、上から下へ。

舞い降りてきた人影。

まさか、そんなことが。

「君、どうしたの。だいじょうぶ？　病気？」

男の人の声だ。そして手が、そっと肩にかかっている。

「——平気、です」

やっと答えた。

「ただ、ちょっと貧血で」

「そうだね。顔が青い。よし、それじゃここに座るといい。車は来ないしゴミもないから。少し休んで歩けるようならまた歩こう。いいね？」

若い男の人の声だ。口調は明晰《めいせき》だがその響きは柔らかい。腕を抱えられて、日蔭のアスファルトに腰を落とす。

「ゆっくり呼吸して。吸って、吐いて。吸って、吐いて。繰り返す。大丈夫、急がなくていいから――どう？」

いわれるままに深呼吸を繰り返していると、少しずつ目の前に色彩が戻ってくる。痺れた指先に、ようやく血が通い出した感じ。

「はい。楽になりました。もう、平気です」

垂れていた頭を上げるとすぐそこに、こちらを覗き込んでいる顔があった。大学生よりはもう少し年上の男性。声の感じとそのまま重なる、柔和な微笑みを浮かべた感じのいい顔だ。

「すみません。有り難うございます」

「いや、お礼をいわれるほどのことはなにもしてないよ。こちらこそ、君に話しかける機会をもらえて有り難かった」

「え？」

「ナンパしてるわけじゃないよ、いくら君が可愛いからってね。実はぼく、ＣＷＡのことを調べているんだ。君はいまあそこから出てきた。でも信徒ではないよね」

「――ええ」

「良かったら、話を聞かせてもらえない？」

# カルトの方舟

## 1

それから十分後、蒼は武蔵小金井駅前の喫茶店でその男と向かい合っていた。ルポライター宮本信治《みやもとしんじ》と名乗った男は、名前と携帯のナンバーしか書かれていない名刺を滑らせてよこす。

「といっても署名原稿を書いたり、本を出せるような身分じゃない。スポーツ新聞の風俗記事や、タウン雑誌の埋め草がせいぜいでね。タレントの告白本のゴーストなんかにありつけたらそこそこ稼げるけど、ふだんはいつもピーピーさ。物書き業界の底辺をうろついてるってやつ」

どう見ても安物のポロシャツに薄緑の綿ブルゾンを羽織って、服装はおじさん臭いが、年齢はいくつくらいだろう。顔は若く見えるし、しゃべることばは軽佻浮薄《けいちょうふはく》だが、落ち着いた雰囲気もないことはなく、二十代の末から三十代の半ばくらいまで何歳でも不思議はない。少し長めの油っけのない髪に、ハンサムというほどでもないが感じのいい顔立ちをして、目尻の下がり気味なのがなおのこと柔和な印象を強めている。

「そのルポライターさんが、なんであの教会を見張ったりしていたんですか？」

汗まみれの顔を喫茶店のおしぼりで拭って一息ついた蒼は、慎重に聞き返した。ＣＷＡの近くに建てかけて放置されたかなり大きなビルの工事現場があり、宮本はそこに潜り込んで鉄骨の間から双眼鏡で人の出入りを監視していた、というのだ。それも今日だけではなく、この一週間ばかりほぼ連日。ときには夜中過ぎまで。

「それはもちろん取材のためさ。といってもこいつは頼まれ仕事じゃない、自分のライフワークとしてじっくり取り組んでいるんだ」

　訪問者はあまり多くない。というよりほとんどいない。特に男性は門前払いされるのが普通だ。宮本自身も電話で取材を試みたし、ドアの前まで行ってみもしたがろくに相手にもされなかった。だから先週の土曜日に蒼が女の子とふたりで教会を訪れたことも、月曜に同じ女の子が教会に入ってそれきり出てこないらしいのも、そして蒼が今日再び現れたのも気づいて注目していたという。

「君が今回も中に入れてもらえたのを見てね、これはなにか仔細《しさい》がある、話を聞かなくちゃと思って、出てきたときにあわてて鉄骨を伝って降りてきたんだ。そうしたらなんだか様子がおかしくて、塀から飛び降りて駆けつけたってわけ」

「本当に有り難うございました。助かりました」

「持病があるわけじゃないよね？」

「ええ。ただちょっと睡眠不足だったんで」

「睡眠不足になったその理由は、あそこの教団に関係してるの？」

　さりげない問いかけだったが、蒼はハッと気持ちを引き締める。確かにいましがたは親切にしてもらったが、この男をどこまで信頼していいのかはまだわからない。ルポライターという職業を名乗る人種には、正直な話あまりいい印象がないのだ。

「ぼくのことを話す前に、もう少し宮本さんについて質問させてもらっていいですか？」

　すると意外にも彼は、パカッと大きな口を開けて破顔した。

「うんうんいいね。そういう慎重さは好きだね。見ず知らずの人間を簡単に信頼したらいけない。君がぼくを怪しく思うのはけだし当然だ。どうぞなんでも聞いてくれ。もっともこちらにも一応事情はあるから、答えられないことだってあるかも知れないけどね」

悪戯っぽくウィンクされて、蒼はリアクションに迷ってしまう。どうも、うかうかしていると相手のペースに嵌められてしまいそうだ。

「えーと、その取材というのはどういう目的のものなんですか？」

「目論見としては、書き下ろしのルポルタージュだね。オウム以後の日本の新宗教と、主に青年世代の精神風景を概括的に捉え、各論として仏教系、キリスト教系、ニューエイジ系といったさまざまな傾向の宗派教団を取り上げる」

宮本の口調はさすがに淀みない。

「ぼくも若くは見えるだろうけど三十をとっくに過ぎて、いつまでもイメクラのおねーちゃんたちの紹介記事でもないだろうと思うんだよ。幸いいくらか貯金もある、体力もまだあるいまのうちに、金にはならなくてもこれが自分の仕事です、といえるようなルポを一冊ものにして、なろうことならＯ賞あたりを狙いたいと思ってね」

著名なジャーナリストの名を冠したその賞なら、蒼も耳にした覚えはある。

「その各論のひとつとして、ＣＷＡを取り上げる、ということですか？」

「うん、そう。同じキリスト教系でも知名度の高いところじゃなくて、出来るだけこれまで取材されたことのなかった、特徴のある教団を調べてみたいと思ったんでね」

なぜＣＷＡのようなほとんど知られていない教団を選んだのか、という蒼の疑問に宮本の答えは先回りしていた。

「他にも取材されたところはあるんですか？」

「ぼちぼちね。なにせぼくひとりで、それも稼げる仕事の合間にしてるようなわけだから、時間はかかるけどまあ焦らずに進めてるよ。いままでの仕事中に知り合った人から情報をもらったりしてね」

「宗教団体の取材って、どういう手順で進めるんですか？」

「手法としてはまず教団に正面からアプローチして公式の教義を聞き、可能なら教祖にインタビューしたり儀式に参加させてもらったりする。もちろん入信まではしないけど。その後で個々の信徒に連絡を取って話を聞かせてもらう。さらに脱会した信徒を捜して、彼らからも話を聞く。この順番を逆にするとまずい、というのはわかるよね？」

「はい。先に脱会した人と会ったりして、それが教団に知れたら取材拒否される可能性もある、ということですね」

「そういうこと」

「でも、そううまく行きます？」

「ぼちぼちだよ。オウム事件のおかげで、大抵の新宗教は『自分たちはそんな危険な集団ではない』ということを広報したがっている。ただしその分、『興味本位の猟奇的な扱いをされたり、危険なカルトとしてでっあげられるんじゃないか』という警戒心も強い。

　だからこちらは、宗教の存在をむしろ肯定的に見直したいという意味での取材です、ということを強調する。これは決して口から出任せじゃないよ。ぼくはいまの一部のマスコミみたいに、宗教をまとめて忌避したり胡散臭がる傾向には反対なんだ。それを信じてもらえば、そこそこスムースに道が開けるね」

　ＣＷＡでは信じてもらえなかったわけだ。あそこは最初から蒼も不思議に感じたくらい広報や布教には興味がないから、宮本も付け入る隙がなかったのだろう。しかし蒼はまだ釈然としなかった。彼のことば通りＣＷＡが多くの取材対象の中のひとつに過ぎないのなら、いつまでもそこにこだわるよりもっと取材しやすい対象を探すのではないか。いくら焦らずが信条でも、ものになるかどうかもわからないところにひとりで一週間も張り込むのでは効率が悪すぎる。本一冊書き上げるのに、何年かかってもかまわないということはないだろうに。

もしかしたら宮本は、もうある程度はＣＷＡについて取材を進めているのかも知れない。その上で、なにか具体的な目論見があっての張り込みというならわかる。だが、それをどうやって聞き出せばいいのか。蒼は時間稼ぎのつもりで、少し違った話題を彼に振った。

「いまおっしゃったカルトって、オウム以後はずいぶん聞くようになったことばですけど、その前でも例えばすごくマニアックな映画をカルト・ムービーなんていいましたよね。結局のところカルトって、どういう意味だと考えればいいんですか？」

「うん。それはなかなかいい質問だ」

宮本は嬉しそうにうなずいて、

「ただし、なかなかに答えるのが難しい質問でもある。それというのも『カルト的なるもの』というのは人類の文化においては非常に普遍的なものであって、一概にそれを悪と決めつけられるわけでもないからなんだ」

ずいぶん話が大きくなってきた。

「といってもあんまり話を広げすぎると話すぼくも聞く君も大変だから、出来るだけ刈り込んで説明することにするよ。詳しくはいずれぼくの本が出たときに読んでもらうとして、いま日本で問題になっているのは主として宗教カルトだね。ぼくの本も日本における比較的マイナーな宗教グループを扱うつもりだけど、カルト＝宗教でも、宗教＝カルトでもない。成文化されたカルトの定義をいう前に、非宗教カルトの具体例を挙げた方がわかりやすいかも知れない。

例えば日本では一九八〇年代から九〇年代の前半にかけて流行した自己啓発セミナー、例えば全財産を共有して共同生活による農業コミューンを組織するＹ——会、また例えばアメリカに本社を置いて洗剤や化粧品を販売するマルチ商法のＡ——。君の年代だとどれも、名前くらいは聞いたことがあるという程度のものばかりだろうけど」

「ええ、そうですね。ほんとに名前だけです。そういうのもみんな、カルトなんですか？」

「宗教カルト、教育カルト、政治カルト、商業カルトというふうに分類する人もいる。自己啓発セミナーは教育カルトだし、全共闘運動の末期に凄惨なリンチ殺人を引き起こした過激派なんか、政治カルトに分類されるわけだ。癒やし系と能力開発系といった分類の仕方をしている本もあって、前者にはヨガや禅のような東洋思想からエコロジー、後者にはセミナーの他に性格を改善する、超能力がつくといった効能を売り物にするグループが入る」

「オウムも元はヨガ道場で、教祖の超能力がセールスポイントだったんですよね」

「うん。だからどう分類してみても重複はしてくるよね。さっきいったY——会は資本主義の私有財産制度に対立する政治カルトであると同時に、子供の不登校やアトピーを治すことを売りにする教育、癒やし系カルトともいえるわけだ」

「でも商業カルトって、マルチ商法の会社までがカルトに入るんですか？」

「そう。ちょっと不思議な気がするだろう？　そこがつまりカルトとはなにかという定義と関わってくるんだ。いままでぼくはわかりやすいように社会問題化しがちなカルトを列挙したんだけど、ウェブスターの辞典で調べるとcultの語義はこうだ。『なんらかの芸術的または知的プログラム、傾向、人物への献身や忠誠によって結ばれた通常は小さな、あるいはせまいサークル』とね」

　今度は抽象的すぎてわかりにくい。目をぱちぱちさせた蒼に、宮本はにっこり笑い返して、

「子供同士が集まって仲良く秘密基地を作って遊ぶことから、大人の趣味の愛好会、あるいは、ぼくは以前アメリカに住んでいたことがあるんだけど、向こうにはヌーディストの村もあれば、現代文明を可能な限り排除して暮らす特異なコミューンもある。そういうのも広義のカルトといえるだろう。

キリスト教がユダヤ教の一分派として始まったように、カルトから大きく発展して一大潮流と化す場合もあるが、多くはひっそりと限られたメンバーの中で存在して、やがて役割を終えて消滅する。しかし小さく親密に群れたい、というのは人間のひとつの本性じゃないか。ぼくが最初にいった、人類文化に普遍の『カルト的なるもの』というのはこっちの意味合いなわけだ」

「ええ。それはわかります」

「でも君はたぶん、そういうタイプではないね」

さらっといわれて本音を見抜かれたようにドキリとした蒼だったが、

「中心にカリスマ性を持ったリーダーがいて、成員はこれに対しての服従を求められる。さらにこれまでの社会通念に照らしてはやや特殊な、逸脱と感じられる教義やそれに基づく生活習慣を受け入れさせられる。それによって成員は否応なくこれまでの人間関係から引き離される。


子供の遊びにこの構図を当てはめてごらん。頭の切れるガキ大将の提案で、危ないから子供だけで立ち入ってはいけないと大人からいわれている場所に秘密基地を作る。大人はもちろんメンバー以外のクラスメートも蚊帳《かや》の外だ。グループ内の仲間は特別な親友になり、自分たちがちょっとえらくなったような気持ちさえ生まれる。どう？」

「はい。そこまではなるほど、です」

「今度はこの構図をマルチ商法のA——に当てはめてみようか。教祖ではないがトップセールスマンとしてカリスマ的な人気を誇る著名人がいて、彼が講演会で『良いことしか見ない超プラス思考で頑張れば必ず億万長者になれる』という教義を吹き込む。仲間に加わるだけで一般人よりえらくなった気分がして、売れば売るほどピラミッド状のヒエラルキーを上昇出来る。成員は絶えずミーティングを開いて互いを励まし合い、目標達成を競い合うが、価値観を共にしない家族の声など一切耳に入らない」

「でもマルチ商法の会社が遠からず破綻することくらい、ちょっと考えてみればわかるのに」

「その、ちょっと考えてみる、が出来なくなるように機構的に仕向けているからこそＡ——はカルト、それも危険なカルトなんだ。秘密基地を作る子供やヌーディスト・コミューンの住人は、自分たちの成員を増やすことは志向しない。だがマルチ商法の場合、もともと膨張を続けなければ立ち行かない。そこも大きな違いだね」

「ええ」

「だけど人格が崩壊するにはほど遠い程度の熱中、いつでも引き返せる範囲での献身、家族血縁とは別の人間関係、趣味を同じくする者同士の親密なサークルと、社会問題化するカルトとの線引きは結構難しいものだと思わないか？　オウムにしてもヨガ道場として出発した昔は、例の教祖も尊敬できる父親のような指導者だったというし、ぼくたちはどこで間違えてしまうんだろうね？」

「そのサークルに入った人が引き返したいって思ったとき、引き返せるように出来ていれば社会問題化はしないんじゃないですか？」

蒼は考えながらそう答えた。しかしすぐにことばを継いで、

「でもどんなことでも、始めてしまうと途中で止めるよりそのまま続ける方が楽に感じる場合って、ありますよね。作ったサークルは潰すより続ける方が楽で、嫌になっても一抜けたっていうのは少し勇気が要る。そして続けたい人は、メンバーが減るのは嫌だから止めようとする人を止めさせまいとして、そうするとますます止めにくい」

「そうだね。なんらかの目的や理想があって作ったはずのサークルなのに、いつの間にかそれを続け、より大きくすることが自己目的化する。カルト的な長所であったはずの家族的な親密さや秘密を保つことを犠牲にしてまでも。そういってしまえば当たり前の、有り勝ちの話だ」

「でも、やっぱりわかりません。たったそれだけのことがなぜ、無差別テロみたいな犯罪にまで結びついてしまうんでしょう。マルチ商法みたいに、最初から他人を食い物にするシステムの上に乗っかっているような集団にしても、目的はカモを集めてお金を稼ぐことで、社会をぶっ壊すことじゃないですよね？」

「わからない？」

宮本は胸の前で腕組みをしたまま、蒼を見てまたにこっと笑う。つい見とれてしまうような、やさしい笑顔だ。

「人間の本性に根ざしたカルトの中でも、社会問題化していくカルトには、やっぱりひとつ踏み越える線があるんだとぼくは思うよ。そしてA――の場合には下部の成員を利益として食い潰すことは百も承知の、冷酷な論理を持ったトップがいるが、オウムの場合はそれとは違う。君くらい聡明ならもう答えは出ているも同然だと思うけどな」

「えー？　わからないですよ」

「カルトは国家的な規模と較べれば所詮小さなサークルだ。その上に君臨する教祖と幹部たちにとっては、集まった信徒の数が力の目安だ。この数をもっと増やして権力を味わいたい、といつか彼らは願い出す。そのためにもっと信徒を増やし、献金を集めたいと思う。しかしオウムはヨガ道場が出発点、ということは個人の修行が基本で、教えて容易く分け与えられる教義があるわけでもない。カリスマたる教祖の他に求心力がない。その求心力も、信徒が増えれば当然相対的に低下する。

　それでも彼らが『拡大したい』という欲求をありのままに認められれば良かった。拡大するための戦略として新しい教義を作り、作戦を練り、布教勧誘をする。それは多くの伝統宗教が通った道だ。だがオウムの教祖はそこまで冷静ではなかった。自らの本音を認めて戦略的にふるまう代わりに神がかり始めた。幹部たちもそれを助長した。

不幸なことにそんな教えでも、信徒は集まった。集まれば彼らを引き留めなくてはならない。ハルマゲドンの予言はことごとく外れたが、信徒は逃げ出さない。彼らに与えるものが要る。急拵《きゅうごしら》えの教えは急進化し、ヨガとは縁もゆかりもない終末論を吸収して暴走した。テロを計画して人を集めたんじゃない、集めた信徒を働かせる名目にテロが計画されたんだ」

　穏やかな表情のまま、それにはおよそそぐわない無惨なことばを紡ぐ宮本の顔を、蒼はじっと見つめていた。そして、つぶやくように答えた。

「なんだかそれって、すごく救われません。そんな理由で殺されるなんて、狂信者に襲われるよりまだひどいです」

「しかし古今の戦争にしても、開戦の理由を尋ねれば似たような無意味に突き当たるのじゃないかとぼくは思うな。軍人が戦争を欲するのは自らの存在理由を確認するためだ。戦争が起きないと自分たちの居る意味がないから戦争をしたい。正直にそうとはいえないから、無理やり大義名分をこしらえる。人間っていうのはもともと罪深いものさ。自分さえ痛い目を見なければ、他人なんか物のように扱える」

　蒼はため息をついていた。宮本のことばを的外れだと感じたからではない。正鵠《せいこく》を射ているように思われたからだ。だがその身も蓋もない正論は、

（ちょっと京介がいいそうなせりふかも……）

「やあ、悪い悪い。前途ある若者にとんだペシミズムを注入してしまったかな？　そういう考え方も出来るってことだから、あんまり落ち込まないで欲しいとおじさんは思うんだけど」

　おどけた口調になった宮本に、微笑んで頭を振ってみせた。

「大丈夫です。ぼくも悲観的っていうより、きれいごとを並べるよりは本当のところを直視したいと思いますから」

「そういってもらえれば本望だけど」

「でも、人間はもともと罪深いって、キリスト教の原罪説みたいですね。宮本さんはクリスチャンですか？」

「まさか」

　彼はとんでもない冗談を聞いた、というように肩をすくめて目を丸くしてみせる。

「少なくともぼくは、二千年前に田舎のユダヤ人のおっさんが死刑にされたのは我々の罪を贖ってくれるためだった、なんてことは全然信じていないからねえ。君は？」

「ぼくもです。あれは宗教史上の一大トリックっていうか、教祖の処刑という決定的な汚点のマイナスを、オセロゲームみたいに一気にまとめてひっくり返してプラスに転じた、起死回生の宗教的大博打だって」

「へえッ。それは君の説？」

「いいえ、その、知り合いがいってました」

　感心した顔をされて、あわてて誤魔化す。それは以前京介がなにげなく洩らしたことばだった。

「いやあ、そうだろうなあ。君の歳にしたら穿《うが》ちすぎだと思ったよ」

（君の歳って、もしかして高校生くらいに思われてるのかなあ――）

　最初に名前だけは名乗ったが、W大の学生だとまではいっていない。それはともかく、「知り合い」について尋ねられるかと思ったが、宮本が次に口にしたのは、

「もう一度危険なカルトのチェックポイントをおさらいしておこうか。カリスマ的で個人崇拝を求める支配的なリーダーを持ち、それ以前の人間関係との隔絶を強制し、金銭や労働の搾取を行い、入信勧誘のときは倫理に悖《もと》る意識操作や強制的な説得とコントロールを行使する。そしてなにより組織拡大を自己目的化している、といったところだけど」

「はい」

「で、どうかな。君の見るところCWAは危険な宗教カルトだと思う？」

## 2

「少なくとも高いお金を要求されるとか、働かされるということはないみたいです。ただ、表向きの主張と実態が食い違っているようにも見えて……」

「土曜日に一緒に行った子が、入信した？」

ずばり、という感じで宮本が尋ねてくる。表情が柔和なので角は立たないが、やはりぎくりとする。

「まあ、そうです。あなたも知り合いが？」

「残念ながら、外れ」

本当かな、という目で彼の顔を見返した。

「でも、当たらずといえども遠からず。実をいうとあそこには知っている人間がいる、と思っているんだ。直に顔を見たわけではないから、確信はないんだけどね」

「信徒の中に、ですか？」

「んー、それはまだちょっと待ってくれないか。必ず全部打ち明けると約束するから、先に君の方の事情を聞かせてもらえない？」

蒼はためらった。

「ぼくの事情といっても、ぼくはただ友人から相談を受けただけなんで、だから彼女がどうしてあそこに行くことになったかとかそういうことは、ぼくの一存では話すわけにはいかないと思うんです。ただ彼女は、携帯電話で中の様子をいろいろ伝えてくれていたんですが——」

「オッケー。プライヴァシーにかかわるようなことは聞かないよ。君が差し支えないと思う範囲だけでいいから」

レポート用紙とシャープペンシルを取り出した宮本に、蒼は川島から伝えられてきたことを掻い摘んで説明した。彼はふんふんとうなずきながらシャーペンを走らせていたが、

「なるほど。現代の陰修士、東京都下のビルの中の修道院、とはなかなかの新機軸だね」

　自分のメモに目を落としながら感心したようにつぶやく。

「さっきのチェックポイントで挙げたように、分断隔離はカルトが執る常套手段だ。あ、ここから先はカルトっていうときは、基本的に危険なカルト、という意味ね。ただ多くのカルトでは、信徒をある程度の数まとめて扱って、集団心理で盛り上げたり引きずったりする。ＣＷＡの場合、ひとりひとりを徹底して孤立させているのが珍しいな」

「仮面をつけることまで強制するのって、やっぱり異様に思えますよね」

「うん。ただ、そういう特殊な習慣というやつは、人間の意識を変えるには大いに有効なんだ。仲間内だけで通じる特別の用語、帰属のしるしとしての制服や記章、サイン、そうしたものを共有する喜び。ほとんどのカルトがその種のものを持っている」

「でも、ＣＷＡの場合は共有しているという感じではない気がしますけど」

「そうだね。だが現代のように常に過多な情報に晒されて生きることに慣れた人間が、そうして完璧に分断されて神と一対一の関係を作ることを強要されるというのも、まさにそこでしか通用しない特殊な状況ではあるよね。そうしたいままでにない状況に置かれることで、自分がそれまでの自分とはまったく違ってしまったという感覚を覚えて、それを宗教的な陶酔と混同するというのはありだろうな」

　蒼はそのことばに、川島から来た最後のメールを思い出している。『天使によってわたしは生まれ変わりました』という唐突な文面を。胸をかすめたそんな思いを、宮本はまたしてもすばやく察知したようだった。

「君の友達はその後もあそこの壁の中で、問題なく生活しているのかな？」

　問われて思わず答えている。

「いえ。それが、昨日から連絡が取れなくなって」

「それで訪ねていった。しかし結果は君にとって、思わしいものではなかった」

「会わせてもらえませんでした」

「まあ、そうだろうね。さもなきゃあれほど打ちひしがれては出てこなかったろう」

そんな、遠目にもわかるほどしょげ返っていたとしたらみっともないな、とは思ったが、事実なのだから仕方がない。

「宮本さん。洗脳とか、マインド・コントロールって、そんなに簡単に出来るものですか?」

いつの間にか、こちらをじっと見つめる彼の顔から微笑みが消えている。

「君の友達の精神状態が、急に変わり出していたということ?」

「ええ。天使に会ったって、最後のメールで」

宮本はテーブル越しに身を乗り出してくる。

「そこんとこ、もう少し詳しく聞かせてくれる?」

「ずっとメールだけだったんで、変化といっても間接的にしか伝わってこないんですけど」

そう前置きして蒼は、彼女がたった半日で閉所恐怖めいた感覚を訴えてきていたこと、友人だった信徒にルール違反を告げ口されて、相当にきつい修行をさせられたらしいこと、などを説明した。

「その呼吸法はちょっと気になるね」

修行の内容を聞いていた宮本が口を挟む。

「過呼吸法といって、ヨガにもあるんだけど、吸気を出来る限り速く、吐気も短時間にしてそれを繰り返す。そうして一時に大量の酸素を取り込むと、アルコールの酩酊に似た状態に陥ることがある。トランス状態、催眠状態、変性意識、名称はいろいろだが要するに、外部からの暗示に対して非常に支配されやすい意識状態を作り出すための、古くから知られている手法のひとつなんだ。それから決まった祈りのことばを、大声で繰り返し唱えさせる、というのも同様にね」

「それじゃあ、CWAが信徒に与えているお祈りのメソッドが、マインド・コントロールそのものなんですね?」

「うーん。でもね、マインド・コントロールというのもオウム以来人口に膾炙《かいしゃ》したタームだけど、これも『カルト的なもの』と同じで、それ自体が悪であるわけじゃないんだよ」

宮本は急に水をかけるようなことをいう。

「だって、他人の心に土足で踏み込んで勝手に操作するなんて許されるはずはないですよ!」

蒼は思わず大声で反発していたが、

「でもそれをいったら、学校教育もマスコミの報道も、知らぬ間に心に踏み込んで操作するもののひとつだといえなくはないよ」

「そういうふうに一般論化することが、変だと思います」

「うん、わかってるわかってる。ちゃんとわかってて話してるから、落ち着いて」

ぽんぽんと肩を叩かれて、腹を立てたことが少し恥ずかしくなった。

「そうですね。心をコントロールするものはいくらでも存在していて、ただその中に危険なマインド・コントロールがあるっていうことですね」

「そうそう。変性意識を作り出すことで非日常的な超越体験を得るというのは、伝統宗教でも昔から使われてきた、まあ文化といっていいものでもあるわけだよ。宗教だけじゃない。演劇や音楽が人を陶酔させ、熱中させるのもほとんど同じだ。

ただそれが危険なカルトでは、組織の拡大強化のために乱用される。自己啓発セミナーは強制的に参加者を変性意識に追い込んで自我の組み替えをさせるし、マルチ商法の成員が超プラス思考といった単純な思想に嵌まってしまうのも陶酔的な変性意識に人を誘い込む仕組みが講演会にあるからだ。どちらもアメリカから来たもので、生きることに積極的になれば夢は叶う、がその教義だ。

Ｙ――会の特別講習ではまったく逆に、会の理念である無我無所有が叩き込まれる。感情に動かされることなく、所有の観念から離れさえすれば理想の生活に行き着けるのだ、とね。刷り込まれる思想は全く違っても、注入のプロセスはそうは違わない。基本はそれまでの生活環境からの分離、情報の遮断だ。そうした状態に人間は弱くて、視覚聴覚触覚の感覚刺激を断たれた状態で置かれると、早い人では二十分で鮮明な幻覚が現れる。刺激に飢えて被暗示性が高まるんだね。

　マルチ商法の場合はマイナスの遮断ではなくプラスの遮断、輝かしい成功例だけを怒濤のように浴びせかける形になるが、その人が本来持っていた健全な生活感覚や常識から引き離された状態で、一定の情報だけを与えられることに変わりない。舞踏会にいるような浮き立つ空気の中で、Ｙｅｓ．という選択をその場でするように誘導される。自分が変性意識の中に置かれている自覚もないままに。

　もちろん変性意識状態というのは、ずっと続くわけじゃない。そして陶酔のときが去って元に戻ったときに、記憶が失われているなんてこともない。だが面白いのは、といったらまた君に怒られるかも知れないが、人間は自我の組み替えが外部からの干渉で勝手に行われてしまったなどということを認めたがらないんだ。なにか変だなとは感じていても、尋ねられればそれは自分の意志でしたことだと言明する。あの選択は正しかったのだと熱心に言い張る。自分の行動の一貫性を保ちたい、という動機が働くからね」

「そうして言明することで、ますます確信が強まっていくということですね」

「そうなんだ。そうやってひとたび一本の道に載せられてしまった人間は、容易なことでは引き返さない。そこから先は自分で自分のマインドをコントロールしているといえる。さっき君がいったように、始めてしまったことは続ける方が楽だからね。

つまり『カルト的なるもの』は『マインド・コントロール的なるもの』と親和性があり、いずれも薬である場合もあるが毒となる場合も多く、しかも極めて厄介なことに人間というものの本性に根ざしているというわけだ」

「でも、それだけでＣＷＡが危険なカルトかどうかはまだ決められない、ですよね？」

「まあそうだね。だけど君の友人の潜入捜査がぼくみたいな取材目的でもない限り、あんまり長引かせないで連れ出した方がいいよ。過呼吸法だけでも、身体を壊す危険はあるんだから」

「そうなんですか？」

「うん、ほんと。ヨガの場合は必ず指導者がつく。それに自己啓発セミナーやＹ——会の特講では、その最中に急性の精神障害を起こした例もあるんだ。といっても、向こうからメールが来ないと連絡が取れない？」

「——はい」

うなずきながら蒼はいまさらのように、川島を止めないどころか激励して送り出した自分の軽率さを責めている。なにもわかっていないままで、なんということをしてしまったのだろう。

「ねえ、君。君はＣＷＡのリーダーというのがどんな人物だか知らない？」

急に声をひそめるようにいわれて、蒼は息を吸い込む。宮本の表情がちょっと強張って見えた。

「一度会いました。たぶん、あの人なんだと思います。三十過ぎの痩せ形で、目のきれいな、ただ顔に赤い痣があって」

「痣？　火傷《やけど》の痕じゃなかった？」

「さあ。よくわかりません」

顔は間近からかなりの時間見ていたはずだ。しかし印象に残っているのは白い額と、くっきりした目と、その声くらいで、痣の方がはっきりしないのはやはり無意識にそれから目を逸らして見まいとしていたせいかも知れない。

「でも声の響きの美しい人で、すごく明晰な話し方をするんです。雄弁という感じではないけれど、つい聞き入ってしまう」

「間違いない。その女をぼくは知っている」

これまでとは別人のような、沈痛な表情で宮本はつぶやく。

「名前は碓丸珠貴《うすまるたまき》。いままでも、いくつもの宗教カルトグループを渡り歩いている――魔女だ」

「魔女？」

あまりに突拍子《とっぴょうし》もないことばを聞いた思いで、蒼は目を丸くしたが、

「あの女が取りついたカルトは徒花《あだばな》のようにいっとき盛んになるが、やがて大抵の場合壊滅する。滅びの魔女というわけさ」

容易には信じがたい、常軌を逸した話だとは思った。だがそんなふうにいえば、これまでふたりで話してきたことのどれもが多かれ少なかれ常軌を逸した話だといえなくもない。

「それじゃ宮本さんの目標は、彼女だったということなんですね。ＣＷＡに目をつけたのもそのためなんですね？」

「まあ、そういうことだ。といっても、新宗教についてのルポルタージュを書きたいというのは作り話でもなんでもない。ライターとしての転機を賭けて本気で取り組んでいる企画なんだ。ただその取材対象にする教団を検討していたところに、見慣れないキリスト教系の小グループがあるのを見つけて、その内どうやらそこのリーダーが碓丸珠貴らしいとわかったのさ。もっともあれを立ち上げたのは彼女ではなくて、今年になってから加わったらしい、ともいうんだが。それで君は、どんなふうにあの女と会見したの？」

「どんなふうにって、このくらいの窓を通して会っただけです。格子がはまっているから、そのせいでよけい顔は見づらくて」

蒼は両手で窓の大きさを示した。

「彼女はＣＷＡの中ではマテル様と呼ばれていて、自分はルクリューズだっていいました」

「ルクリューズ——隠者？」

　宮本はそのことばは知っていたらしいが、眉を寄せて怪訝な顔になる。

「四畳半もないくらいの小さな部屋に、自分から進んで閉じこめられていて、死ぬまで出てこないんだそうです。信徒はお互いに顔を合わせることはないけれど、マテル様のところへは懺悔に行くって」

「ペテンだ」

　宮本は一言で吐き捨てた。

「新手の売り物を考えたというわけだ。なかなかに斬新な趣向じゃないか。きっといまに何倍もの信徒を集めるようになるだろう」

「でも、ぼくたち口止めされたんですよ。好奇の目に晒されたくないからって。布教する気もないみたいだし、会費も安いし、だからちょっと変わっているなと思ったんだけど」

「もちろん組織の拡大を意図しないタイプの宗教カルト、というのもあるさ。例えば一九七九年末から一時期社会の耳目を集めた『イエスの方舟《はこぶね》』は、リーダーである男性と十数人の女性信徒という限定されたグループから、一切の拡大を意図しなかった。これは必ずしも例外的な存在じゃあない。全国に散在する極小規模の宗教法人の多くが、地縁血縁に結ばれたこぢんまりと親密な信仰を守っている。だがＣＷＡの場合はそれはあり得ない。あの女が入り込んでいるのがその証拠だ」

　怒りの色を隠そうともしない宮本に蒼は説明を求め、彼は少しためらっていたが、

「ぼくの知人の娘さんが、数年前にやはり某宗教カルトにはまってね、ぼくはその知人から相談を受けて彼女を脱会させようとした。カルトの本部から出てこない彼女を、親が急病だと嘘をついて連れ出して、マンションに閉じこめて寄ってたかって強制的な説得工作を行った」

「それで、どうにかなるんですか？」

「なる場合も、ならない場合もあるよ」

　宮本は口元をゆがめて、ちょっと自嘲的な笑いを浮かべた。

「近年では強引な脱洗脳は、かえって心に傷を残し精神障害の原因となるといわれている。しかしそのときぼくたちには、こんな場合どうすればいいのか教えてくれる人も助けになってくれる組織もなかった。母親は心労で痩せ細り、父親は娘を殺して自分も死ぬとまで言い出していた」

「そんな――」

「うん、まったく乱暴な話さ。それでも十日ほど説得を続ける内に娘さんも次第に落ち着いて、ぼくたちの話に耳を傾けてくれるようになっていた。自分は間違っていたのかも知れないし、少し教団を離れてゆっくり休養して考えてみたいともいった。それでぼくたちは、一番危ない山は越したと安心していたわけなんだが」

　宮本は、その先を語るのが辛くてならない、というように唇をゆがめ目を逸らしている。

「朝になっていた。ぼくたちはこれまでで一番安らかな気持ちでその朝を迎えていて、外の空気を吸いたいという娘さんに母親が付き添ってベランダに出た。父親はリビングの椅子に座り、ぼくは彼らに背を向けてコーヒーを淹《い》れていた。そのとき、凄まじい悲鳴が耳を貫いた。振り返ったぼくが見たのはベランダに立って悲鳴を上げている母親だけだ。娘さんの姿は消えていた」

「それじゃあ、飛び降りて？……」

「ああ。七階だったからね、到底助からない。それまでは万一を警戒して、ガラス戸は開けなかったんだ。ご両親は大声を上げながら、ドアから外に飛び出した。しかしぼくは無惨な遺体を見に行く気力もないまま、茫然とベランダから下を眺めているしかできなかった。いや、膝が震えてしまって動けなかった、というのが正直なところだろう。

そしてそのとき見てしまったのさ。遥か下の地面に倒れた娘さんのそばに立っている女。娘さんを取り戻そうと相手の教団に押しかけたときに、何度か見たあの碓丸という女だ。ぼくは悟った。どうして落ち着きを取り戻していた娘さんがいきなり飛び降りることになったのか。あの女が地上から差し招いたんだ。それ以外にない！」

　握り拳をテーブルにガン、と音立てて打ち当てた宮本はしかし少しして、やれやれというように頭を振って、

「いきなりこんな話を聞かされても、とっても信じられないよね。娘さんを自殺させたからって、あの女になんの利益があるわけでも無し。そんなことというこいつの方が、よっぽどおかしいんじゃないの、と思われたかな？」

「ええ。実は、少し」

「あはは。正直にいってくれて有り難う」

　情けない顔で笑ってみせる。

「でもこれは本当のことなんだ。あの女が魔女か聖女か、そんなことはぼくは知らない。だが、あいつが絡んでいる以上はＣＷＡも危険なカルトである可能性は高い。いや、今後危険なカルト化する可能性が高い、というべきかな」

「実はさっき友人に会うためにＣＷＡに行って、友人とは会わせてもらえなくて、他の信徒の女性が応対に現れたんですが、その彼女が急に言い出したんです。もうじき世界は滅びるって。前にそのマテル様と会ったときには、全然そういう話は出なかったんですが」

「そうか。終末論もあるわけだ――」

　宮本は独り言のようにつぶやく。

「先にそんなのを聞いていたら、ぼくの友人も入信するようなことはしなかったと思います。オウムがテロを始めるときも、もうじき最終戦争が起きるっていってたんですよね。まあ、あそこにいるのは全員女性だし、まさかテロはしないと思うけど」

「脅かすわけじゃないが、絶対にないとは言い切れないよ」

ぼそり、といわれて蒼は息を詰める。

「暴力が外部に向かえばテロリズム、だが内部に向かうことも考えられる」

「内部に、というのは――」

彼は蒼の質問には直接答えず、

「結局のところは君の友人が、リーダーにどこまで精神的に支配されているか、というのが問題になるね。反社会的な行動を示唆されても、踏みとどまれるくらい判断力が残っていればいいんだが」

まだいくらかためらいながら、携帯を取り出して川島から来たメールのひとつを開いて宮本に示す。昨日届いた三信めの、『マテル様とお会いできました』というやつだ。なにを話していたかは覚えていないが涙が出て、泣きながら幸せだった。いったい川島になにが起きているのか。宮本は難しい顔をして、それを繰り返し読んでいた。

「――薬師寺君」

「はい」

「君、この友達のためにどれくらいのリスクを冒すつもりがある？」

「リスク、ですか」

「うん。ぼくは正直なところ、この子は早急に教団から引き離すべきだと思う。だがこの様子だと、彼女の方から出てくることは考えづらい。かといって誘拐されたわけでもない成人を、一応自分の意志で留まっている場所から引きずり出す強制力なんて、どこにも期待できないんだ」

「警察に相談しても――無理でしょうね」

「うん。この段階ではまだとても、事件性ありとは認められないだろうね。それでもどうにかしようと思うなら」

一呼吸置いて彼は続けた。

「実力行使しかないよ」

3

「実力行使、ですか」

蒼は鸚鵡《おうむ》返しに繰り返している。もちろんいわれたことばの意味がわからないわけではない。だが、

「そんなことが可能でしょうか」

「伊達《だて》に一週間も張り込みをしていたわけじゃないからね」

宮本は苦笑しながら新しいレポート用紙を広げ、そこに簡単な地図のようなものを描く。

「これがＣＷＡのビル。自動ドアがあるのはここ。ぼくと君はここらで会った。いい？」

「はい」

「ところがこの表戸とは反対側に、通用口というか裏口というかそんなものがある。で、ごみの集積所が1ブロック離れたここにあって、週に二度収集が来るわけだ」

「そうか。カルトだって人が住んでいれば、それなりにごみは出ますね」

「うん。なんだかそぐわなくて変な感じだけどね、ぼくも偶然見たんだ。月曜日の真夜中過ぎに裏口が開いて、黒いコートを着た年輩のご婦人が両手に大きなごみ袋を下げて集積所まで運んでいくのを」

「その人、サングラスとマスクでした？」

「そうだね。頭も尼さんの白いヴェールで、ただ白衣は目立ちすぎるから、上からコートを着て隠していたんだと思う。それでね」

宮本はいっそう声をひそめて、

「彼女は行って戻るまで、裏口に鍵をかけなかったんだ。ほんの数分のことだし、夜中であたりには誰もいないしで、面倒だったんだろうね」

「それじゃ、その隙に中へ忍び込もうってことですか？」

「そんなに難しくはないと思うんだ。ここの角を曲がった後は、確実にドアから目が離れるから」

「不法侵入ですよね――」

「向こうも警察は呼べないだろうけどね」

「そうですね。それに、例えばぼくが修道女みたいな白い服で変装して顔にも仮面をつけたとしたら、あの人たちは顔も合わせない、お互い口も利かないようにしているんだから気づかれようがない」

　自分でも大胆な、はっきりいってやけっぱちなことを口にしているな、という自覚はある。ここに例えば京介がいたら絶対に止められるだろう。だが、彼はいない。それなら蒼は蒼で、出来ることをするしかない。川島の身の安全は自分に責任がある。

「やるかい？」

　宮本がニヤッと、不敵な笑いを浮かべた。

「やります。サポート、お願いできますか？」

　そんな時刻に武蔵小金井まで出かけるなら、せめて車は欲しい。川島を連れ出して、安全にその場を離れるためにも。

「いや。侵入するならぼくも行くよ」

　蒼はさすがに仰天して目を見張る。

「でも、宮本さん――」

「友人で、テレビ局の衣装担当をしてるやつがいるから、似たように見える白いワンピースとヴェールと、紙の仮面もふたり分調達してくる。なんだい、その顔。ぼくだって君に較べればいい加減おじさんだろうけど、これでも若い頃は美少年っていわれたんだぜ。背もそんなに高くないし、肩幅も狭いし、声さえ出さないように気をつければ充分誤魔化しは効くさ」

　彼も考えを翻す気はなく、そのまま蒼たちは作戦を練った。あの街のごみ収集は週に二回、火曜と金曜。本来は当日の朝に出さなくてはならない決まりだが、鍵のかかる金網の小屋のような集積所が作られていて、前日の深夜に出すのは黙認されている。その戸には南京錠がかけられていて、開け閉めには少し時間を要するので、その間に裏口から忍び込もう、というわけだ。

今日は木曜日だから、この真夜中でないと次の機会は来週になってしまう。君が行くならこれから早速衣装を調達してくるよといわれて、お願いしますと即答した。決断を先に延ばしていいことはなにもない。問題は川島を連れ出した後、彼女がなにを聞いてもCWAから離れるつもりはないと言い張ったときのことだが、

（いいさ、それはそのときに考えよう――）

「でも、やっぱり宮本さんは外で待機していてもらう方が良さそうな気がしますけど」

「まあ、作戦的にはそうかも知れないね」

彼はけろっとした口調でいいながらうなずいた。

「だけどぼくはもともと、極めて野次馬根性旺盛な性格なんだ。こんなエキサイティングな状況、現場で見ないでどうするって感じだよ」

「書くんですか？」

「いや、それは今後の展開次第。プライヴァシーの問題もあるし」

ちょっと安心した。

「それに、君の友人が完全にその気にさせられているとしたら、連れ出すのはそう簡単じゃないかも知れない。そのときは人手があった方がいいし、ぼくが陽動に出て時間を稼ぐ間に、君がその子を無理にでも引っ張っていくという手もある」

「あ、そうですね――」

「さっきもいったように、ぼくにとっては遺恨が残る碓丸珠貴のこともあるしね。あのとき目の前で死なせてしまった知人の娘さんのことを思い出すと、とても他人事とは思えないっていうか、お節介と怨まれようが罵られようが、なんとか無事に戻ってきてもらいたいと思う。これはほんとだよ」

衣装の用意に行くという宮本とは駅で別れた。ごみ捨てに出てくる時刻は正確にはわからないから、どこか近くで待機していなくてはならない。車で来る彼に、今夜十一時武蔵小金井の駅前で拾ってもらうことにする。

「なんなら車に衣装を積んで君の住まいまで行くけど？」

「いえ。ぼくもちょっと回りたいところがあるもので、現地集合でいいです」

「そうするとどうしたって、車内で着替えてもらうことになっちゃうけど」

「はい」

「ぼくのボロ車軽だから、狭くて着替えづらいと思うよ。かまわない？」

「いえっ。そんな格好してる時間は、出来るだけ短い方がいいですから」

「ははは。お互いにね。じゃ、夕飯はしっかり食べておくこと」


　ＪＲから地下鉄に乗り継いで自分のマンションに戻り、着替えを済ませ、留守電とパソコンのメールをチェックした蒼は、またすぐに部屋を出て谷中の京介たちの住まいに向かった。


　幸いあれからは、新たに侵入された痕跡は見えない。家具も食器も記憶したままの位置にある。それと昨日帰る前に思いつきで、いくつか目印のようなものを仕掛けておいた。玄関ドアの下の方に髪の毛を挟み、石を張った内側の三和土《たたき》に薄く小麦粉を撒いた。室内のキッチンや洗面所、寝室のドアにも、部屋の中で拾った糸くずや包装紙の切れ端を挟んでおいた。どれも昨日のままだ。

　もちろん事前に気がつけば痕を残さないようにするのは簡単だが、前回はわざとこちらがわかるようにこれ見よがしに室内をいじりまわしたのだし、そうして隠す必要はない。待てよ、そうとばかりはいえない。油断させて今度こそ盗聴器を隠しておく、という可能性もある。蒼はもう一度、室内のコンセントや電話をチェックして回った。やはり変わりはないようだったが、本当に安心するためには専門家の手を借りるしかない。依頼を出そうか。いや、それは京介が戻ってきてからすることだ。

十一時に武蔵小金井の駅に着くとして、御茶の水に出て中央線快速を使うなら一時間あれば間に合うだろう。念のため携帯で所要時間と時刻表をチェックし、十時十分前にアラームをセットする。食欲はなかったので、キッチンで湯を沸かしてインスタントのミルクココアを作った。ふっと気がつくと身体が重い。リビングのソファに腰を落とす。そのまま身体がクッションに沈み込んでいくみたいだ。

(疲れた……)

道端で貧血を起こしてから結局いままで、帰りの電車の中でちょっとの間うたたねをして、甘い缶コーヒーを一本飲んだだけだ。なにか食べたい気はしないけど、まだ八時にもなっていないのだからほんの二時間ばかり仮眠してもいい。今夜のことを考えたら眠っておく方がいいに決まっている。だが身体は疲れていても眠気は感じない。眠ろうと思って即座に眠れれば苦労はないので——

びくっとして目が開いた。あわてて時計を見る。ちょうど九時だ。眠っていたのだ。その眠りを破った音。携帯のアラームではなかった。リビングの壁にかかった電話の子機が鳴っている。飛びついてボタンを押す。

「もしもしッ」

はっ、と息を呑むような息遣いだけが聞こえた。

それからようやく、

『あ、あの……』

(京介じゃない——)

女性の声だ。それも若い。

『栗山さんか桜井さんは、おいでですか』

「いまは、ふたりとも留守ですけど」

『ではあなたさまは、薬師寺香澄さんでいらっしゃいますか?』

恐ろしく丁寧なことば遣いで聞かれた。

「そうですけど、あなたは」

『失礼いたしました。私、輪王寺《りんのうじ》綾乃《あやの》と申します』

「あ――」

　今度息を呑んだのは蒼の方だった。その名前はもちろん知っているし、当人の顔も記憶している。以前はテレビ番組にも良く出演する霊能者だったそうだが、その頃のことは知らない。すでに引退して霊視や占いといったことからは一切手を退いたというが、門野貴邦を始め政財界の大物がいまもパトロンをしているとも聞いた。

　実際に会ったのは二年前の軽井沢で、しかし京介とはそれ以前から面識があった、というか門野が引き合わせたらしい。その後シルク王ジェフリー・トーマス失踪の謎を追う旅では、彼女もマレーシアのカメロン・ハイランドにまでやってきて、また顔を合わせることとなった。だがそうして何度も間近に食卓やティーテーブルを囲みながら、蒼は結局その間ただの一度も、彼女と直にことばを交わした記憶がない。わざと避けていたつもりもないのだが、

（本当に、なんでだろう……）

　こうしていても絢爛《けんらん》と色鮮やかな大振り袖を身に纏い、艶やかな絹糸のような黒髪を切り下げたその下から透き通るほど白い額を覗かせ、重いばかりのまつげを伏せた美少女の姿は、ありありと目の前に浮かんでくる。あまりにも美しく神秘的で、人間離れしていて、近づきがたいとしか思われなかったせいかも知れない。その彼女がいきなり電話をかけてくる。なんだか現実とは思われない。まだ夢を見ているみたいだ。

「あ、あの、どうも、ご無沙汰しています」

　我ながら間の抜けた挨拶だったが、電話の向こうの彼女は笑う気配もなく、

『では栗山さんは、まだヨーロッパからお戻りではないんですのね。桜井さんはどちらにお出かけか、おわかりになります？』

　そんなことを尋ねる。自分でもなぜかよくわからないまま、蒼はムッとしていた。するとこちらの気配を感じ取ったように、

『教えていただかなくてもいいんですの。ただ、ご無事でいらっしゃるかどうか、それだけでも教えていただけないでしょうか』

「京介は無事です！」

蒼は思わず大声で言い返していた。

「当たり前じゃないですか。それともあなたはなにか、彼の身に起こるっていうんですか？」

受話器の向こうからはしばらくなにも聞こえてこなかった。だが切れてしまったのではない証拠に、微かな息遣いが伝わってくる。嗚咽《おえつ》をこらえているような。そしてようやく、

『ごめんなさい……』

聞き取れるぎりぎりのつぶやき。

『ごめんなさい……ごめんなさい……』

つぶやきの合間に聞こえるのは、明らかに押し殺したすすり泣きだ。蒼のことばで泣き出したのか。なにを謝っているのか。そのことに驚くよりも、蒼は不吉な思いに胸を締めつけられている。

「輪王寺さん、なにか知っているならはっきりいって下さい。京介になにが起こるというんです？　あなたはなにを知っているんです？」

しかし、蒼の叫ぶような問いかけに彼女が答えたのは、

『あなたもお気をつけて。特に夜は出来るだけ家にいらして下さい。――今夜も』

「へーえ、今度はぼくですか？」

蒼は自分でも思いがけないほど、冷ややかな声を出していた。

「そんな思わせぶりなだけのご託宣じゃあ、ノストラダムスの予言詩よりまだ始末が悪いですよ。なにに気をつければいいんです？　あなたも霊能者ならもう少し役に立つような、はっきりした助言をしてもらえませんか」

『――私に霊能力などありませんわ、少なくともいまはもう』

それきり電話は切れた。

そして夜の十一時、駅前で宮本と落ち合い、軽自動車の狭苦しい車内でどうにか着替えを終えた彼と蒼は、CWAの裏口を見張れる路地に車を停めて待機していた。変装の白いワンピースの下は薄手のセーターとスパッツで、必要なくなったらすぐ脱ぎ捨てられる。靴はスニーカーのまま。パット入りのブラジャーもあるよ、ぼくはしないけどといわれたが、それは謹んでご辞退した。最後に白い共布で頭を覆うと、ナイチンゲールか給食のおばさんか。

「似合うよ」

「宮本さんこそ」

「——傷つけ合うのは止めようか」

「賛成です」

「眠くない？」

「全然。それより少し緊張してます」

「当然だね。でも別に銀行強盗に行くわけでも、戦争をするわけでもない。ちょっとした冒険くらいのつもりで、気楽に行こう」

「それはかなり無理ですよー」

「無理でもリラックス、リラックス」

「宮本さんは相当に、修羅場を踏んでるって感じですね」

「そこは年の功でね。といっても大したことは無いよ。一番派手な体験だと、ジャーマン・シェパードを連れたガードマンの一隊に追われて、夜の山を逃げ回ったくらい」

「それ、充分すぎるくらいハードですよ。そんな状況でどうやって逃げ切れたんです？」

「ううん。捕まったよ」

「えっ？」

でもどうして、と聞き返そうとしたが、それを口に出す時間はなかった。

「そら来た。スタンバイだ、薬師寺君」

数メートル先のドアが開いたのだ。

「行くよ」

「はいっ！」

ごみ袋を下げた後ろ姿が角を曲がった瞬間、車から駆け出して開いたままの裏口へ飛び込む。蒼はそのとき初めて、宮本が軽く左足を引きずっているのに気づいた。

「それじゃ後は打ち合わせ通りに」

「気をつけて下さいね！」

ささやき合って別れた。ドアの内側はすぐ上階への階段だ。宮本はロビーに出て、蒼は足音を忍ばせながら階段を駆け上がる。ゴウンとエレベータの動く音。彼はなにがなんでも五階まで上がって、マテル様が碓丸珠貴かどうか確かめないではいられないというのだ。ごみを捨てに行ったのは川島がいうところの『受付ババア』だろう。メールによれば彼女は寝泊まりも一階の受付の奥の部屋でしているらしい。戻ってきて部屋に入る前にエレベータの表示板を見れば、それが動かされたのは気づかれてしまうかも知れない。危険すぎると蒼は反対したのだが、彼は諦めなかった。

「どちらにしろ彼女が戻ってくれれば、部屋は裏口とも近い。逃げ出すときの物音やドアの開閉音に気づかれるよ。それよりエレベータが動いているのを見れば、向こうは侵入したやつが上に向かったとしか思わない。たぶんあわてて追いかけてくる。その間に君は友達を連れて逃げ出せばいい。もちろん車は使ってくれてかまわない」

「でも、それじゃ宮本さんは？」

「そうだな。侵入開始からカウントして十五分だけは、車のところで待っていてくれる？　それが過ぎたら行っていい」

「せめて携帯に連絡して下さい」

「うん。でも連絡できない場合も考えられるから、やっぱり十五分で行っていいよ。なんといっても今回の作戦は、君の友達の救出が第一目的なんだからね。その場合は明日にでも電話するから、それまで車の方は頼む。大丈夫、そんな顔しなくても。捕まえられたって殺されるわけじゃないんだから」

駅で会ってからいままでに、そういう会話があったのだ。蒼は時刻を確認しながら三階に出る。頭の上に照明はあったが、それは極暗い。おまけに紙の仮面をつけているせいで、視野が限定されてなおのこと見づらい。それでもメールにあった通りのロの字形の廊下を、ドアの番号を確認しながら急ぎ足で進む。あたりは静まり返って、人のいる気配は微塵《みじん》も感じられない。まるで人の死に絶えた廃墟だ。本当にここに十人以上の人間が住んでいるのか、信じられない気がしてくる。

（３０２、ここだ――）

ドアのノブを摑んで回す。鍵はかかっていない。そっと引き開けて隙間から覗くと、幸いベッドの上に服を着たまま、身体をくの字にして寝ている川島の顔が見えた。彼女に間違いないのはわかったが、ずいぶんぐっすり眠っている。中に滑り込んだ蒼は、声が洩れないよう一度ドアを閉じてから仮面を外し、ベッドの上にかがみ込む。

終夜灯が点いていて、室内はぼんやりと明るい。肩のあたりを摑んで揺すりながら、

「川島さん」

耳元に口を近づけて呼んだ。

「川島さん。ぼくだよ、迎えに来たよ」

「え？……」

やっと目を開けても大声を上げたりはしなかった代わりに、なにが起こっているのかよくわからないらしい。薄い膜のかかったような目をして、ぼおっと蒼を見上げている。かまわず腕を摑んで引き起こした。ベッドの下にあった靴を履かせて、

「さあ、行こう」

「行くって、どこへ？……」

ぼんやりと川島は尋ねる。

「あなたはマテル様のお遣いなの？　もう、時が来たの？」

「大丈夫だよ。ぼくがちゃんと安全なところへ連れていってあげるから、ついてきて」

「はい……」

　川島は従順にうなずいたが、蒼が誰かわかっているふうではない。口の中でぶつぶつとなにかつぶやいたり、ひとりでくすくす笑ったりしながら、それでも肩を抱かれてうながされるまま階段を下った。裏口の内鍵は締まっていて、ごみ捨てに出た女性が戻ってきたことを示していたが、彼女がエレベータに気づいて上階に行ったのかどうか、依然あたりは無人の廃墟のように静まり返っている。

　外の空気に触れると、川島は急に怖じ気づいたように足を止めた。いやいやと顔を振り、後ずさってドアの中に戻ろうとする。それをどうにかなだめて車のところまで連れていく。借りていたスペアキーでドアを開けて、後部座席に座らせる。川島はそのまま、壊れた人形のようにくたりとなってしまう。その様子はやっぱり普通ではなく、マインド・コントロールというよりなにか薬でも飲まされているみたいだ。

　このまま病院に連れて行くべきかも知れない。医者に診せて診断書を書いてもらえれば、ＣＷＡの違法性の証拠になる。彼女の友人である後のふたりの身も気にはなったが、どの部屋にいるのかわからないし、どのみち蒼ひとりでは手に負えない。

　車の外に立って、時刻を見た。打ち合わせの十五分まであと一分足らず。携帯は鳴らない。鍵の開いた裏口を見られれば、そこから逃げ出した者がいることは一目瞭然だ。川島を安全に逃がすためには、いますぐここを離れた方がいい。しかし宮本を後に残していっていいのかどうか、蒼はためらわずにはいられない。今度は彼が音信不通になってしまったら——

　携帯が振動した。間髪入れず受けた蒼に、前置き無しに宮本の声がささやく。

『行って』

「でも」

『明日連絡する。大丈夫だから——』

しかし次の瞬間耳に届いたのは、グッという呻き声と携帯が叩きつけられたような音。それきり通話は切れてしまう。後部座席に座って頭を垂れている川島を振り返って見て、蒼は一瞬逡巡したが、

「ここにいて。すぐ戻るから！」

それだけいって駆け出した。スパッツを穿いた脚に、スカートが絡んで走りづらい。裏口のドアはまだ施錠されていなかった。飛び込むとロビーへのドアが開いていた。天井にひとつきりの照明があの魚のいない水槽を照らし、青ざめた光線を床の上に投げかけている。

手足を投げ出して、倒れているのは宮本だった。意識を失っているらしい横顔。頭からは修道女のヴェールが脱げ落ち、こめかみから頬へ血が滴《したた》っている。

「宮本さん！」

夢中で駆け寄った。

だがその瞬間、背後に人の気配。

振り向く暇もなく、横首に触れた冷たいもの。

蒼の意識はそれきりブラック・アウトした。

# 殺意の情景（4）

病身の独居女性失踪か　千葉市内で

　千葉市緑区のマンションの一室から、ひとり暮らしの三田《みた》玉絵《たまえ》さん（64）が姿を消しているとの通報が十一日、訪れた友人から千葉南署にあった。三田さんは十数年前に夫を交通事故で失い、子供はなく、心臓に慢性疾患を抱えて自宅療養を続けていたが、京都府に住む友人が、この一年近く手紙を出しても返事が無く、電話も留守番電話のままになっていることを心配して訪ねてみたところ、失踪していることがわかった。

　マンションの管理費、光熱費などは銀行口座から継続して引き落とされており、近所との交流はまったくなかったため、いつから三田さんの姿が見えなくなっていたかはわかっていない。月に一度持病のために通院していた市民病院のカルテによれば最後に三田さんが来院したのは六月で、体調に大きな変化はないものの精神的に落ち込みが激しく、鬱病の初期症状も見られたため、担当医が精神科の診察を受けるよう勧めていた。

　また室内はきちんと整頓され、ごみや冷蔵庫内の食品などもすべて処分されており、訪れた友人宛への自殺をほのめかすような手紙も発見されているため、千葉南署では三田さんが自殺を図っている可能性もあると見て、捜査を進めている。

（A新聞朝刊千葉県版　二〇〇一年十一月十二日）

## 千葉市の失踪女性　知人も行方不明

千葉市内のマンションから失踪したと見られている三田玉絵さん（64）の行方を捜していた千葉南署は、室内に残されていた手紙等から三田さんの知人関係を調べていたが、その内で埼玉県狭山市在住の宇田川《うだがわ》佳子《よしこ》さん（72）も一年ほど前から姿を消していることがわかった。しかし宇田川さんもひとり暮らしのため、いつ頃から行方が判らなくなっているのか、正確な日付等は明らかになっていない。千葉南署は千葉県警、狭山署とも協力して、ふたりの失踪に関連があるかを捜査している。

（A新聞朝刊千葉県版
二〇〇一年十一月三十日）

## 狭山市で女性失踪？　真相は未だ不明

狭山市稲荷山の自宅からひとり暮らしの宇田川佳子さん（72）が姿を消したと見られる事件で、埼玉県警は千葉市の失踪女性との関連も視野に入れながら調べを進めているが、宇田川さんの血縁である自営業の甥は記者の質問に対して「叔母はもともと活発な性格の旅行好きで、年齢は高いが健康だったし、あちこち旅をしているだけで失踪ではない。旅先から絵はがきも届いている」と語っている。また千葉市の女性の名前を叔母の口から聞いた覚えはなく、関係があるとも思えないそうだ。

（A新聞朝刊埼玉県版
二〇〇一年十二月三日）

## 千葉と埼玉の女性失踪事件に関連か
### 新たな関係者浮かぶ

千葉市と狭山市で行方がわからなくなっている、いずれもひとり暮らしの女性、三田玉絵さん（64）と宇田川佳子さん（72）を捜している合同捜査本部は、ふたりの自宅に出入りしていた健康食品訪問販売員がこの事件に関わりがあるのではないかと見て、調べを進めている。

もともと三田さんの身辺から宇田川さんの名前が浮かんだのは、宇田川さんから届いたハガキの礼状によってだった。その後三田さん宅の古新聞の間に挟まれていた健康食品の納品伝票の中に、宇田川さんの名を記した伝票が混じっていたのが発見されたが、伝票にはどちらも同じ販売員の印鑑が捺されていて、うっかりミスで宇田川さんの分の伝票が三田さんのところへ紛れ込んだのではないかと見られている。

その販売員は六十代の女性で、東京都杉並区に本社を持つ健康食品化粧品販売会社の契約社員として勤務していた。しかし半年前に同社を退社し、現在は所在不明で連絡が取れないという。また三田さんと宇田川さんが同社の製品を定期的に購入していたことは書類上確認できるものの、ふたりの自宅からはそのパッケージや使い残しがまったく見つからないなど不審な点も多い。

なお同社は以前に連鎖販売取引（いわゆるマルチ商法）を採用する企業として摘発の対象となったことがあるが、すでに大幅な業務の見直し改革を行ったため法律違反には当たらないとされていて、担当者は合同捜査本部の聴取に対しても事件への関与を一切否認している。

（A新聞朝刊全国版
二〇〇一年十二月十四日）

狙われる独居女性
相次ぐ失踪事件を繋ぐもの
キーワードは高齢・独身・現金資産

日本では安全は空気のように只だ、というのはすでに遠い神話となった。最近千葉県と埼玉県で高齢独身女性の失踪が話題になっているが、これなどもまさしく社会的弱者が犯罪の対象として狙われかねない現代の状況の縮図であろう。日々の暮らしには不安を覚えずに済む程度の資産を持っているからといって、安全が買えるとは言い切れない。その資産こそ逆に、彼女たちを危険に晒すきっかけとなった可能性もある。

千葉のMさんは高級マンション住まいで、町内との交流がまったくなかった。埼玉のUさんも広い庭付き邸宅に住んで近所づきあいはなく、唯一の縁者である甥とは折り合いが悪かったという。

話し相手の少ない孤独な高齢者に、ことば巧みに近寄る訪問販売員や宗教勧誘は、金の匂いを嗅ぎ分けてやってくる。売り物にされる健康や御利益よりも、親切ごかしの甘言を喜んで彼らは玄関を開き、危険な訪問者を迎え入れてしまう。事件として発覚するケースの何倍も、被害の実態は大きいのではないか。お年寄りを守るべき血縁や、気づいてくれる近所の目がないところで高齢者は食い物にされているのではないか……

（新聞社系週刊誌　記事抜粋
二〇〇二年一月七日号）

# 波手島縁起

## 1

四月十六日火曜日の午後、桜井京介は武智兵太とともに長崎にいる。この日の朝に羽田で待ち合わせたふたりは、大村の長崎空港からレンタカーで、しかし長崎市内には入らず西彼杵半島の外海町《そとめちょう》を訪ねた。目の前には春の角力灘《すもうなだ》の海景が、うらうらと広がる丘の上の日本家屋だ。京介も以前に会っている長崎県庁文化財課の古森に武智が電話して、紹介してもらった郷土史研究家の住まいである。

「やあ。あんたらが波手島の歴史を知りたいという奇特な御《ご》仁《じん》かね」

急な坂道の下にレンタカーを止めて上がっていくと、いきなり開け放たれた濡れ縁からやけにかん高い声がかかった。焦げ茶の毛糸のベストに膝の抜けたズボンという気楽ななりの老人が、白猫を膝に載せて縁側に座っている。主が頭蓋のてっぺんから抜けるような声を出しても、膝の上の太った猫は目も覚まさず悠然と肥えた腹を波打たせていたが、老郷土史家は眼鏡の上からじろっと一瞥して、

「東京からかね？」

「はあ、そうですが」

武智が頭を掻きながらうなずく。

「今日はお忙しいところを、お時間をいただきましてどうも」

「とっくの昔に引退して、古本いじりしか能のない年寄りが忙しいわけがない。だが、いっておくが私は東京者は嫌いだよ」

出会い頭の鼻先にぴしゃり一発、という格好だったが、

「はあ、古森さんからもそのように伺ってます」

へらりと笑ってみせたのに、老人は尖った鼻からフンと息を吐いて、

「まあそんなことをいったって、生まれた土地は変えられないだろうさ。無愛想なのは諦めてもらおうか。座んなさい、おふたりとも。ひとり暮らしなんで茶も出ないがね」

　擦り切れて綿のはみ出た薄い座布団が押し出されてきた。禿げ上がった頭頂がてらてらと、春の陽射しを反射している。

「相当な変人だってことなんですよ。偏屈というか人嫌いというか」

　と、道々の車中で武智が京介に語っていた。特に県外の研究者に対する反発が強く、東京から来た大学教授を門前払いしたとか、会う約束を断りもなくすっぽかして古森が青くなった、といった逸話もあるのだという。

「以前は平戸島の中学校の先生をしていて、休日にひとりで長崎から福岡まで回り歩いて宣教時代から禁教、明治以降までのキリスト教徒とカクレキリシタンの研究を続けた人物で、特に波手島についてはその人から話を聞くのが一番詳しくていい、平戸島や生月島まで行っても、ろくな資料はないって古森さんがいうんで、先にその人のところへ行こうと思うんですが——」

　どうぞ、と簡単に京介は答えた。

「波手島まで同道することは承諾したのですから、武智さんのプランに従いますよ」

「ええ、有り難うございます」

　武智はなんとなく気兼ねをしているような、複雑な表情でうなずいてみせたが、

「ただこの先生いろいろ難しいといいますか、歴史に真面目な興味を持っている人間ならただの素人でも喜んで迎えて話をしてくれるが、そこに不純な要素が混じるのは非常に嫌うらしいんですね」

「つまり、島で起きた大量死事件の調査のために、というようなことは口にしない方がいい、ということですか」

「そうですそうです。自分が私立探偵だなんてのも無しで」

「かといって、大学の歴史研究者だなどと詐称するのもまずいのではありませんか」

「そりゃ一番まずいです。ただの歴史好き、という線でいきましょう。といっても自分はすぐボロが出ますんで、そのへん適当によろしく」

　だが縁側に座った郷土史家磯貝《いそがい》は、多少ひねくれたところはあるにしてもまず話好きの、聞き出すにはなんの苦労も要らない老人だった。こちらから水を向けないでも、節《ふし》くれ立った手で猫の背を撫でながら勝手に喋り出す。話はなかなか本題に入らないが、下手にさえぎってへそを曲げられても困るのでふたりは当面傾聴するだけだ。


「どうせ古森さんから、扱いの難しい爺さんだとでも吹き込まれてきたんだろう？　その通りだから否定はしないが、別段嚙みつきもしないから安心するといい。東京のおえらい先生をすっぽかしたのは本当だがね、こっちが二十年三十年かけて、土地の口の重い年寄りを口説いてようやっと調べ上げたことを、飛行機で飛んできてひょいとばかり摘み食いして持って帰る、手柄顔に自分のものにして発表するというのは少し虫が良過ぎやしませんか、と思っただけのことさ。

　そんなことをうっかり口に出したら、それ地方人のひがみだ、専門家に耳を貸さない頑迷固陋《がんめいころう》の手合いだといわれるのは目に見えているからなにもいわないがね、地方史の研究というのはそれほど簡単なものじゃないんだ。ところによっちゃあ禁教時代にすっかりキリシタンが絶えた村で、いまもその話題を口にしたがらない者がいたりするんだから東京者には想像もつくまいよ」

「へえ、そうなんですか？」

　武智が間の抜けた合いの手を入れるのに、

「平戸の北に度島《たくしま》って島がある。あそこはザビエル来日の三年後に日本に来たルイス・アルメイダが布教に訪れ、フロイスの『日本史』にも熱心なキリスト教徒が多い島で熱烈に歓迎されたと書かれているくらいだが、弾圧時代に根絶されて潜伏キリシタンもまったくいなかったし、宣教時代の遺跡についてもほとんどなにも研究がない。そうして島の年寄りの中には、キリシタンの祟《たた》りで良くないことが起きるというようなことをいう者もおるんだ」

「クリスチャンは殉教しても祟らないでしょう。非業の死を遂げて祀られない死者が祟りをなす、というのは伝統的な日本の死霊観です」

　それまで黙って耳を傾けていた京介がそう口を挟むと、磯貝は初めてその存在に気づいた、というように目を見張る。

「それは、あんたのいう通りだがね」

「度島に生きる人の中にはいまもまだ、殉教したキリスト教徒に対する後ろめたさの残響があるのでしょうか。弾圧の一翼を担った者の、あるいは弾圧に遭って転宗した者の子孫として」

「そうかも知らん」

「そのような土地へ研究のために訪れる、というのは難しいことが多いのでしょうね」

　磯貝は我が意を得た、といいたげに大きくうなずいた。

「まったくその通り。東京の人から見れば禁教だ、弾圧だ、潜伏だ、なんて、とっくの昔の話でしかないだろうが、とんでもない、田舎に行けばそういう生々しい感情も消えたわけじゃない」

「この外海町にも、カクレキリシタンの方たちはいるそうですね」

「ああ。まだな、いくらかは」

　磯貝氏は額から顎までを片手でつるりと撫で下ろして、

「しかし外海に限らず、どこでも後継者の確保が難しい」

「過疎のためですか」

「それもある。だが一番大きいのは、すでにカクレには若い世代を惹きつける力も意義もないということだよ。カクレであり続けるにはなにより、年中行事を続けられる地縁の組織が維持できなきゃならない。というよりは、カクレのカクレたる所以《ゆえん》はすでにそこにしかないわけだ。神を祀るオヤジ役やお授けと呼ぶ洗礼をするオジ役、土地によって呼び方はいろいろだが、そういう役職をする人間も大切だが、しきたり通りにするにはけがれを避けるための禁忌が多くて、たとえば外に勤めをしている若い世代の者がこれを継承するのはほとんど無理なんだな。いまもまだカクレの神を祀っている者も、自分の代限りだということは覚悟している」

「禁教という枷《かせ》が失われて、存在意義が消えたからでしょうか」

「ならば最初からカトリックに行けばいいわけだ」

「ええ。自分もむしろそれが不思議で。明治に来たヨーロッパ人の宣教師が、カクレを頭から否定したせいだ、なんてのは本で読みましたけど」

　話題から取り残されまいというように、武智が口を挟んだが、

「一応禁教時代を生き延びたキリスト教徒を潜伏キリシタン、明治以降教会に復帰しなかった者をカクレキリシタンと呼び分けておるのだがね」

　眼鏡の上からジロリと武智を睨んだ磯貝は、

「そういうこともあったろうが、なにより先祖伝来の習慣や、祀ってきた神を自分の代では捨てられない、という気持ちが強かったからだろう。潜伏キリシタンの信仰は、はっきりいってすでにザビエルらによって布教されたキリスト教のそれとは大きく異なっていた。彼らは納戸の奥に掛け絵やマリア観音を祀るのと同時に仏壇には先祖の位牌を、さらには神棚や荒神棚を祀って怪しまなかった」

「それは、禁教時代のやむを得ぬ偽装だったのではありませんか」

「元は確かにそうだったろう。だがそうした偽装の下に隠そうとした信仰が、変えた形に引きずられて変わっていくのは不思議ではなかろうさ。口伝えに伝承された祈りのことばも、訛《なま》るだけでなく意味は忘れ去られてただの呪文と化している。かつて西洋人宣教師は、日本人が教理を学ぶ熱心さと理解の早さに驚嘆しているが、禁教の檻に封じられた潜伏キリシタンの中では、行事やオラショという形式は残されたものの、肝心の教理は伝統的な先祖崇拝と多神教的混淆《こんこう》に還っていったのだろうな」

　磯貝は淡々と続ける。

「そしてカクレの歴史も間もなく幕を閉じる。昭和の初期には長崎市内にも天草にも信徒の組織が残っていた。昭和六十年の調査では生月、平戸、外海、五島列島にあった。だが平戸の信徒組織は平成四年に解散した」

「解散すれば終わりですか？」

　と武智。

「何百年も弾圧に耐えて生き延びたにしちゃあ、変にあっけないですねえ」

「信徒組織が解散して年中行事が行われなくなっても、それまで祀ってきた掛け絵やメダイが捨てられるとは限らん。粗末にすれば祟るのではないか、とはまたキリスト教徒的な観念ではおよそないがね。カクレを止めるとき、彼らが一番困るのがそうしたものの処置だ。仏壇や神棚の他にそっちにもお供物を上げて、祀り続ける家もある。ご先祖様を祀るような気持ちで、ダンジク様やらオコンタツ様を祀っておく。そういう者をまだカクレだと考えるかそうでないとするか、線引きに大した意味があるとも思わんがね。いまも信徒組織を維持してカクレで居続ける者は県全体で、そうさな、千人から千五百人。多少なりと関わりのある者まで含めれば三千人というところじゃないか」

「はあ。いろいろ複雑なんですねえ。——それで、波手島のことですが」

　武智がそろりと催促をし、

「ああ、そうだった。あんたらはあそこの島のことを聞きに来られたんだったな」

　磯貝はまたつるりと顔を撫でた。

「しかしいっておくが、あそこは疾うに廃村になっておるし、明治に建てられた天主堂も台風に壊されて、見るものもなにもないと思うよ。ただまあ、歴史をたどると少し変わったことはあるな。波手島に最後まで残っていた村人が、平戸に集団移住したときからあんまり間を置かずに、話を聞きに行ったことがある。昭和三十六年か七年か、その頃だな。ご存じかも知れんが波手島にいた潜伏キリシタンは、明治の禁教令撤廃と同時に全員揃ってカトリック教会に復帰した。だがこれとは対照的に生月島では、カトリックに復帰したのは二千戸の内せいぜい四、五十戸に過ぎなかった」

「そうしていまじゃ生月島は、カクレキリシタンが一番多くいる島だ、ということでしたね？　村全体がカクレ、じゃない潜伏キリシタンだったから、かえってそこから抜けてカトリックに復帰しにくかったって。しかし波手島だって、同じように村の全員が潜伏キリシタンだったんですよね。なんでふたつの島で、そう大きく後が分かれたんです？」

　膝を乗り出す武智に、磯貝は得意げな笑みを浮かべて、

「まあ聞きなさい。それというのも禁教時代、生月と波手に暮らす潜伏キリシタンの間には、ある種の対立があったのだな。こういうことはよそ者にはまず話さないし、そんな言い伝えを知っていた年寄りも疾うにいないが、生月の者は波手を不吉な島だと忌み嫌っていた。あそこの者はキリシタンではなくて天狗を祀る邪宗の徒だ、役人が来ると天狗の邪法で身を隠していた、それが証拠にひとりの殉教者も出していない、とな」

「天狗、ですかぁ？――」

　武智は呆れたように目を剝いたが、

「天狗とはこの場合、デーモン、悪魔を意味しているのだと思いますよ」

「悪魔ッ？」

　京介のことばに今度は目を丸くする。そして磯貝は生真面目な顔でうなずいた。

「さようです。宣教時代に翻訳された教理書では、訳すに難いことばをそのままかながきで音写したものと、日常に近い和語を用いたものと、仏教語を借用したものがあった。例えば神には当初『大日』ということばを当てたが、これはキリスト教を仏教の一派のように誤解される元とわかって『でうす』と音写するようになった。デモン、悪魔は一貫して『天狗』です」

「悪魔崇拝ってことですか。ううん。そりゃ話としては面白いけど、でもその時代にキリスト教だけでなくオカルトまで来ていたのかなぁ」

「私もそれは疑問に思うね。だが天狗の邪法云々といったのとは別の年寄りからも、波手の者の習わしは自分たちとはまったく変わっていた、祀る神も持たず、オラショも唱えず、お授けもしなかったというのは聞いたな。そして禁教の法が厳しさを増していった慶長から元和の頃、平戸、生月では弾圧の嵐が吹いて多くの殉教者を出したのだが、波手ではひとりの殉教者も出さなかったというのはどうやら事実らしい。それだけでなく寺請、五人組、絵踏みといった宗門改めの制度が励行されていた時代に、なぜか藩の役人も波手までは渡らなかった、帳面上あの島は無人の島と扱われていた、ともいうな」

「ほー。なぜそんなことが出来たのか。そうだ。袖の下を使ったんじゃないですか？」

　そういった武智に、

「波手の者らにそんな財力があったとは到底思えんな。一目見ればわかる通り、水も満足に出ない不毛に近い島だ」

「でも、それじゃあ……」

「長崎県内の各地に存在した多数の潜伏キリシタンは、しかし互いに交流を持てないまま、それぞれの土地で形の変わった行事やオラショを伝承していったのでしょう。とすれば、すぐ目の前の島だからといって、波手の行事を生月のキリシタンが理解できなかったというのはあり得るのでは」

京介のことばに、磯貝の目がきろりとひかった。

「同感ですな。それでなくとも生月は捕鯨の基地として栄え、松浦藩の財政を支えていた分宗門改めについてもお目こぼしがあったという。しかし波手は対照的に貧しい、常に飢餓線上にあるような島だ。その格差も感情的な対立に拍車をかけたろう。生月の娘と波手の若者が恋をして、どちらも潜伏キリシタンだというのに親から往来を禁じられて、娘はひとり船を出して波手に渡ろうとしたが嵐で船が沈んで、というような悲恋の伝説もある」

「ははあ。ロミオとジュリエットですな」

「これもひとつには、あんな貧しい島に娘はやれないと親が反対したからとも考えられる。移住した元の島民の老人から聞いたものだが、散逸してほとんど忘れられた島の里謡《りよう》にも『命果てるの捨てるのと』とか、『苦労利益《くろうりやく》もなければども』とか自嘲的に歌われていたそうだ。だが私が考えるに、波手島でひとりの殉教者も出さず、宗門改めの役人が来もしなかったのは、もっと簡単な理由があったのじゃないかね」

「えっ？」

武智は戸惑ったようにまばたきしたが、

「島全体で転宗した、ということでしょうか」

京介のことばに磯貝はうなずいた。

「私はそう思うんだよ。『切支丹に立ち返ることいたすまじく候』という転びの誓詞を出し、掛け絵を焼き、それでよしとすれば松浦藩の役人にしても、生月のような財政上意味あるわけでもない離島へまで行かずに済む」

「あー、なるほど。転んだから殉教者も出ないし役人も行かない、当然なんの行事もしていない、と、こういうことですか」

「しかし波手の者はそれをひた隠しに隠していた。生月は潜伏キリシタンの方が数が多いのだから、それは二重の禁忌でもあったというのはわかります。だが磯貝さん、それなら彼らが明治にカトリック教会へ復帰したのはなぜですか」

「まあ、そこの解釈は確かにいささか難しい。だが私が話を聞いた旧島民の老人は、生月の者の噂には憤慨していたよ。天狗の邪法などとはとんでもない話で、それどころか我々の島はさるポルトガル人宣教師が預言を残した聖地なのだ。生月の者はそれが妬ましいからあらぬ噂を口にするのだ、とな」

「へえ。預言ってどんなんです？」

　武智が話をねだる子供のような調子で先をうながし、だが磯貝は京介の方を見て、

「『バスチァンの預言』はご存じかな？」

「七代過ぎると正しい教えが失われるが、その頃には神父が船でやってきて、大っぴらに信仰が出来るようになる、というような預言でしたか。あれはここ外海に残る伝説では」

「いかにも。意味としてはそういうことです。そして彼の時代から七代二百五十年で明治になった」

「じゃあ、その預言は当たったわけだ！」

　武智は感服の表情だ。

「ちゃんと当たる預言もあるわけだなあ。大したもんじゃないすか」

「あれと良く似た預言が、波手島の潜伏キリシタンに口伝として残されていたというんだがね。こちらは秀吉に都から追われたポルトガル人の宣教師で、病に倒れた臨終の床で三百年過ぎるとまた西からパアデレを乗せた船が来る、日本の西の果ての波手島はもっとも早くパアデレを迎えて恩寵に与るだろうから、おまえたちなにがあっても棄教するでないぞと言い残したという」

「なあるほど。西の果ては西洋には一番近い、だから聖地ですか」

武智は京介に負けじというわけでもなかろうが、大声でうなずいてみせたが、

「明治になって波手島に外国船が着くことはなかったが、島民は預言が当たったと勇んでカトリックに復帰し、貧しい暮らしの中から必死に捻出した費用で木造の天主堂と鐘楼を建てた、というわけで、そうなると私の仮説は成立しないが」

「過疎の問題は信仰の力によっても乗り越えられなかった、ということでしょうか」

「そうだな。せっかく明治の先祖が建てた天主堂が台風で壊されて、再建しようにも村人は減ってその力もないというのがなによりの痛手だったと、いっていたよ。東京から来て大層な家を建てて住み着いたなんとかいう小説家が、ぽんと再建の費用を出してくれたが、なにやら得体の知れぬところのある男で、天狗のようで、それも嫌だったとな」

「磯貝さんは、波手島に渡られたことはおありなのですか」

「その話を聞いたときに、生月の西北海岸から眺めたがね、その小説家が住んでいるというのがなにやら剣呑な気がして止めておいた」

「天狗は嫌ですよねえ」

武智がひやかすような口を挟んだが、磯貝はにこりともしない。

「いまとなってはその小説家もいないそうだが、見るほどのものはなにもないんじゃないかね。あんたらは、行くつもりなのかい？」

「ここまで来ましたから」

「ますますご奇特というよりは、物好きだな。だが船を雇うなら、生月に渡ってからよりは平戸港で探す方がいい。さっきもいったようなわけで、生月の者は波手島には行きたがらない。聖地どころか不浄の地だとでも思うのかね、目の前に見えている島を見えないふりをする者までおるというよ」

「んな馬鹿な……」

　武智は口の中でつぶやいたが、それは老人の耳には届かなかったらしく、

「まあ人間というのは平気で見たくないものは見て見ぬ振りをするし、その内本当に見えなくなるということもあるかも知らんがね。ああ、せっかく波手島に渡るんだったら、いっそ宝探しでもしてみたらどうだね。天主堂の建っていた丘の地面の深くに、ポルトガル人宣教師が宝を埋め残したなんて昔話もある。なに、私にそれを話した年寄りも、信じてはいない口振りだったが」

「へえ。そんな話があるんだったら、観光地として売り出したっていいんじゃないですかね」

　無責任な感想を口にした武智に、

「馬鹿いっちゃいけない。飛行機が飛んだって高速道路が出来たって、あんな姥捨山《うばすてやま》みたいな島まで誰がわざわざ行くものか。今も昔も地の果てであることに違いはないよ」

　けりをつけるような口調で言い切ったのに、それまで悠然と眠り続けていた白猫が目を開け、背を伸ばしながら長々とあくびした。

## 2

「心配していたほど無愛想な変人でもありませんでしたよ、ねえ？」

「——そうですね」

「話はけっこう面白かった」

「ええ」

「だけどわざわざ訪ねただけの甲斐があったかっていうと、どうかなあ。桜井さん的にはそのへんいかがです？」

「まだ、なんともいえませんね」

　京介の受け答えがほとんど取りつく島もない、という感じなのに、武智はようやく諦めたように口を閉ざし、運転に専念することにしたらしかった。

長崎県は有明海の西にあって、松浦半島、島原半島、西彼杵半島などの陸地と内湾が細かく入り組み混じり合い、さらに海上には多数の島が点在する、日本でも有数の複雑な地形を持っている。鉄道も道路も海と山を迂回することになり、県内の移動はどちらを使うにしても予想外に時間を食う。朝の内に東京を発って、外海町の磯貝宅を辞したのがすでに黄昏どき。緩やかなアップダウンを繰り返す国道を海岸線に沿って北へ向かう間にも、次第に夕闇が濃くなってきていた。

「本当に遠いですねえ、こりゃあ。佐世保でちょうど夕飯どきかなあ。無理すりゃ平戸まで行けないことはないけど」

「…………」

「でも平戸だと泊まるとこといったら旅館しかないんで、飯には間に合わないですねえ。ああいうところの夕飯は大抵六時ぐらいだから」

「…………」

「佐世保だとビジネスホテルもあるし、飯喰う店はたくさんありますよ。鯛しゃぶとか焼き牡蠣とか海のものだけでなく、牛肉も有名です。それから駐留米軍の影響で名物になったらしい佐世保バーガーなんてのもあって、ぼちぼち東京でも知られてきましたが、これがチェーン店のハンバーガーなんかとは較べものにならないくらい美味いッ。喰ったこと、ありますか？」

「——いえ」

「いや、飯はどうでもいいんですが、今夜は佐世保泊まりでいいですかね？　平戸まで行ってもどうせ波手島に渡れるのは明日だし」

「——はい」

ゆっくり五つ数えるほどの間を置いて、京介はこれ以上無いくらい簡潔な返事をする。

「はい、って、桜井さーん」

武智はハンドルを握ったまま、とうとう世にも情けない泣き声を上げた。

「お願いだからねえ、機嫌直してやって下さいよ。ずいぶん謝ったじゃないですか。足りないっていうならもっといくらでも謝りますからぁ」

「別に、怒ってはいませんが」

「だって、そんなにむっつりして」

「もともとこんなものです」

「いや、怒られても当然だと思いますよ。依頼人の正体を明かさないまま、そこに届いた手紙に桜井さんの名前があったのも隠しておいて話を進めてたんだから、いい気持ちしなかったでしょう?」

「少し驚いただけです」

そう、確かに驚いた。武智が隠そうとした手紙の三枚目に、他ならぬ桜井京介の名と告発のことば、そして差出人として相原麻美の名前を見出したときには。忘れていた名前だったからではない。忘れたことは一度もない。だが、このような文脈で彼女の名が自分の前に出現することになるとは、想像してもいなかった。

「驚いた、って顔じゃなかったです」

「どんな顔でした」

「そ、その、怖い顔でした」

子供のような武智の口振りに、

「では、僕は驚くとそういう顔になるのでしょう」

京介は薄く笑った。

「隠していたつもりも、嘘をいった気もなかったんですよ、本当に」

武智は昨日も口にした言い訳を、またぐちぐちと並べ出す。

「自分が栗山さんと会ったことがあるのもほんとだし、古森さんからお名前を聞いたのもほんとだし、ただ、その同じ名前が依頼人から見せられた手紙にあったんで」

「その偶然に驚いて」

「はい。こんなところに聞き覚えのある名前が出てきたのに心底たまげて、同姓同名だろうかとも疑ったりして」

「だがそうでないとわかって」

「はい。わかって」

「これは使える、と思った」

「いやっ、そ、そんな。でも、まあ、使えるっていうより、泣きつけば助けてもらえるかなー、なんて虫のいいことを」

　昨日の喫茶店では彼は、媚びたような笑いと、情けない泣き顔と、米搗きバッタのおじぎを繰り返しながら自分と一緒に長崎に行ってくれと掻き口説いたのだった。だがその視線の先には当然ながら、相原麻美の手紙がある。脅迫、あるいは情に絡めての説得。武智はまだいずれのことばも口にしてはいないが——

「怖くないんですか」

「なにがです？」

「この手紙に書かれていたことが事実なら、僕は殺人者だということになる。そんな人間と旅行することに、あなたの方で不安はなにも」

「それは、——すいません。一応ご連絡の前に調べさせてもらいました。我々とも同門のW大生だった相原麻美の妹の祐美は、一九九七年に交通事故死した。首都高で深夜、長距離トラック同士の事故に巻き込まれたが、彼女自身もスピードの出し過ぎでハンドル操作を誤ったと見られる。少なくとも殺人事件の可能性はゼロ」

「この女性が告発していることは、そういう意味ではないと思いますが」

「祐美が桜井さんに熱烈な片思いをしていたらしいというのは、聞いています」

「そのようです」

「だがあなたに振られて自殺した、というわけでもない。事故とあなたの因果関係は証明しようもないことでしょう。だから相原麻美も、神がどうとかいうしかなかったわけで」

「道義的責任、とでもいうべきでしょうか」

「まあ、感情的には気の毒だとは思いますがね」

「そしてあなたも僕に期待したわけですね。こういう経緯がある以上桜井京介は、せめて道義的な責任くらいは感じて、罪滅ぼしのために波手島までつき合ってもいいだろう、と」

「勝手な理屈だとはわかってますが、そう思っていただけると、自分としては大変に有り難いとこういうわけなんですよ」

「………」

「どうかひとつ。後輩を助けると思ってッ」


そんなやりとりがあって、結局押し切られるような形で長崎に同行することとなり、今日の旅になったわけだが、よほど気が咎《とが》めているのか、朝会ったときからずっとちらちらと武智は京介の表情をうかがっていた。

「運転に専念してくれませんか。いくら車の少ない道だからといって、危険ですよ」

京介は苦笑混じりに彼に注意を促す。

「あのときは確かに驚きましたし、正直な話あまりいい気持ちはしませんでしたが、こうして来たのは納得尽くのことですし、波手島について聞かせてもらえた話は興味深かったです」

「天狗の邪法、ですか？」

ははは、と武智は前を向いたまま疲れたような声で笑いを洩らす。

「時代物伝奇小説のネタにはおあつらえ向きですよね。弾圧されるキリシタンは小説ならもっぱら善玉だけど、その蔭に悪魔崇拝の邪教が潜んでいたとしたら構図が複雑になる。いや、その島で罪もない女性たちが焼き殺されたんだとしたら、現代物の猟奇犯罪小説か、それとも呪われた島に悪魔が復活する本格ホラーかな。しかしまさかそんな伝説がある島だと知っていたら、相原さんたちもおいそれと宗教コミューンのつもりで住み着いたりはしなかったでしょうにねえ」

「――ええ」

武智はちらっと横へ視線を投げて、次にいおうとすることばをなににするか迷うふうだったが、

「桜井さんは磯貝氏から聞いた話では、どのへんに一番興味を持たれました？　自分はやっぱり宝探しのあたりですねえ。あの島にポルトガルから伝えられたキリシタンの宝物でも埋まっているなら、なんていうとまた怒られそうだけど、なかなか雄大なロマンじゃありませんか」

はしゃいだ口調が少しわざとらしい。

「僕は、なぜ波手島が禁教時代の宗門改めを免れたか、その真相が知りたいです」

「ということは、磯貝氏の転宗説は却下で？」

「全島を上げて転宗して、藩が信ずるほど明らかにそれを示す態度を見せたとしたら、生月にそれが伝わらないはずはないと思います。それに彼らがキリシタンであることを放棄していたとしたら、どう考えても明治の教会復帰が不自然です」

「ははあ、なるほど」

「波手の島民は、やはり潜伏キリシタンだったのではないかと思います。ただ彼らは非常に用心深く、生月の者にも一切その儀式を見せなかった。転んだと思われてもかまわなかったのかも知れません」

「桜井さんがそう断定するのには、なにか根拠というか、理由みたいなものがあるんですか？」

「根拠というよりも、曖昧《あいまい》な想像のようなものですが」

「聞かせて下さいよ」

話をせがむ口調の武智に、

「磯貝氏が口にした島の里謡を覚えていますか」

「ええっと、波手島が命の果てだとか、苦労がなんかと――」

「『命果てるの捨てるのと』。それと、『苦労利益もなければども』でしたか」

「はあ。よく覚えてますね」

「どちらも妙に意味が取りにくいな、と思ったのです」

「いや。自分は波手島の波手は、地の果てと命が果てる、という意味の掛詞だったのかな、なんて納得しちまったんですけど」

「文法的にいうと『果てる』は自動詞で『捨てる』は他動詞ですから、併記されるといくらか違和感があります。もうひとつの方も、苦労はしても利益はない、という意味だとしても舌足らずです。ですから、問題は意味ではなく音ではないかと思った」

「イノチハテルノステルノト？」

「そしてクロウリヤクモナケレドモ」

それを何度か口の中でつぶやいた武智は、自分にはさっぱりです、と頭を振った。

「キリスト教徒にとってもっとも基本となる祈りを『主の祈り』といいます。祈りの語句は布教時代の早い時期に翻訳されて、『天にまします我らが御親』というふうに唱えられたのですが、その呼び名はラテン語で『パアテルノステルのオラショ』と呼ばれました」

「パアテルノステル？――」

同じようにそれを何度か口の中で繰り返していた武智は、あっ、と声を上げた。

「これこそ掛詞か。果てるの捨てるのじゃなくて、パアテルノステルですか！」

「同じように考えると、もうひとつの断片には栄光唱を意味するラテン語のグロウリヤと、使徒信経の意味であるクレドが含まれています。credo は当時はケレドと音写されていましたから」

「つまり波手島の人間は転んでなんかいなかった、ということですね。そして近くの生月の人間にも気づかれないようにそうやって、民謡の中にキリシタンである証拠を隠して歌っていた」

「そういうことになります」

ヒュッと武智は口笛を吹いた。

「すごいなあ。桜井さん、その道一筋ウン十年の郷土史家磯貝氏の仮説を、話を聞いただけであっさり反証してみせたじゃありませんか」

「さあ、それはどうでしょう」

京介は皮肉に唇の片端を上げて、

「あの人は万事承知で謎かけをしてみせたのではないかと思いますよ。わざとわかりやすい断片を聞かせて、僕たちが本当に波手島まで出かけていくくらい歴史に興味を持っているなら、これくらいのことはわかるだろうと」

「えっ。じゃあ、こっちの魂胆まで見抜かれていたんですかねえ。やばいなあ」

「それに、波手島が宗門改めを免れていたとしたらそれはなぜか、どんな理由で生月島の人間から忌まれていたのかという謎には、結局解答が出ていないことになる」

「うーん、それはそうか……」

「現地を見ればなにかわかるかも知れません」

「楽しみです。って、桜井さん。自分たちは歴史紀行に来たわけじゃないってことだけは、忘れないで下さいよ」

「忘れてはいません」

京介の口調はまた、無愛想な取りつく島のないものに戻っている。しかし数分の沈黙を置いて、彼は低く続けた。

「忘れられるはずがない。相原麻美さんがなにを考えていたのかということは、僕にとってはキリシタンの謎より遥かに切実です」

「あ、いや、別に自分は疑ってるわけじゃないんですが」

「彼女は疑っていたでしょうね。だからこそ僕に、妹と自分のことを思い出すよう望んでいたろうとは思うのですが。違いますか」

「そうかも、知れません——」

武智は答えながらそっと京介の横顔を盗み見た。見てもそこには、どんな表情も浮かんではいなかったが。

「まあ、死んだ人の考えなんて自分にはわかりませんけれど」

「…………」

「でも、桜井さんにはわかるんでしょう？」

名探偵だから、というのは止めておいたが、京介は答えの代わりに無言で小さく頭を左右に振った。それきり、なにもいわない。すっかり暗くなった国道を、車は北へ向かって走り続ける。

## 3

佐世保のビジネスホテルで一泊したふたりは、翌朝レンタカーを駆って平戸島へ向かった。二時間弱で平戸島と本土を結ぶ平戸大橋に達し、しかし橋を渡ってからは平戸の市内には入らず、

「磯貝氏の忠告を入れて、船は平戸で雇うことにしました」

「釣り船ですか」

「そうですね。昨日佐世保から電話で予約してありますんで」


これも過疎のためか、妙に人気《ひとけ》の少ない風景だった。煉瓦色に近いほど赤い土の、山勝ちの中に時折畑や小さな集落が現れたが、そこにもまるで人影がない。海岸線沿いの道路から折れて、山中を縫って走る舗装はまだ新しい道を行くこと三十分。目の前に視界が開けた。西の海岸に出たのだ。

「根獅子《ねしこ》の浜ですね」

「あ、前に来られてます？」

「そこの切支丹資料館に」

海岸に出る少し手前に、農家を模したらしい資料館がぽつんとひとつ建っている。舗装道路を越せば白い砂に澄んだコバルト・ブルーの水が寄せる浜辺で、夏は海水浴場として賑わうらしいが、この季節には散策する人影ひとつない。その弓形をした海岸の北辺にコンクリートの栈橋が突き出ていて、舟が一艘もやっていた。造りは釣り船らしいが、緑色に塗られた船体には素人臭い下手くそな書き文字で『海上タクシー』と書かれている。

「こんちわッ。昨日電話した武智だけど」

大声で手を振りながら呼びかけると、尖った舳《へ》先《さき》近くに腰かけていた老人が立ち上がったが、別段客を迎えるようなことばはなにもいわず、顎をひとつしゃくってみせただけで中央部にある操舵室の方へ歩いていってしまう。

「こりゃいい。口の堅そうな爺さんだ」

武智が歯を剥いて笑う。それから顔を近寄せて、

「桜井さん、昨日から自分らの車が尾行されていたの、気づいてます？」

声をひそめていう。

「いいえ。どこからです」

「空港に着いてレンタカー会社の出迎えを待ってたときに、なんか視線を感じたんですよね。それから磯貝氏の家まで行く間に、明らかにこっちをマークしている車があった。後は今朝、佐世保から出るまでです」

「気がつきませんでした」

「まあ、これに関しては自分がプロですからね」

得意げな調子で武智はうなずく。

「尾行といっても目的地は波手島に決まっているんだから、いちいちずっとつけてくる必要はない。磯貝氏のところへ顔を出すまでは予想していなかったにしても、そこから先は佐世保経由以外にはないんで、こちらの動きを順次チェックしていたというだけでしょうがね」

「つまり、波手島の件を調べられたくない人間、というよりは組織が、ですか」

「落ち着いてらっしゃいますねえ」

桟橋についた舳先から舟へ飛び移りながら、武智は呆れたようにこちらを見る。京介の口調があまりに淡々としていることが、彼には意外に思われたらしい。

「自分の依頼人は脅迫電話だけで済みましたが、大の男がふたりしてやってきちゃあ、もっとなにか妨害工作でもされるかも知れませんよ」

「そういう動きがあれば、相手のしっぽが摑めて好都合なのでは」

「いや。そりゃそうだけど、相手が日本の公安なんかじゃなく、某国の情報部員だったりしたらどうします。ふたり揃って拉致されて海の彼方、なんてことになったら」

「困ります」

「まあそうですよね。——おおっと」

　いきなりエンジン音が高まり、舟はバックで動き出す。方向を転換して入り江を後にすると、さらにスピードが上がった。平戸島の西海岸を右手に眺めながら北上する。上空は晴れて青空が見えても海の上は春らしく靄がかかり、波は静かとはいっても水を切って疾走する小舟は縦揺れし、甲板に立つふたりは潮風に吹きさらされる。

「いやあ。こりゃ爽快だ！」

　たったいままでの深刻な表情など一瞬で忘れ去ったように、武智は歓声を上げた。

「ほら桜井さん、もう生月島が見えてきた！」

「ええ」

「いいですよねー、海。マリンスポーツ最高。自分も金が入ったら、湘南あたりで自家用のクルーザーなんか乗り回してみたいっすよ」

　脳天気なことをいう彼には答えず、京介は正面から迫ってくる生月の南海岸を眺めている。島の高台に白くそびえているのは風力発電の風車だ。南北に長い生月島は中央部に高原があって平地は少なく、自動車道路が外周を一周している。地形は非対称で東海岸に近海漁業の港や集落が集中し、出入りの少ない西海岸にはまったく人家がない。年間を通して強い西風が吹きつけるからだと聞いた。

　平戸島と生月島を結ぶ生月大橋を右に見て灯台の建つ長瀬鼻を回り、その西海岸に沿って北上する。平戸の根獅子は見事な白砂の浜辺だったが、生月は切り立った岩の断崖が続き、その下にわずかにある浜も黒ずんだ小石が堆積している。

さらに北上を続けると、生月の断崖は峨峨《がが》たる奇岩の連なりとでもいうべき様相を呈してきた。奇妙に角張った柱状の岩が林立し、ひしめき合って、天然のというよりは人工の造作めいている。波が音立てて打ち当たり、白く砕ける。

「柱状節理、ですか」

「塩俵《しおだわら》の断崖って県の天然記念物ですよ。ふわあ、すごい眺めだ」

小手をかざして舟縁から身を乗り出した武智は、視線を転じてオッと声を上げた。

「見えましたよ、桜井さん。あれだ」

京介もすでにその島影を視線に捉えていた。生月島の北端近くから方角としては西北西の海上にぽつんと浮かぶ島は、生月と較べてもひどく小さく見える。距離はさほど離れていないと思われるのに、おかしなくらい拒否的に、顔を背けているように感じられるのは、磯貝から聞いた波手島の歴史が先入観となっているからだろうか。

いや、たぶんそれだけではない。南から眺める島の遠望は、生月島の西海岸よりいっそう岩勝ちで、切り立った断崖ばかりが見える。人が近寄ることを拒む要塞とでもいったふうだ。京介は以前写真集で見た同じ長崎県の端島《はしま》、いわゆる軍艦島の佇まいを思い出していた。コンクリートの防波堤の上に九階建てのビルがそびえる端島の人工的な姿とは無論違うが、崖の上に続く岩山もろくに植物の生えていない剥き出しであるのが、無機的な産業遺跡の廃墟と重なる。

しかし舟が波手島の西へ回り込むと、目に映る情景は大きく変わった。島は西に開いたCの字の形をしているらしい。浅い入り江の中には黒ずんだ小石の浜がわずかながらあり、貝殻が一面白く貼りついたコンクリートの桟橋が見える。浜辺はすぐに岩を露わにした台地へと変わり、そこには火の見櫓のような鐘楼が建っているのも見えた。

「有り難うよ、爺さん」

足取り軽く桟橋に飛び移った武智が、

「帰りは電話でいった通り五時だ。よろしく頼むぜ」

右腕を振りながら声を投げたが、老人は操舵室から顔も出さず、すぐさま舟を後退させて去っていってしまう。なんだあれは、無口を通り越して無愛想すぎるぜと武智はぼやいたが、

「まあ、運賃も払ってないんだし、迎えに来ないってことはないでしょうよ。さて、行きますか？」

彼が先に立って、岩の斜面に切られた急な階段を上った。上り詰めるとざりざりとした小石混じりの土が広がる、大して広くない平地が現れる。その面積はせいぜいが都心の中学の狭苦しい校庭程度か。中央に黒く焼け焦げた建物の名残《なごり》があり、それを取り囲むようにして屋根が落ち戸が外れた完全な廃屋が数棟と、これだけは新しく見える小屋が二棟。それも工事現場などで見かける、極簡単なプレハブ建築だ。


さらに見回せば台地の背後にはろくに樹木のない岩山が屏風《びょうぶ》のように立ちふさがり、左右でも土地は少しずつ高まりながら岬のように海へ向かって突き出している。その内の南側の部分に先ほど下からも見えた鐘楼が建っているのだ。しかしそうして三方から限られた台地は、目の前にはさえぎるものもなく大海原が広がっているにもかかわらず、ひどく閉鎖的で息苦しいようにさえ感じられた。

いま少し注意深く眺めるなら、長らく人が暮らしたしるしらしいものは他にもなくはなかった。屏風のような不毛な岩山にも人がたどるためにつけた道の跡らしいものがあり、それを目で追えば斜面を棚状に刻んで畑が営まれていたと思しい痕跡がある。岬へ続く岩影にも、家の土台と風避けに積み上げたのだろう石塀が崩れ残っている。そして屏風岩を背に、村の跡を見下ろす一番の高台に、他のどれよりも規模の大きく見える廃墟が、小説家蘭堂叡人邸の跡らしく思われた。

「これはなんともはや、荒涼とした眺めだ。ねえ、桜井さん？」

「ええ」

「日本の果てっていうより、世界の果てって感じですよ。人里離れて住むっていっても、なにもこんな場所でなくても良さそうなもんだ。自分には到底理解できませんや」

呆れたとも、感心したともつかぬ表情でしきりに首を振っている武智にはかまわず、京介は大股に焼け落ちた廃墟へ近づく。だが残っているものはないに等しい。土台として置かれていたものらしい切石が真っ黒に焼け焦げて、そこにわずかな炭のかけらが散乱している程度なのだから。

「写真で見せていただいたのとは、様子が違いますね」

焼け跡にしゃがみ込んだまま京介は、背後から近づいてくる武智に声をかける。

「やられましたね」

どことなく投げやりな返事だった。

「考えてみれば自分たちを脅迫なんかするより、調べようにもなにも調べられないくらい現場を片づけちまう方が簡単だ。それくらい予想しなかったとは自分も馬鹿だな、まったく」

京介は無言で立ち上がる。柱礎《ちゅうそ》の位置からして会堂部がほぼ正方形に近い、三廊式の天主堂だということがわかるだけだ。

「すいません。桜井さんにわざわざ来てもらったのに、これじゃなんにもならなかったっすね」

それにも京介は気のない調子で、いえ、とつぶやいたきりだ。焼け跡のすぐ脇に井戸らしい円筒形の石積みがあり、木の蓋が割れて落ちている。その中を覗き込んでみて、小石を落として乾いた音を聞く。プレハブの引き戸を引いて中を覗き込む。仕方なく後を追った武智は、肩越しに中を覗き込んで、

「なにかあります？」

「ほとんど空っぽですね」

「まあ、証拠物件なんか残っているわけもないですよね。あーあ、なんのためにこんなところまではるばるやってきたんだか」

　彼はまたため息だ。

「少なくとも、相原麻美さんがこの島で暮らしていたなら、彼女もこの風景を眺めたのですから、その心情を想像するよすがにはなるでしょう」

「まあ、それはそうですが」

　一度は神妙にうなずいてみた武智は、

「だけどさっきもいいましたけど、自分には宗教とか信仰とかいうものがからきしわからないんで、こんな気の滅入るような景色は勘弁してもらいたいと思うばかりですよ。桜井さんはどうです？」

「僕は無神論者です」

　京介は一瞬の逡巡もなく答え、それから少し考えてつけ加えた。

「ただ、神を必要とする人が、あるいはそのような場合があることは否定しません」

「へえ？　それは例えばどんな人で、どんな場合です」

「神の必要ということを考えるとき、僕がいつも思い浮かべるのは一九七二年に起きた『アンデスの聖餐事件』です。ご存じですか」

「いいえ。聞いたことはあるような気もしますけど、なんでしたっけ」

「南米ウルグアイのプロペラ機が厳冬期のアンデス山中に不時着し、ラグビー・チームの若者を中心とする乗客乗員四十五名の内、生存者十六名が七十日間を生き延びて救出されたのです」

「はあ。しかし、それが？」

「彼らは一木一草ない雪の中で生きるために、死んだ同朋の肉を食べたそうです。それ以外の食料は手に入らなかったから」

「人の肉を？」

「顔面と性器以外は、内臓も骨髄もすべて」

　うぐ、という音が武智の喉を洩れた。

「頭蓋骨を割って鍋にし、脳と内臓を混ぜてシチューにした。機体の破片を焚き火に載せて焼いた肉は牛肉と変わらなかった。——武智さんなら食べられますか？」

「ど、どうでしょう。しかしそりゃいくらなんでもキモいっていうか」

武智はいかつい顔を青ざめさせ、それからまた急に赤くした。たじろいだ自分が腹立たしいとでもいうように、口早に続けた。

「いや、生きるか死ぬかになったら案外喰っちまうかも知れませんがね、そうまでして生き延びてどうするって気もしますね。もしも誰にも知られずに済んだとしても、自分が覚えているだけできついじゃないですか。それくらいならいっそ、自殺する方が楽ってもんだ。違いますか」

「しかし彼らはカトリックだったので、自殺は禁忌だったのでした」

「人肉喰うのはタブーじゃないんですか？」

「肉を取るために殺し合ったならそれは明らかに犯罪ですが、そうではなかったのですから、悲惨な状況の中で必死に生きようとする人間の苦闘を他人は否定出来ないと思います」

「し、しっかしですねえ——」

「死んでいく者は生き残る者に、自分の肉を食べてくれと言い残した。それを聞いた彼らは、イエスが最後の晩餐で、『これは我が肉』といってパンを弟子たちに与えたように、死んだ友人たちは我々が生き延びられるように自分の肉を与えてくれるのだ、と考えたのだそうです」

「そりゃ勝手な理屈ですよ。第一ほんとにそういったかなんてわからないじゃないすか！」

武智はようやく反撃の糸口を見つけた、というように声を大きくした。

「俺は死体になったって喰われたくなんかない。要するに人を犠牲にしても生き延びたいって欲求が、宗教を口実にしてるだけじゃないんですか？」

「おっしゃる通りです。しかし僕が読んだある日本人作家はこう書いています。彼らは死体を『神』という概念によって漉《こ》すことで『肉』に、さらには『聖餐』に変えることが出来た。宗教を口実に、より美しいことばにすれば心の支えにして、狂うことも頽廃することもなく最悪の状況を生き延びられたわけです。極限状態からほど遠いところにいる我々が、それを否定することは容易いとしても」

「…………」

「そしてカトリック教会は彼らの行為を許した。彼らは『神』に漉されることで、『おぞましい人肉食者』から『ひとりの市民』になって社会に復帰できた。それは言い換えれば、彼ら生存者を迎えたウルグアイ社会の集合意識だったのだ、と僕には思えます。生きるために努力することは自殺を選ぶより正しい、というのが日本も含めて現代社会の了解事項なのですから、これは非難されるべきことではないはずです」

「…………」

「生きるか死ぬか、生きるためにはなにをどこまで犠牲にしていいのか、許されるのか、ぎりぎりの選択を迫られる状況は悲惨です。絶対の正解などおそらくは存在せず、どちらを選んでも無傷では済まされない。そこで『神』が、おまえたちが生きるためにした努力は正しい、という。私が許す、という。宗教というシステムは多くの憎悪と悪と死を生んでいますが、役に立つこともあるのですよ。少なくともいままでは」

　武智はしばらくむっつりと黙り込んでいたが、やがてぼそっと、

「日本にはないですよ、そんなシステム」

「そうですね。だから多くの日本人は、机上で考えるときはそれくらいなら死んだ方がいい、と思うでしょう。死ねるかどうかはまた別の話ですが」

「自殺は悪ですか？」

「ある意味では」

「それなら桜井さんはどうなんです。そんなときに食べますか、死にますか」

いままで見せなかったきつい顔つきをして、武智は叩きつけるように聞く。

「まだ生きる必要があると思えば、食べるかも知れません」

「なんだ。それじゃやっぱりあなたは無神論者なんかじゃないんだ」

彼は口元をゆがめて笑った。

「死にたくないといって死体を喰って、後で神様に許してもらって、口を拭って神なんて信じていないとでもいう気なんだ。都合がいいな。ずるいですよ、それは」

しかし京介は武智から目を逸らさぬまま、ゆっくりと頭を振った。

「いいえ。そのときが来たら僕は、『神』など無しでも食べるでしょう。そして口を拭って、素知らぬ顔で生き延びるでしょう」

「冗談、ですよね」

武智が青ざめた顔を引き攣らせ、

「もちろん」

京介はにこりともせずに即答したが、武智の顔の血の気は容易には戻らなかった。

武智が岩山の道を探索してみたいというので、京介は後に残って蘭堂邸跡や、村の廃屋のいくつかを見て回った。さっきは気づかなかったがプレハブ小屋の一棟に置かれた段ボールの中には、自殺したコミューンの残したものか、ミネラルウォーターのペットボトルとビスケットの形をした濃縮栄養食品のパックがいっぱいに詰まっていた。

そろそろ陽が傾いてきた頃になって武智が戻ってきて、またあの涸れ井戸のそばに立っていた京介に声をかけた。

「なにしてるんです?」

「宝探しです」

「残念ながら時間です。桟橋に降りないと」

しかしそれから先にふたりを待っていたのは、およそ予想もしていなかった事態だった。五時に約束していた迎えが、五時半になり六時になってもまだ現れない。海はべた凪《なぎ》で、舟を動かすのにおよそどんな困難もなさそうだとしか思われないのに。

その上携帯が通じないというので、武智はほとんどパニックを起こしている。陽が落ちようとしている海を背伸びして見ては、足を踏み鳴らし、腕時計を睨み、携帯のアンテナを確かめながら桟橋の上を右往左往する。頭を掻きむしる。歯を噛み鳴らす。その間口からは船頭の老人に対する悪罵が、途切れることもなくほとばしり続けている。

「畜生、畜生、あのじじいめ、こっちの顔をろくに見ようともしなくて、なんだか胡散臭いとは思っていたが、さては嵌めやがったなあ！」

「武智さんの調査を妨害している組織が、あの老人に指図してそうさせた、ということですか」

京介の問いに彼は、忌々しげに舌打ちした。

「やけに落ち着いていらっしゃいますがね、桜井さん、島流しに遭ってるのはあんたも一緒ですぜ」

「そうですね」

「そうですねって、生きるか死ぬかの事態だってのに、なんだってそう落ち着いてられるんです！」

「あわてふためくのは全部武智さんがして下さったので、時機を逸しました」

「まったく、あんたって人は――」

「明日の朝になったら、岩山の頂で火を焚きませんか。生月まではせいぜい二、三キロでしょう。西海岸の道路を車が走れば気がついてもらえるのではありませんか」

「そりゃまあ、そうかも知れませんが」

しぶしぶというように武智はうなずいた。

「狼煙《のろし》を上げるったって、焚き物は幸いあの廃屋を剝げばいくらもありそうだが、それを岩山の上まで担ぎ上げて火を点けて、簡単な話じゃあない」

「簡単だとは僕も思いませんが、少なくとも今夜の食糧だけは見つけてあります」

「そりゃ用意が良すぎますって」

「そうですね」

「まさか桜井さん、みんなあんたが仕組んだことだとかは、いわないでしょうね？」

「とんでもない」

京介はこれ以上無いほど簡潔に武智の疑惑を否定したが、彼は容易に探るような目つきを止めようとはしなかった。

## 4

太陽が水平線に没し切り、あたりが文字通り鼻を摘まれてもわからない暗闇に押し包まれても、迎えにくるはずの釣り船はとうとう現れない。罵り疲れた武智はようやく大人しくなり、村の跡に戻ったふたりは野営の準備をした。


辛うじて屋根の残っている廃屋に入り込んで残っていた襖《ふすま》や障子を外して運び出し、暖と明かりを兼ねて焚き火を焚くことにする。眠るのはプレハブ小屋の中にするとして、それまでは多少風が寒くても外に座っている方がまだしも気分がいい。

「クソッ。いくら喰っても腹はくちくならないな、この宇宙食みたいなのは」

武智はぶうぶういいながら、やけのようにひどく人工的な味のする『完全栄養食品健康ビスケット』を口に詰め込み、これも薬臭いような『イオン化健康水』のペットボトルをがぶ飲みする。生月から引かれているはずの水道は見つかったものの、いくら流しても赤水が出るだけで飲めたものではなかったから、京介は味に文句をいう気はなかった。

ひとしきり食べ散らかして不満顔のままげっぷを洩らした武智は、頭の後ろに両腕を組んでプレハブ小屋の壁にだらしなくもたれかかる。その姿勢のまま、

「――桜井さん、その、ひとつ聞いていいですか」

「なにをですか」

「えー、つまり、蒸し返すようですが相原麻美の件です」

「調べられたのでは」

「いや。調べましたがね、そして渡りに船であなたの出馬を願うために利用はさせてもらいましたが、なぜ彼女があなたをあそこまで憎まなきゃならないのか、やっぱり納得が行かないんですよ。妹が桜井さんに片思いどころか、ストーカーみたいなことをして、つけ回して写真の隠し撮りをしたり、ばかでかい花束を毎日下宿に持ち込んだり。そのあげくにあなたに嫌われて、勝手に落ち込んで事故に巻き込まれた。要するにそれだけのことでしょうが」

「遺族の感情というのは、そうした理屈で割り切れるものではないのでしょう」

「いやあ。しかしそれであなたを殺人者呼ばわりするってのは、どうもね――」

「武智さんは、麻美さんを個人的に知っていたのですか」

「えっ」

武智は弾かれたように身体を起こす。

「なっ、なんで、そんなふうに思うんです。自分は私立探偵で、仕事としてこの件の調査を依頼されたんですからそんなことはッ」

「前から彼女を知っていたから、その人柄にはそぐわないように感じた、という意味に聞こえたものですから」

「そりゃ、深読みですよ」

「かも知れません」

京介はあっさり引き下がる。

「実は僕も、武智さんからあの手紙を見せられて意外に思いました。しかしそれは麻美さんが僕を殺人者呼ばわりしていたからではありません。五年前に会ったとき、すでに彼女は僕を憎んでいて殺そうとしました」

武智はまた息を呑んでいた。

「マジっすか？」

「ええ、おそらくは」

「でも損じた、というわけですか？」

「そうですね。ただ、彼女が僕に向ける憎悪は必ずしも不可解ではありません」

「だからそこが自分には、もうひとつわからないんですよ」

京介は少しの間、ことばを探しているようだったが、

「他の人のプライヴァシーに関わるので、あまり詳しく話すわけにはいきませんが、その人と祐美さんは子供時代に関わりというか軋轢《あつれき》があったのです。その人は祐美さんを嫌い、同時に恐れていた。だから祐美さんが事故死したときに、そのことで安堵してしまい、同時に安堵する自分に強い罪の意識を覚えた。抽象的な話し方になってしまいますが、意味は伝わっているでしょうか」

「あっ、ああ、なんとなくは」

「悩みを引きずっているその人に、僕は祐美さんに関わることは忘れた方がいいといったのです。覚えていて自分を責め続けたところで、それが亡くなった祐美さんの供養になるというものではないのですから、子供時代も含めて嫌な記憶は葬ってしまえばいいと。そして言い訳をするつもりではなく、僕は別段祐美さんに対して悪感情は抱いていなかった。ストーカーといっても、被害者意識を覚えるまでのことはなかったのです」

「しかし、相原麻美はそうは思わなかった？」

「彼女は僕が祐美さんを振って事故を起こさざるを得ないほど傷つけたあげく、友人の記憶からも消し去るようにそそのかして二重に妹を辱《はずかし》めた、と考えたようです」

武智は腕組みをして京介のことばに耳を傾けていたが、

「そりゃあ、どう考えても逆恨みでしょうが」

「麻美さんは僕の釈明を聞くことを拒みました。彼女はそうして僕に対する憎悪を掻き立てることで、生前は必ずしも親しくなかった妹との関係を建て直し、新しい構図に描き直そうとしていたのだと思います。人の心がそのように動くことは、別段不可解ではありません」

　それきり京介は口を閉じた。焚き木の燃え崩れる音と浜に打ち寄せる波の音だけが、しばしふたりの間を満たしていたが、

「明日は早起きしますから、先に失礼させてもらっていいですか」

　幸いプレハブは二棟ある。ベニヤの床の上に服を着たまま寝転がるのでも、廃屋の黴《か》びた畳や露天に寝ないで済むだけましというものだろう。立ち上がった京介に、

「それじゃ自分はもう少しして、こいつを消してから寝ます」

「水を一本いただけますか」

　段ボールのあったプレハブには武智が背中をもたせかけている。気軽に立ち上がって小屋の中に入った彼は、自分も新しいボトルを口飲みしながら手回し良く封を切ったのを手渡した。

「はいよ」

「――どうも」

「良い夜を」

　しかし京介の夜は、ほんの二時間足らずで破られた。戸の引き開けられる音に続いて顔にハンドライトの光が差しつけられ、身体を起こす。その反応の素早さに、武智はちょっと驚いたように身を退いていたが、

「どうしました」

「いやそれが、あの空井戸の中から妙な物音が聞こえるんで」

「妙な物音――」

「人の気配と話し声のような」

京介が立ち上がったときには、武智はすでに燃え尽きかけた焚き火の脇を小走りに、焼け落ちた木造建築の脇にある丸い井戸の方へ移動している。京介も後に続いた。

「桜井さんが明るい内に覗いたときは、そういうのは聞こえませんでしたか？」

「ええ。僕はなにも」

「風の音かなとも思ったんですがね、それに暗い中でなにかが動いているような気配がして。ほら、ここからです。いいですか、照らしますよ？」

武智がハンドライトを左手で持って、闇に開いた穴の中へぐいと差し入れる。

「あっ。ほら、あれはなんです？」

釣られるように京介は、低い井戸側に両手をかけて身を乗り出していた。だが次の瞬間、背中を突かれて大きくバランスを崩した。声を上げる余裕すらなかったのか、彼の身体は無言のまま暗黒に呑まれて消えた。

武智はもはや立ち止まらない。ハンドライトを右手に持ち替えて、昼の内に通った岩山の中腹を迂回する上り道を走り出す。昼間でさえ到底楽な道ではない。急傾斜には大まかな石段が刻んであったが、それもいたるところで崩れかけ、場所によってはただの荒れた岩肌と変わらなくなっている。おまけに空全体に雲がかかって、地を照らすべき月の在処《ありか》すら定かではない。唯一の救いは目がすっかり闇に慣れて、ライト無しでも道を踏み外す恐れが無くなってきたことだった。

それでも三十分以上かかって、ようやく東側の海岸線に出る。生月島の奇岩と同じ柱状節理の林立する崖だが、柱状の岩の間には奥行きの深い海食洞窟も隠されている。その浅瀬に約束のものが隠されているのは、昼間の内に確かめてあった。エアを抜いて畳んだゴムボート、圧搾空気のボンベ、燃料のガソリン缶、そして肝心のエンジンは防水布とゴムの袋にくるんで、すべては水の中に。

一度確認したロープを摑んで、狭い小石の浜に道具一切を引き上げる。夜道を焦ってきたせいで服の下の身体を汗が滴っていたが、いま手を止めるわけにはいかない。心配はないと思うものの、休みたければボートの上でも充分休める。本当は目と鼻の先の生月島の西海岸にでも、車をもう一台用意してもらえれば話は簡単だったのだが、それは受け入れられなかった。

　まあいい。マリンスポーツには多少の経験があるし、根獅子の浜につけなくとも平戸島にさえたどり着ければタクシーを呼んでもいいのだ。それも本当をいえば、余計な証拠をばらまくことになると反対されるはずだが、知られなければいいのだと軽く考える。そう一から十まで操り人形のように、命令通りに動けというのがそもそも無理なのだ。いましがたにしても、あいつは最後に渡した睡眠薬入りの水を飲まなかった。ペットボトルの口が開いているのを怪しんだのかも知れない。

（顔に似合わず、油断ならないな――）

　だから焦る必要はあるのだ、いまも。もしもあの桜井京介がどうやってか空井戸をよじ登れたとしたところで、一度も通っていない岩山越えの道を夜中に見つけてここまで後を追ってこられるはずがないとは思うものの。汗を滴らせながらゴムボートを膨らませ終え、エンジンを取り付ける。後はガソリンを入れるだけだ。

　しかしガソリン缶を片手にかがんでいた腰を伸ばそうとした彼は、ふいに息を詰めた。すぐそばに人の気配を感じたのだ。まさか桜井が？　馬鹿な、絶対にそんなはずはない！

　だが次の瞬間彼は、思わずワッ！　と叫んで額を腕で庇っていた。海食洞窟の奥から、突然凄まじいばかりの白光が弾けてまともに両眼を貫いたのだ。ガソリン缶を取り落とし、尻餅をついた。焼けついた視野に星が飛ぶ。視神経に灼熱の鍼《はり》を突き込まれたようだ。なにも見えない。

「――武智さん、とお呼びしていいのかどうか、わかりませんが」

あの落ち着き払ったというより、なにを考えているとも知れない声が耳に届いた。

「気になさるかも知れませんから、先に種明かしをしておきます。先ほどあなたが僕を突き落とした縦穴は、井戸に見せかけてありますが井戸ではない。当然ですね、もともと水の出ない島なのだから。昼間あなたが姿を消している間に、穴を降りてみました。天然の洞窟か人工かはわからないが、天井も高くて何十人か収容できそうな座敷ほどの広さがありました。

たぶん僕は、波手島にまつわる謎を解いたのだと思います。潜伏キリシタンの時代、彼らは古代ローマのカタコンベのようにこの地下洞窟を聖所として使用し、行事一切をそこで行っていた。だから生月の者が島を訪れても、地上にキリシタンらしいしるしはなにひとつ見えなかったのでしょう。

宗門改めの役人が来たときは地下に身を隠して、逃散《ちょうさん》によって無人の島と化したかのように見せかけられた。場合によってはこの海食洞内に舟を隠し、島の地下をくぐり抜けているトンネルを伝って島外に避難したかも知れない。発掘すればポルトガル人宣教師が残した、キリシタンの宝が見つからないものでもありません」

「それが、姿を隠す天狗の邪法の謎解きだって、いうのか？……」

彼はようやくことばを返した。まだ目はなにも見えない。目潰しでも喰らったようにずきずきして、まぶたを開けようとすると涙が溢れてくる。こっちが岩山越えの道をたどって、ここでゴムボートの所在を確認している間に、こいつは地下を通ってきてそんな様子をちゃっかり見ていたってわけか。置き去りを狙っているのも予想して、アンデスの人喰い事件なんて話を持ち出して牽制《けんせい》してみせたって？

道理でやけにあっさり落ちたはずだ。

「説明します。僕の脚はゴムボートを踏んでいて、ナイフをその上に当てています。あなたの出方によっては、ナイフでボートを切り裂きます」

「エンジンにガソリンは入れてないんだ。ボートを押さえたからって動かせないぜ」

歯噛みしながら言い返したが、

「別にかまいません。あなたが協力して下さらないならボートはこの場で破壊して、予定通り僕は朝になってから狼煙を上げます。ただし警察が駆けつけてきたら、あなたが持ちかけてきた話を含めてすべて打ち明けることにしますが、それはあなたにとって望ましいことではないはずです」

「なにいってやがる。協力するといったら、俺をこのまま置き去りにするんだろう！」

「いいえ。第三者抜きでも、あなたがいまの事態をどう説明するつもりか興味はあります。そして警察を介入させることは、僕にとっても最上の選択とはいえない」

「じゃあ、それについては五分五分だ」

「職業氏名の詐称、文書偽造、暴行傷害、監禁、とても五分五分とはいえませんね」

「虫のいいことばかりいうなよな。島から離れたところで突き落としてやったっていいんだぜ」

唸りながらそろそろと後ずさりかけた彼は、しかしいきなり引き留められた。

「ご自分の命を犠牲にして？」

ぐいっ、と左の手首が締めつけられ、引き寄せられる感触がある。ようやく少しずつ開けられた目に映ったもの。細いロープが手首に巻きつき結ばれている。二重にしたロープは前方に引かれ、ゴムボートに片脚をかけて身を屈める痩せた男の腰に結びつけられていた。

ボートの上に桜井が持っていたらしい、コンパクトなサイズのわりにはまぶしすぎる光源がある。その光が小さなナイフを手にした相手の顔を斜め下から照らし出している。

白すぎる顔の口元にうっすらと浮かんだ笑み。

「同じ手は、二度と喰いません」

彼は身震いした。

死神の微笑を間近に見てしまったかのように――

# 鋼の罠

## 1

そうして私立探偵武智兵太と名乗っていた彼は、心ならずも桜井京介とふたり、件のゴムボートで平戸島根獅子の浜まで戻ってきたのだった。小型のボートはふたりの体重で深く沈み、少しでも大きな横波を喰らえば転覆しかねない。相手に油断が見えれば即座にロープを切って海へ蹴落としてやる、と腹の中で唱え続けたがとうとうそのチャンスも来ず、脇を伝う冷や汗を覚えながらの二時間ばかりだったが、幸い明け方の海は静かでその意味では何事もなかった。

しかし当然ながら、彼にとっては心穏やかなはずがない。なにより騙していたはずの自分がいつの頃からか騙されていた、という番狂わせには大いにプライドを傷つけられずにおれなかった。

与えられていた作戦は十二分に実行し、設定されたキャラクターは完全に演じきってボロひとつ出さなかったはずだ。『武智兵太』という朴訥《ぼくとつ》な熱血漢の性格は彼本来のものとはまるで別だったが、他人の目に映る顔の印象はむしろそちらに近い、というのは自分でも承知していたし、つきあう女によってはそれらしく振る舞ってみせて上手く歓心を買えたこともある。つまりは慣れた役柄だった。

男を誑《たぶらか》すのは初めてだから不安もあったが、実物を見ればとんだ色白の優男《やさおとこ》で、どう見てもこちらの方がウェイトもあれば腕も太い。なにを考えているのか、腹の中がもうひとつ読めないのは不気味だったものの、他人目さえなければこいつのひとりくらいどうにでもなると思った。

(それに、こいつは『武智』みたいなのに弱い、といっていたんだ、あれが)

(そうさ。ドジを踏んだのは俺のせいじゃない。作戦自体に無理があったんだ――)

話を聞くと実物とじゃあ大違いだ、と彼は腹の中で吐き捨てた。万一予想外の展開になったら余計なことはいわずに、悪あがきはしないで相手の出方を見ろ、と釘を刺されたことは覚えていたが、忌々《いまいま》しさではらわたが煮えくり返るほどに黙っていられなくなる。ナイロンロープ、大光量のライト、空港のチェックにもかからないセラミック・ナイフ。そんなものまで用意して、ぬかりなく身につけてきた、ということは――

「桜井さんよ」

「はい」

顔はボートの進んでいく前方の海に向けて、吹きつける風が髪を吹き散らすままにさせながら桜井京介が答える。



なにがはいだ、と罵りたくなるのをこらえて、

「あんた、いつから俺のことを疑っていたんだ？」

「疑っていた、とは」

「だから、俺があんたを島に置き去りにするつもりかも知れない、とかをさ」

余計なことはいうな、という忠告を思い出して、出来るだけ当たり障りのない尋ね方をする。こいつがなにをどこまで知っているか、それを探り出さないとこれからの行動にも関わるだろう。

「置き去りにされる、とは思っていませんでした。ただ、あなたのことば通りの理由で波手島行きを求めたのではないだろう、とは東京を発つ前から考えていました」

「へえっ。なのに断りもせずに平気でやってきたのかよ。なんで？」

「あなたがなにを目的にしているのか、知りたいと思ったからです。当然島ではなにかが待ち受けているのだろう、と期待したのですが」

「そりゃ、ご期待に添えなくて申し訳ないな」

「磯貝氏のところに寄って歴史談義をさせたのも、島での用意が調《ととの》うまでの時間稼ぎだろうと思っていたのですが、違いました」

「お気の毒様」

「いいえ。磯貝氏の話のおかげであの空井戸と抜け道の存在に気づけたのですから、僕にとってはあれは大変有用な情報でした。お気の毒なのは、当てが外れたあなたの方でしたね」

桜井の口元に薄く、皮肉な笑みが浮かんでいるのを見て、彼はカッと怒りが頭を熱くするのを感じたが、もう少しの辛抱だと腹をなだめた。せいぜい人を出し抜いたといい気になっているがいい。

「じゃあ、俺がなんであんたを波手島まで連れ出したのかはまだわかっていないんだな？」

「それをこれからうかがいたいと思うのですが」

「当ててみろよ、名探偵」

彼は嘲笑に口元をゆがめて挑発した。

「ここらで推理のひとつも披露してくれなくちゃ、名探偵の名前が泣くぜ、名前が」

桜井は東京の喫茶店で会ってそのことばを聞かされたときと同じように、眉間に不快げな縦皺を刻んでこちらを睨み付けたが、

「初めはあなたが、相原麻美さんの恋人だったのかと思いました」

「死んだ女の復讐に、その現場まであんたを連れ出してどうにかする、とか？」

「――ええ」

「それが正解かも知れないぜ」

「違うでしょう。これだけの手間をかけた上、置き去りにするだけでは復讐としてはぬる過ぎる」

「ぬるいかね。俺からしたら、あんな無人島に放り出されてじわじわ日干しにされるだけで充分へこたれるがな」

「しかし食糧はありました」

「あんなもの、気休めにもならねえ」

「なにより肝心のあなたが立ち去ってしまったら、復讐がどれだけ功を奏したか、僕が思い知ったかがわからない」

　ふん、と同意の意味で鼻を鳴らした。

「復讐者の行動原理は応報でしょう。悲惨な結果をもたらした者は同様に悲惨な報いを受けなくてはならない。相原麻美さんが名前も知られない宗教コミユーンに身を投じたあげく、あの島で火に焼かれて死んだなら、彼女にそうした行動を取らせた原因は僕にあると考えるなら、あなたであれ誰であれ、復讐者はその悲惨に見合うだけの罰を望むはずです。そうでなくては復讐など考える意味がない」

「俺が睡眠薬入りの水で眠らせたあんたに、頭から灯油をかけて火でもつけてやったなら納得出来るとでも？」

「そうですね」

　さらりと、なんでもないことのように返されて、むかっとした。

「俺がそうしなかったからって、いい気になるなよな。あんたひとりくらい、海に放り出すのは簡単なんだぜ」

　お互いの手首を繋いだロープを掴んで、ぐい、と引いてやる。

「まあ、俺だって無事には済まないだろうが、それくらい覚悟はしているさ」

　しかし相手から返ってきたのは、

「あなたはそんなことはしないでしょう」

　という穏やか過ぎる答えだ。

「あなたは自分の損になることはしない。そして僕を殺して自分も死ぬことは、あなたになんの利益ももたらさない。少なくとも割は合わない。それはわかっています」

「俺の性格はお見通しだって？」

「そうですね。あなたとはこの三日間でずいぶん多くことばを交わしています。十数年来の友人も及ばないほど」

「まったくな」

「相手の人となりを知るには、会話することが一番効果的ですから」

　嘘つけ。熱血漢の見せかけに騙されたくせに、と彼は笑い出しそうになったが、自分の芝居が早々に見抜かれていたのだとしても話は同じなのだ、と気づいてまたむっとなった。

「復讐なんていうのは、もともと割が合う話じゃないだろう」

　呑みこんだ笑いに代えて吐き捨てたことばに、

「ええ。ですからあなたが相原さんの恋人であるという仮説は、一度考えただけで放棄しました。死んだ人のために手を汚すなど、あなたは決してしないでしょう。あなたがすることには、常にそれ相当の理由がある。僕を連れ出して波手島に置き去りにすれば、その代償としてあなたには大きな利益がもたらされる約束だったのではないですか」

「俺は、便利屋じゃないぜ」

「利益が金銭の授受とは限らない。あなたには出来ないことを、代わってやってくれるといった取引があるのかも知れない」

「それが殺人だっていったら、どうだい」

　自分でも気がつかない内に口が動いていた。なにを聞いていても平然と、ロボットのような無機質の声と表情しか見せない相手を、ほんの一瞬でも驚かせ、怯えさせてやりたいという欲望が、彼の中で膨れ上がっていたのだ。

「その人間を殺せば俺に大きな利益がある。だが、そうだからこそ俺は絶対に手を下せない。他のやつにやらせるしかない。しかし殺し屋みたいなものはそう簡単に見つからない、となると別の手を考えるしかない。これなら納得するか、名探偵！」

　ここは海の上だ。エンジン音が高く鳴り響き、他に聞く者などいない。大声を張り上げて本当のことをわめくというのはなんていい気分なんだ、と彼は思った。

「そうさ。俺には殺したいやつがいる。これこそ俺の正当な復讐なんだ。当然俺のものになるはずのものを奪われたから、そいつを殺して奪い返すんだ。ただ自分がそのために、何十年も刑務所に入れられるのは御免なだけさ。俺はその奪い返したもので、この先の人生を思う存分楽しむんだからな。そうとも、おっしゃる通り俺は割の合わないことはしないよ！」

　ははは、と彼は笑った。潮風が開いた口の中を通り過ぎていく。ここしばらくの鬱屈が晴れて、すばらしくいい気分だと思った。

「あんた、昨日の夜にいったな。生きるために人肉を喰えるかどうか、喰うために神を持ち出してどうこうって。そして得意らしく自分は神なんかなくても喰えるとおっしゃった。俺はそんな気持ちの悪い想像をするのは御免だがな、殺すことの口実に神を持ち出して、許していただこうなんてことはちっとも思わないぜ。

　俺は俺の必要なものを手に入れるために、平気で人を殺せるとも。そして殺人が許されない悪だなんてこれっぱかしも思わない。実行する勇気がないわけでもない。波手島であんたを殺さなかったのは、ただそういう計画じゃなかったからだ。それだけの話だってことを忘れるなよな！」

「では、どういう計画だったのですか」

「――おおっと。危ない危ない」

　彼はわざとらしく口元を拭ってにやりと笑う。

「そんなことを俺が、ぺらぺらしゃべるわけはないだろう？」

「なにもいわない、と」

「そういったら、どうする？」

　腕ずくで吐かせる、とはまさかいわないだろうなとせせら笑ったが、

「東京に戻ります」

　あっさり答えられて彼は内心あわてた。それでは困るのだ、実のところ。

「まあちょっと待てよ。なにも話さないとはいってないさ」

「…………」

「わかってるさ。戻って自分で調べてみせるとでもいうんだろう？　シッポを摑まれたのはこっちだからな、五分五分より弱いのは認めるさ。しかしいまあんたに騒ぎ立てられると俺もまずいんだ。あんただって警察なんか行ってもなにもいいことはない。話によっては交渉の余地はある、だろ？」

　殺人がどうたらとか、つまらない見栄で話してしまったことを彼はたちまち後悔している。これを知られたら、非常にまずい。とにかくいまはうまく丸め込むんだ。

「ただ話はいろいろと込み入ってるんでな、それを全部話そうってなると時間がかかるんだ。ところがこっちはハラペコでさ、頭がまるで働かない。どうだい。陸に着いたら車で平戸の市街まで行って、まともな朝飯でも喰いながら話すというのは」

　相変わらず桜井は、どこまでこちらのことばを信じたのかはわからないが、無言でうなずいた。腹が減っていたのは本当だ。怪しげな健康食品のビスケットなど、食べた内には入らない。ようやく無事に根獅子の浜に戻り、路肩に停めたままのレンタカーを拾って飛ばす。平戸までは三十分。港に面した広場の駐車場に車を止める。

「悪い。ちょっとそこの便所に行って来るから、ここで少し待っててくれないか？」

「どうぞ」

　個室に飛び込むなり、彼は携帯の短縮番号を押した。応答した相手を確かめるより早く、

「失敗した」

　早口に吐き出した。

「いま平戸だ。波手島までは行ったがな、気がつかれて置いてはこられなかった。あんたの話とはずいぶん違うぜ、あの桜井ってやつ。いろいろやばくてさ、まったく――」

憤懣《ふんまん》を押しつけるようにまくし立てる。

「ええ？　馬鹿いうな。俺は別にドジは踏んでないぜ。あんたの立てた計画が甘かったんだよ。危ない橋を渡らせられてるのはこっちなんだからなあ、これでもし――え？　なに？　ああ、わかってるよ。やらないとはいってないだろう。例のものはちゃんと佐世保のホテルで受け取ってる。

　その代わり。ああ、そう。そうか。じゃ、そっちも今日やるんだな。となれば俺は当然、完璧なアリバイがあることになるわけだ。なにも知らないで、東京に帰れば涙の遺族ってやつだな。うん、うん。それなら文句はない。思い切ってやっつけてやるから、安心しろよ。わかってる。これまでの通話も全部消してるし、これであんたの番号は消すさ。当面は連絡もしない。じゃあな」

　通話が切れてから、すばやくボタンを操作して送信記録を消去する。電話帳も。それからポケットに手を入れて、用意のものを取り出す。


　飛行機には持ち込めない、ボタンひとつでブレードが出入りするナイフ。郵便で佐世保のホテルに送られて、チェックインのついでに桜井には気づかれないように受け取ったものだ。しかしこのナイフにはちょっとした仕掛けがあって、隠しボタンを押すとロックが外れて刃が簡単に柄の中にめりこむ。芝居の小道具などで似たものがあるが、眼目は完全には引っ込まないことと、力が抜けるとまた自然にその刃が迫《せ》り出してきて今度はそのままロックされてしまうことだ。

　これで例えば服の上から刺されても、身体に刺さるのはほんの一センチか二センチ。しかし刃渡りは十五センチ以上あって凶器としての迫力は充分だ。隠しボタンで刃が引っ込むのは一度きり。ロックされればもうボタンは働かず、そんな仕掛けがあるとはわからない。傷が凶器に較べては浅いとしても、それは運が良かったか、上手く抵抗出来た結果だとしか思われない。

それでも痛い思いをするのが嬉しいわけはなかったから、気は進まなかった。桜井を首尾良く波手島に置き去りに出来なかったときの、予備の作戦だといわれても御免だと思った。しかしことここに至っては、やらないよりやる方が自分にも利益がある。覚悟を決めるしかあるまい。結局朝飯が喰えないことになってしまうが、

（いいさ。俺の望みが叶えば、もうじきなんだって手に入るんだ——）

　根獅子でハンドルを握ったときから、手には薄い革手袋をはめてある。コートのポケットの中でナイフを握り直し、トイレから出る。海に面した広場は朝日に照らされてうららかに明るく、人出はあまり多くはないがそぞろ歩く観光客がちらほらとは目に入る。おあつらえ向きだ、と彼は思う。一部始終を観察されていては困るのだが、声を上げたときにはすぐに何事かと人が集まってくる。そういう状態がもっとも望ましいからだ。


　水際近くに、ベンチにも座らず立って向こうを見ている桜井の後ろ姿へ、小走りに寄っていく。足音に気づいたのか、腰をひねって振り向いた。

「すいません、お待たせして」

　うっかり『武智』の口調に戻ってしまったが、顔の方になにも出ていないかどうか、正直な話自信がない。だがここで気づかれてしまっては困る。男ふたりの鬼ごっこは御免だ。そしてやはりただならない様子は、顔に少しではあっても浮かんでしまったらしい。桜井の眉が寄り、口元が引き締められる。しかし彼は逃げない。

　かまわず距離を詰めた。同時に前を開いたコートの左を広げて手元を隠しながら、右のポケットからナイフを抜き出す。飛び出して鈍くひかる十五センチの鋼鉄のブレード。桜井がそれを見た。同時に隠しボタンを押す。何度も練習は積んでいる。相手が落ち着きすぎているような気はしたが、大丈夫だ、と自分を励ます。大丈夫、俺はやれる！

凶器を握った右手を低く、桜井のベルト上あたりを狙って突き出す。あまり速すぎず。桜井が身体をひねりながら、右手でこちらの手首を掴んだ。いいぞ、これも読み通りだ。桜井の胸前まで引き寄せられた、ナイフを握る右手を緩める。ぐらりとして手から落ちかかるそれを、桜井の右手が掴む。彼はその右手をナイフの柄ごと両手で捉え、勢い良く自分の胸に叩きつける。

コートの下はスーツとワイシャツとアンダーシャツだけだが、マシンジムで筋トレはしてきた。筋肉を緊張させれば、凶器の刺さりはさらに浅くなる。もっとも、あまり浅手過ぎてもまずいのだが。

（あ、れ？……）

彼はその姿勢のまま目を見開いていた。桜井はすでにナイフの柄から手を放していたが、それは彼の胸の中心部に深々と、柄の根元近くまで突っ立っている。いや、刃のほとんどは柄の中に引っ込んでいるはずなのだから、これはただの見せかけだ。

（浅手だが派手に血が出て大騒ぎになる。俺は病院に運ばれる。桜井は傷害の現行犯として警察に逮捕される。俺が病院のベッドで羽を伸ばしている間に取り調べられる。だがなぜ刺したと聞かれても答えようはないだろう。そして桜井のようなやつが、田舎の警察官に好意的に扱われるわけがない。せいぜい相手の感情をこじらせて、勾留期間を引き延ばされるがいい。

名探偵が聞いて呆れるぜ。俺がなんのためにおまえに近づいたのか、長崎まで連れ出したのか、わかりもしないままなんだからいい気なもんだ。もっともおまえを東京から引き離して、なにがおまえに起こるのかなんてことは俺も知っちゃいないがね。余計なことは知る必要はない。知ったところで俺にはなんの得にもならない。さあ、やるぜ。このナイフを引き抜いて、せいぜい派手に血を飛ばして、そこらの観光客を掻き集めてやる）

「止めろ。抜くな」

（は、なにいってるんだよ。こんなもん、ちょっと引っ張れば抜けるくらいのもんで。あ、あれ？）

「救急車を呼んで！」

おばさんのわめき声。

「救急車！　おまわりさん！　早く！」

「この人頭がおかしいのよ。自分でナイフを抜いて胸に突き立てたの。あたし見てたんだから」

（違う。違う。誰が見ていたっていうんだ。俺はちゃんとやった。計画通りにやった。俺はこの男に刺されたんだ。ねえ、そうなんですよ――）

彼はふらふらと桜井から離れ、自分を遠巻きにしている人垣の方へ振り返る。

（ヘイ、ギャラリーとしたらちょっと年齢層が高すぎるのが不満だが、まあいいさ。始めたからには俺はきっちりやるよ。刺されたやつが苦しがって、凶器を抜こうとするのは自然だろ。痛いのか痛くないのか、よくわかんないけどな。ああ、救急車のサイレンだ。いまの内いまの内。そらッ）

身体がカッと熱くなり、目の前が真っ赤に染まって、これは思い切り派手だと彼は笑った。女の悲鳴が歓声のように聞こえた。身体がぐらぐら揺れる。すっかりアルコールが回った気分。

（変だなあ。いつの間に飲んだっけ。脚にまるで力が入らない……）

膝が崩れ、仰向けに倒れた。平戸観光の中心として整備された平戸港交流広場のまだ新しい敷石に、あざやかな血を流して、どうと倒れたきり彼はもはや動かなかった。

## 2

その男の死は事件当日、四月十八日のうちに確認された。刃渡り十五センチの飛び出しナイフが、体前方から肋骨の下辺を滑るようにして胸大動脈を切断し、さらに引き抜かれることで大量の出血を引き起こした結果だった。

しかし単純な傷害致死事件だろうという平戸警察署の当初の想定は、間もなく奇妙な迷走を強いられることとなった。事件当時現場近くにいた複数の観光客が、凶器を取り出したのは被害者の方だと明快に断言したのである。

トイレから出てきた被害者が被疑者の方に走り寄りながら声をかけ、コートの右ポケットから長いナイフを出して身体をぶつけるようにした。ほんの少しの間もみ合ったかと思うと、被害者の胸の下の方にナイフが刺さっていたが、それも本人が被疑者に持たせてわざと自分に刺したようにしか見えなかった、というのだ。

「どうしてそんなにはっきりわかるか、っていうんですか？　それは、私たちがずっとあの人のことを見ていたからですよ」

高校時代の友人とグループ旅行に来ていた埼玉県在住の主婦四十九歳は、少し顔を赤らめながらもそのことを隠さなかった。

「だってこの広場、見るものなんてなにもないじゃありませんか。あら、ごめんなさい。お城も教会もすてきだとは思いますよ。でも景色なら昨日泊まったホテルの窓からもよく見えたし、それならライトアップした時刻の方がきれいですもの。今日はもう帰りだから、お土産も買ってしまったし、バスの時間まで皆でぶらぶらしていたんですよ。他に行くところもないから。そうしたら」

「車が停まって、あの人が降りてきたんです。あそこのレンタカーから」

同い歳の友人が後を引き取った。

「ほら見て。すごくきれいな人がいるわって、目引き袖引きしてたんです。背は高いし、雰囲気はあるし、芸能人かしら、でも顔も名前も知らないわ、あんな人がテレビに出てたら一度見ただけで絶対忘れないわよねって」

「あっ。あたし写真撮りました。何枚も。だからなにか写ってるかもしれません」

ひとりが持っていたデジカメには、被疑者に向かって駆け寄っていく被害者の姿がはっきりと写っていて、凶器までは見えないもののその右手が不自然な姿勢で抜き出されようとしているところが明らかに確認された。そのカメラをデータごと証拠のひとつとして提出してもらいたいという要請に、彼女らが容易にうんとはいわず、とうとう件の被疑者の横顔を捉えた一枚を人数分プリントさせて持ち帰った、というような、事態にはかかわりのない一幕は置くとして——

この奇妙な傷害致死事件を調書にし、なんらかの結論をつけて既決の箱に放り込むことが出来なかったのは、ひとつには被害者と被疑者、ふたりを包む不透明さのためだった。被疑者は、桜井京介という自分の名、一九九六年Ｗ大文学部大学院を修了、以後はフリーターという簡単な履歴については淀みなく供述したものの、他のことについては黙秘して弁護士との連絡を求めたのである。

被害者は武智兵太、Ｗ大の後輩で同期の友人から紹介されたと桜井はいうのだが、彼が携帯していた免許証の名前はまったく違って『石田《いしだ》陽司《ようじ》』となっていた。当然レンタカーの貸し出し名義はそちらの名だったが、桜井は手続きはすべて彼が済ませていたので自分の聞いた名との食い違いには気づかなかったという。そしてＷ大法学部の卒業生名簿に武智兵太の名はあったものの、彼は商社員としてアメリカに赴任していた。

それだけでなく、桜井の供述には他にも不可解な齟齬があった。十六日に長崎空港に着いた彼らが訪ねたという郷土史家磯貝某は実在の人物で、このふたりの訪問を受けたことを認めたが、彼を紹介したという県庁の古森は昨年病没していて、桜井はその事実を知らなかった。郷土史家の方でもあまり細かいことにはこだわらない性格らしく、古森が生前に自分の名を伝えていたのだろうと考えて、取り立てて不審には思わなかったという。

偽名を使われてもわからない、知り合いともいえないふたりの男が長崎にやってきて、なんのために観光地ではない無人の波手島に渡ったのか、根獅子の浜からふたりを波手島まで乗せ、迎えに来なかったという海上タクシーはどこのものか（その電話番号は『武智』の携帯にも残されていなかった）、さらにゴムボートで島を後にしたというが久しく無人の島になぜそんなものが残されていたのか。

　そして被害者が持っていた携帯電話はプリペイドで、購入者は『武智』でも『石田』でもなく、着信送信の記録も電話帳もすべて消去済みだ。手荷物を調べても他に見つかったのは、この携帯電話の番号を入れた『武智兵太』の名刺数枚のみで、『石田陽司』の運転免許証が本物かどうかもこうなると疑わしい（写真は被害者の顔と一致しているようだったが）。これらの点について警察は当然ながら桜井を繰り返し追及したが、彼は自分にもわからないことで話しようがないと答えるばかりだった。

　警察署の留置房の中で、桜井京介は考えていたのだった。自分の周りに張り巡らされた奇妙な罠の正体、その狙いと、いかにしてそこから可能な限り速やかに自由になるか、ということを。実のところ、わかっていることもある。だが意味不明のことも多い。このような状態で実際にあったことを警察に対して率直に打ち明けてみても、決していい結果は生まない、というのはわかりきっていた。

　あの武智兵太と名乗る男には、最初から一種の胡散臭さを覚えていた。いかにも過ぎる体育会系じみたしゃべり方や身のこなしもわざとらしかったし、スイスとフランスで起きたカルト殺人を、微に入り細を穿って語る口調のねちっこさは、それとは別の意味で違和感があった。出発間際の深春の電話でついうかうかと会って話を聞くくらいならと思ってしまったが、あのときの電話のことばを良く思い出してみると、この男が深春がかつて知っていた武智兵太当人である保証はどこにもなかったのだ。

それでも京介がその男と長崎まで来る気になったのは、そこに相原麻美の名前があったからだ。何者であれ彼女の意志を体現しているというのなら、自分はそれを避けるわけにはいかないと思った。別段彼女が声高に責めたように、その妹祐美の死に責任があるからと思うのではない。祐美の幼なじみだった女性に、「忘れるべきだ」といったのが間違いだとも思わない。正確には京介が口にしたのは「祐美がしたことを忘れてあげるべきだ」であり、それは生者にとっても死者にとっても唯一正当な反応だといまも思っている。祐美は幼なじみを、自殺を考えずにいられぬほど残酷にいじめていたのだから。

　しかし相原麻美は五年前、妹の復讐として京介の殺害を謀り、それに失敗したとわかったときには目に怒りの炎を湛えて叫んだ。

『私は絶対にあなたを赦さない。これからもあなたにつきまとって、あなたが必死に隠していることを、きっと暴き出してやるから！』

　だから京介は東京を離れることを選んだのだ。ここで拒んだとしても、彼女の意志が生きている限りはまたきっとなにかが起こる。それくらいならなんであろうと、自分ひとりでそれを受け止め処理できるように、どこか別の場所ですべてが起こり、収束してくれる方が遥かにいい。

　蒼からの留守番電話に敢えて応答しないで出てしまったのも、説明のことばがかなり難しいことになると思ったからだ。蒼はフランス旅行中に起きた、相原麻美との遭遇についてはなにも知らない。留守中に届いた手紙などから何事かあったことは察したようだったが、終わったことをあれこれ話しても仕方がないと口をつぐんで済ませた。

　留守電の様子だとなにか相談したいことがあるらしいが、いまは彼の助けになるだけの余裕がない。その代わりに、帰宅が予想外に延びたりした場合のためにメモくらいは書いて置いていこうと思ったのだが、いざとなるとそれもためらわれた。

深春が出かけた日の翌日、久しぶりに半日家を空けて戻ったらなんとなく部屋の中に違和感があり、それは室内にほんのわずか感じられた覚えのない香料の残り香のせいだった。出入りのときの身動きでたちまち薄れ、消えてしまって、後は部屋の中をいくら改めても他人が入り込んだ兆候など残されてはいなかったのだが、ただの気のせいといって済ませるには鮮明すぎた。

長崎のガイドブックを荷物に入れたのは、ほんのささやかな思いつきだった。どうしても伝えなくてはならないことを伝えるメッセージだとしたら、頼りなさ過ぎるし伝えられる情報は少なすぎる。それでも自分が蒼を無視したのではないということがわかれば、というのは京介の願望というよりも自分自身への気休めでしかなかったかも知れないが。そして深春特製の非常持ち出し袋を持ってきたのは半分お守りのようなつもりで、しかしその中にあった装備は大いに役に立った。

だが波手島に行ってからの経過は、京介の事前の見通しを大きく外れていた。予想していたのはあそこに復讐者が現れて自分を襲ってくるのではないかということで、もちろん大人しく殺されるつもりはなかったが、相手の目論見が摑めないというのは京介にとって最悪の事態よりさらに悪い。

偽・武智兵太の死は本人にとっても、まったく予想外のことだったに違いなかった。それは彼が最後まで、自ら抜き取ったナイフを手に血が吹き出しているのを見ていながら、「あれ、なんか変だな？」というような顔をしていたことからもうかがえる。だがそれが単なるミスだったのか、そうでないのかも京介にはまだ断定出来ない。

しかしあの男は、京介が「なにも話さないならひとりで東京に帰る」というとあわてた。ということは、彼の目的のひとつは京介を東京から遠ざける、それも出来るだけ長く足止めしておく、ということにならないか。

襲いかかったとみせてナイフを奪わせ、自分を刺させる。無論死なない程度にだ。京介は傷害罪の被疑者として取り調べを受けることになるが、動機を尋ねられても答えようがない。そして被害者である彼の方では、なにかまことしやかなシナリオを用意していたとしたら。警察は当然のように京介が嘘をついていると考えて勾留は長引くだろう。

しかし傷害は傷害致死となり、被害者から提供されるシナリオはない分想定される罪は重くなり、やはり京介は取り調べ側が求めているような自白を提供できないでいる。勾留されている以上弁護士を選任する権利は当然あるはずだが、多くのことに口をつぐんでいると見られている被疑者の要求は、言を左右にされて実行されない。弁護士がいるのは被告だろう、おまえはまだ被告じゃない。そんな嘘を平気で吐く。自分の話し方や顔つきが刑事たちの悪感情をそそっているらしいとはわかっても、まさか顔を取り替えるわけにはいかなかった。

起訴前の被疑者を勾留して取り調べられるのは、最長で二十日。その間黙秘で通して供述調書を作らせなければ釈放されなければならない。

（それだけ引き留められれば目的は達せられる、とでも？――）

## 3

京介を取り巻く状況が変化したのは、勾留されて九日目、二十六日金曜の朝だった。早朝に叩き起こされ、なんの説明もないままわずかな私物を押しつけるように返却された後、パトカーに乗せられて三時間。長崎市内の県警本部まで護送され、連れて行かれた部屋に一歩足を踏み入れた途端目に飛び込んできたのは突き刺さるほど鮮烈なカーマイン・レッド。ウェストを絞ったボディコンシャスなテーラード・スーツを身につけた女性が、長い脚を高々と組んでいる。

ハリウッドの女優のような、という古めかしい形容詞がこれほど過不足無く当てはまる女性もめったにおるまい。造作の大きな中高の容貌に惜しげもないフルメイク。椅子にかけた姿勢のためにもともと丈の短いタイトスカートは思い切って付け根近くまでまくれ上がり、スーツと同じ色のピンヒールを履いた足先まで、銀色の光沢があるストッキングに包まれた見事なラインを観賞するのに邪魔になるものはほとんどない。ドアが開いたのを認めて立ち上がると、その体重を受け止めていた事務用椅子が一瞬遅れて驢馬《ろば》のような哀れな鳴き声を放った。

「お迎えに参りましたわ、桜井さん」

肩に波打つ明るい栗色の髪を掻きやりながら、これもスーツに合わせたルージュの唇を笑みの形に上げて微笑む。一度出会えばまず忘れることはないだろうその女性を、およそ似つかわしくない無味乾燥な県警の会議室のただ中に認めて、京介はさすがに軽く目を見開き、その名を記憶から引き出した。

「——高倉《たかくら》さん、でしたか」

門野貴邦の秘書高倉美代、雇い主の日頃の呼び名に従えば『美代ちゃん』。しかし栗山深春がひそかに進呈した綽名は『女ターミネーター』。実際彼女の仕事は、秘書であるのと同時に警護係なのだという。スーツの打ち合わせから覗く真っ白な胸の膨らみに目を奪われる可能性のある人間に対しては、この容貌から肢体、衣装さえも武器の一部ということになるに違いない。

歩み寄ってくればピンヒールの踵《かかと》の高さはあるものの、目の位置はほとんど京介と同じだ。ウェイトは無論京介よりあるだろう。

「こんなに遅くなって申し訳ありませんでした。まいりましょう、飛行機の時間がありますから」

京介を挟むようにしてついてきていた、平戸署の刑事や県警の人間らしい数人の男性を完璧に黙殺して歩き出そうとするのに、彼の方が一瞬ためらったほどだったが、

「桜井さんはご心配なく。話はすべてついておりますから、警察庁と」

　それを聞いて出かけた異議のことばを呑みこんだらしいドブネズミの一群を、彼女はマスカラで染めたまつげの下から視線で一薙ぎすると、さっと髪をなびかせヒールを鳴らして歩き出す。

「どちらへ」

「東京へ。お話は道々」

　キャットウォークを歩むモデルの足取りで堂々と県警本部の廊下を歩き抜けていくグラマラスな美女を、一目見た全員が口を開いて見送る。お陰でその後に従う京介のことなど、ほとんど誰も記憶に留めなかっただろう。玄関前に路駐した黒のベンツのハンドルを握り、渋滞する長崎市内の道路に有無をいわせぬ、だが危なげない割り込みを見せてから、ようやく彼女は口を開いた。「お話」はこちらが事情を聞かれるのかと思っていたが、そうではなく彼女からする話があるらしい。

「最初に少しだけ言い訳をさせて下さい。お迎えがこれほど手間取ったのは、会長が先週の初めから入院してしまったこともあるんです。もちろんそれが理由になるとはいえませんし、会長からもずいぶんと叱られてしまったのですけれど」

「門野さんが、ご病気ですか」

　多少なりとも意外な声になってしまったのは、京介にとってもあの老人が病床に伏すなどとは信じ難かったからだが、

「驚かれました？」

　高倉の顔は笑ってはいない。

「失礼」

「いいえ。長年の不摂生と年寄りの冷や水のツケが回っただけ、ともいえますけど」

　容赦ない口調で決めつけた秘書は、

「私も反省すべきなのですわ。美杜かおるさんが亡くなってからは、ついお酒を過ごされても見る目が甘くなってしまって」

「容態は安定しておられる？」

さもなければ彼女が長崎までは来るまい。

「ええ。軽い脳梗塞が出ましたけれど、発見も措置も早くに出来ましたから、後遺症もほとんど残らないそうです。ただそんな状況で私も事務所を留守にしている時間が長くなってしまったものですから、対応が後手に回ってしまって、本当に申し訳ありません」

「弁護士を選任するのに門野事務所に電話をかけさせてくれるよう、繰り返し要求していたのですが、結局最後まで黙殺されていたわけですね」

「そんなところだと思いましたわ」

高倉は雌ライオンのように低く唸った。

「その程度の法律違反なら尋問手法の内だというのが、いまだに日本の警察ですのね。おかげで手間と時間をかけさせられましたわ。それでも蒼君が、桜井さんは長崎に出かけたらしいという連絡をメールでくれていたので」

「ああ、そうですか」

蒼の名前を聞くと、それだけでふっと胸の奥の強張りが解ける気がする。あの頼りないメッセージを過たずに受け止めてくれたことへの安堵と、たぶんそれに気づくまでに彼が覚えたろう不安や煩悶《はんもん》に対する後ろめたさ。なにか埋め合わせをしないことには赦してもらえないだろう。

「心配、させたでしょうね」

しかし高倉はそれには答えず、話題をいよいよ京介が予想していた方に向けた。

「桜井さんは、長崎までご一緒されたあの男のことはなにもご存じでないというの、本当ですか？」

「ええ。私立探偵の武智兵太、W大の後輩で深春の知り合いと名乗ってきたのですが、その深春からして騙されていたようです。彼が悪いというより僕の方に油断があったのですが」

「本名が違っているのも、気づかれなかったのですか？」

「そんなことだろう、と予測はしていました」

「彼の本名は、レンタカーの車内から発見された運転免許証通りの石田陽司、ただ普段は宇田川陽司と名乗ることの方が多かったようです。本籍地は埼玉県狭山市で、宇田川は母の実家の姓だった。近くに叔母が親の代からの家にひとりで暮らしていて、その土地では宇田川家は古くからの資産家として知られていたので、勝手にその姓を使っていたらしい、ということです。理由はなんとなくわかるのじゃありません？」

「何者ですか」

「いっとき興信所で働いたことも、確かにあるようですわね。その後はスナックの雇われマスターをしたり、出来損ないのジゴロのように女の子から金を絞ったり、宝石のデート商法をもっぱらにする会社の営業をしたり、詐欺師というほどではないけれど三十近くになってまともに生活しているとは到底いえない手合いですわ」

「なるほど」

京介は低く相槌を打った。口のうまさと演技力には自信があったわけか。

「だが少なくとも僕は石田陽司という名にも、宇田川という姓にも覚えはありませんが」

「では、どんな口実で石田は桜井さんを長崎まで連れ出しましたの？」

「僕の知っている女性が自殺した、宗教的な集団自殺のひとりとして」

高倉はなにかいおうとするように、口を開いた。しかしそこから出るだろうことばの予想はついたので、京介は無視して続けた。

「彼女の遺書には、僕の名前と僕に対する告発のことばがあった。だがその集団自殺は殺人ではないかと遺族が疑っていて、私立探偵である武智はその依頼を受けた」

「その女性の名前を出したくないから、黙秘をしたと考えてよろしいのですか？」

「単に名前を出したくないというだけでなく、彼のことばにどの程度事実が含まれていたのか、考えるほどに怪しく思われてきたからです」

「彼が死ぬ前に桜井さんが予測していたよりも、さらに」

「ええ」

高倉はなにか思いを巡らすふうだったが、

「実のところ桜井さんの勾留が長引いたのには、他にも理由がありますの。狭山市の宇田川姓については、昨年末からニュースになってはいたんです。それほど大きく報道されたわけではありませんから、お気づきでなくても不思議はありませんけれど」

「どんなニュースです？」

「ひとり住まいだった宇田川佳子という七十二歳の老婦人が、一年近く前から失踪している。近所づきあいも乏しい人で、長らく気づかれなかったのですが、その甥で唯一の身寄り、つまり法定相続人になるのが石田陽司です」

「なるほど」

京介はまた同じことばをつぶやき、高倉の目がひかる。

「なにかお心当たりが？」

「武智、いや石田が僕に向かっていったのです。殺したいやつがいる、と。ただそのために刑務所に入れられるのは割が合わない。そんなことを」

「交換殺人、あるいは請負殺人というのは考えられませんかしら。被相続人の叔母を誘拐して監禁し、自分が遠く離れた長崎で事件を起こしてアリバイを確保している間に、仲間に殺させる」

「彼は傷害事件の被害者になって、アリバイを作るつもりでいた、と」

「ええ、そうです。それなら自分で凶器を取り出して桜井さんに襲いかかりながら、自分の胸にそれを突き立てた行動の意味もわかります」

「つまり彼は自分の不手際で、死ぬつもりもないのに死んでしまった」

「馬鹿馬鹿しいような話ですけれど、その程度の思慮の浅い、自分の欲望にばかり目の行く男なら、おまえに罪がかからないように叔母を殺してやるとでも持ちかけられたら、いい気になっていわれるままに踊らされることは考えられますわ」

「しかしそうなると、石田の背後には彼を踊らせた黒幕がいることになる。請負なり交換なり、殺人を実行するかあるいはプロデュースしようとしている人間。誘拐も含めてと考えるなら、複数人のグループと見る方が可能性は高い」

「その通りです。実は宇田川佳子と同じ頃に、失踪した女性は他にもいるようなんですの。身寄りに乏しい高齢女性がひっそりと消息を絶って、何ヵ月もしてから偶然のきっかけでようやくそのことが明るみに出る。そんな事件のいくつかには、共通する関係者の影も見え隠れしていて」

「石田がですか」

「いいえ」

一度頭を振った高倉は、

「でも、必ずしも無関係とは言い切れませんの。石田が働いていたデート商法の宝石販売会社と経営者が共通するマルチ商法の会社があって、そこから宇田川佳子と、他に千葉県の六十代の女性も商品を買っていて、その女性も失踪しているんです」

「ラインが繋がる」

「ええ」

「では僕は、その複数女性の失踪事件に関わっている可能性を疑われていたのでしょうか」

「そうした見方も出ていたようです。桜井さんの身柄を渡す、渡さないで、綱引きがあったということは申し上げてよろしいかと」

「だったら、よく釈放してくれたものですね」

「石田陽司の死については、凶器も彼のものなら襲いかかったのも彼から、というのは最初から目撃者がいて明らかだったんですもの。不当な勾留であることは歴然としています」

「しかし他に重大事件の容疑があれば、別件逮捕は珍しいことではないでしょう」

「でもご心配なく。桜井さんがそんな犯罪に手を染める人間でないことは、会長自ら電話に出られて向こうに納得させましたから。電話で済ますしかない分、手間取ってしまったのですけれど」

「それは——門野さんにはずいぶんと大きな借りを作ってしまいました」

　だが高倉はそれには答えない。車はすでに渋滞した市内を抜け出し、空港へ向かう高速道路に入っている。京介はしばらく無言のまま、その車の列に目をやっていたが、

「高倉さん」

「はい？」

「もしも僕が及ばずながら、その女性失踪事件の解決に力を添えるよう努めたとしたら、それはいくらかでも門野氏への借りを返すことになりますか。それともかえってご迷惑でしょうか」

「本当に？」

　高倉が驚きの目を見張ってこちらを見返る。その頬に血の色が上ってくる。

「——いえ、そんな、迷惑だなんてとんでもありませんわ」

「では、門野氏が入院中のところで申し訳ないですが、もう少しお手を借りられるでしょうか」

「もちろんです。私が桜井さんのアシスタントを務めさせていただきます。警察で押さえている資料はすべてお手元に届けますし、他にもお知りになりたいことがありましたら、なんでもおっしゃって下さい！」

　彼女の熱い口調が、京介釈放のために門野が払った犠牲の反映だろうと京介は思う。無職というに等しい三十男、罰もないが賞も功績もなく、つまりは経歴だけを取り上げれば石田陽司とさして違わない人間だ。それを犯罪とは関係ないと強弁するのに、門野はなにを語りなにを明かしたのか。

（『名探偵』？　警察関係者にそんなことばを聞かせても、失笑されるのが関の山だろうが……）

　いずれにせよ作ってしまった借りは、利子などつかぬ内に出来るだけ早く返すに限る。

「失踪者のリストと、手に入るだけの個人情報は必要ですわね。その他には？」

「警察の捜査手法を個人がたどっても、成果は期待できないでしょう。僕が彼らに先んじていることがあるとすれば」

「ええ、わかります。なぜ石田が桜井さんを巻き込んだのか、その自殺した女性と、石田と、女性失踪事件に関わりはあるのか。これが大規模な交換殺人や請負殺人なら、お互いは関係が薄い方がいいはずですわね」

「相原麻美、石田陽司あるいは宇田川佳子、それ以外の失踪女性、そして波手島、これを結ぶ糸はあるのか――」

「調べます。特にその相原という女性」

「それからこの一年ばかりの間に、マイナーな宗教コミューンが集団自殺を図ったがその事件がほとんど報道されないまま揉み消された、というようなことが実際に起きているか」

「はい、宗教コミューン、集団自殺、揉み消し」

　高倉は京介のことばを記憶に刻み込むように、ゆっくりと復唱した。

「そういえば、さっき高倉さんがいっていたマルチ商法の会社というのは、なにを売っていたのですか」

「健康食品、といっても薬事法すれすれの怪しげな商品で、なんでこんなものにお金を使うのか理解できないシロモノですわ。健康ビスケットとか、健康水とか」

「その会社の名前は、A――ですか」

　京介が口にしたのは、波手島のプレハブ小屋の隅に置かれた段ボールの中に詰まっていた、食品と水のメーカー名だ。

「そうです。でも宇田川たちに納品していた営業の女性は、失踪が明るみに出たときにはもう退社していて行方もわからなくなっていて、会社は一切関与していないといいますし。でも、なぜそれを？」

　京介から事の次第を聞いた高倉は、カッと目を見開いた。

「では失踪女性たちは、その島に監禁されていたと考えられませんか？」

「しかし少なくとも、十七日の時点では誰ひとりいなかったことは確かです」

「でも、それ以前なら」

「可能性はあります。ただ、だとしたらますます僕を波手島に連れていくのは危険だし、無意味でしょう」

「石田陽司は最初から、殺されることになっている捨て駒だったのかも知れませんわ。彼はプランのほんの一部を知らされているだけ、自分の行動の意味も理解してはいなかった」

「それにしても複数の失踪事件、それが保険金詐取や相続財産の横奪を目的としているとして、全体の計画をプロデュースしているグループ、仮にそう呼んでしまいますが、そうしたグループがいて、波手島がその計画にそれほど大きな役割を果たしているなら」

「桜井さんを引き込む必然性も、ましてや波手島に連れていく理由もない。話が堂々巡りしてしまいましたわね」

「いや、実際そのように事態は進行しているのですから、それは必然であり理由はある、ただ僕たちにはまだ見えていないと考えるべきだと思います」

「わかりました。会長には当面病院で大人しくしていただくことにして、私は桜井さんの助手として働かせていただくことにしますわ。もしよろしければ会長のオフィスをお使いになります？　泊まるための部屋もありますし、他の設備についてもご不自由はかけませんから」

「そう、ですね——」

　いままで頭の隅に追いやっていたこと、谷中のマンションに一度だけ侵入の形跡を覚えたことが意識に戻ってくる。鍵を付け替えるのは深春の帰国を待たねばならないが、こんなときに他の気がかりを抱えないで済むならその方が有り難い。

「おことばに甘えさせていただこうと思います。ただ一度部屋に戻って、私物を少し持ってくることにします。それと、蒼には連絡を入れておかないといよいよへそを曲げられると思うので」

　いきなり高倉がため息を吐いた。ベンツは既に大村インターを降りて、空港に向かって西へ曲がっていたが、彼女は車を路肩に停めてしまい、ハンドルに顔を伏せるようにして重い吐息を繰り返す。

「どうしました」

　尋ねても彼女はこちらを見ない。

「あなたのお顔を見れば、一番にこれを申し上げるべきだとはわかっていたんです。でも……」

　しゅん、と音立てて口の中が乾いていく。高倉がこれからなにをいおうとしているのか、京介には理屈抜きでわかってしまった。そしてそれと同時に、なぜ自分が東京から遠ざけられたのかも理解していた。推理などではない、単なる直観として。

（僕は、馬鹿だ——）

（それくらいのことが、どうしていままで予測出来なかった——）

「隠したつもりはないんです。ただお話しする順序として」

「蒼の身に、なにか起きたのですか」

「行方不明なんです。桜井さんが長崎に行ったらしいというパソコンからのメールをもらったのが十八日の夜で、それきり携帯も繋がらないまま、なんの手がかりもなくて……」

*interlude*

《高倉美代より入院中の門野貴邦へ
　随時送られたＦＡＸレポート・抜粋》

『三田玉絵、宇田川佳子失踪に関連して浮上した、元訪問販売員村井《むらい》くに（61）についてのアウトラインです。

　村井は福岡県三井郡出身。一九五五年中学校卒業後集団就職で上京、下着縫製工場を始めいくつかの職業を転々とし、二十二歳で結婚、配偶者とともに札幌に転居したが、三年後夫を交通事故で失い以後結婚歴はない。

　いくつかの病院を変わりながら付添婦として勤務し、仕事熱心で患者に対しては極めて献身的であったと当時を知る者の多くが語っている。

　四十代半ばから東京で病身の独居女性の邸宅に住み込み、家内の雑務から料理、看護に十年近く働いたが、その女性の死亡により解雇。その折遺族との間にトラブルが発生し、遺族側は彼女を告訴したものの後に取り下げて示談としている。詳細は不明だが、雇用者であった女性の残した自筆遺言状に村井への手厚い遺贈が記されていたというので、遺族がこれを無効のものとすべく図ったのではないかという見方もある。

　その後Ａ——社の訪問販売員として雇用され、二〇〇一年春に退職するまで足かけ四年間在職した。販売成績は中程度だが、非常に人当たりが良く聞き上手で客を大切にし、なにかあれば家族のように心配して親身になってくれたと肯定的な評価を語る以前の顧客が少なからずいる。

その一方で、金に対する執着が強い、贅沢品を好むといった相反する評価もある。また独特の信心を持っていてしばしば他人にそれを延々と語って止まらない、この世界はもうじき終末を迎える、自分には天使がついているといったことを真顔で話し、反対されると怒り出してがらりと印象が変わるという声もあった。
　ただし北海道時代には、日曜日は欠かさず教会に通う敬虔なクリスチャンだったそうで、こうしたキリスト教としては非正統的な信念を抱くようになったのは後年のことと思われる。故郷の村は昔からキリスト教徒が多く、両親もキリスト教徒で、家を離れるときにもらったという金色の十字架を常に身につけていたともいう。ただしすでに村井の実家はなく、彼女が帰郷した様子はない。
　なお、S氏については明後日にも身柄を引き取れる模様です。

'02.04.24（水）21:22』

『先ほど電話でご報告しました通り、S氏は長崎から東京羽田に到着後、文京区のA君の部屋に入りました。現在彼のパソコンの履歴によって、失踪直前のA君の足取りを追う手がかりを求めています。私はS氏の許可を得て室内の捜索、友人関係への電話聞き込みなどを手伝っておりますが、今後もS氏と行を共にする予定です。なお現在のS氏の精神状態からして、会長が直接彼と話されることはお薦めできません。

'02.04.26（金）20:13』

『極めて可能性の高い目標を発見いたしました。東京小金井市にある新宗教（正確には新新宗教というべきでしょうか）CWAなる団体についてA君が調べていた模様。歴史は浅く、来歴は不明で、特にトラブル等は記録されておりません。電話の応答は無し。S氏と共にこれから向かいます。

'02.04.26（金）22:30』

『これを偶然と呼んでいいのかどうか判りかねますが、Ａ君が調べていたＣＷＡは女性失踪事件と深い関連があったらしく思われます。私どもの建造物不法侵入が問題にされない形で、至急女性失踪事件の捜索対象としてもらうよう会長から働きかけていただけないでしょうか。

　昨夜武蔵小金井の住宅地に建つＣＷＡ所有と見られる五階建て鉄筋コンクリート小ビルに到着したところ、裏口の施錠が無く、内部にはつい最近まで居住していた複数人が退去したらしい痕跡が発見されました。詳細についてはまた別途ご報告申し上げますが、食料品が置かれた一室に村井が販売していたＡ——社の健康食品が見つかっただけでなく、一階の部屋の壁に修道女のような白衣を着た村井の写真のかかっているのが見つかりました。その部屋の机上に置かれていたノートには、終末預言めいた文章が記されており、あるいは村井の書いたものではないかとも思われます。

　推察しますところ、ＣＷＡは村井が教祖となって作り上げた教団ではないでしょうか。それが彼女の宗教的信念に基づくのか、金銭略取のための似非宗教かということはまだ決められませんが、彼女が訪問販売の顧客から失踪しても発覚しにくい独居女性を選別した上で、彼女らをその教えに染め、当人たちには拉致とも監禁とも思わせぬまま教団内へ連れ込んでしまった、というのは非現実的な考えではないはずです。

　ビル内のフロアの多くはごく狭い個室に分割されていて、内部にはベッドと机しかなく、Ｓ氏によれば修道院の僧坊を現代化したようにも見えるということですが、こうした設備と孤独を勧める教義があれば、複数の人間を互いに接触させずに監禁しておくことも可能です。すでに彼女たちは殺害されてこのビル内に埋葬されているのかも知れません。どうか至急当ビル内を捜索していただけるよう重ねてお願い申しあげます。

ご報告が後になりましたが、同ビル内にA君の携帯電話が破壊された状態で残されていました。ほどこされたペイントとストラップからS氏がA君のものと同定しています。同ビル内をさらに精査すれば多くの情報が得られると考えますが、九州までのドライブルートと波手島の位置をポイントした地図のミスコピーが、小さく千切ってゴミ箱に捨てられていたこともあり、私はA君と村井と失踪女性を含むCWAの成員が波手島へ向かったと考え本日最速の手段で波手島へ向かいます。石田陽司がS氏を波手島へ連れていったのは、その島がいかに小さく人の生存に適さないかを見せつけて潜伏場所と疑わせないためだったのではないかと考えます。

　やや意外にも思われましたがS氏は東京に残るとのことですので、彼に連絡をお取りになるのでしたら＊＊＊（＊＊＊＊）＊＊＊＊へどうぞ。新しくお渡しした携帯です。

'02.04.27(土)08:25』

『ただいま長崎空港です。レンタカーで波手島に向かい、昨日午後到着いたしましたが、現地の状況はS氏から聞いた通りの荒涼たるもので人影はまったくなく、この数ヵ月の間に人が居住したらしき痕跡もまたありません。後手に回ってしまいますが、以後人を頼んで島の警戒を続けるべきかと存じます。なお島とは通常の携帯電話では連絡が出来ませんので、衛星携帯が必要になります。

　ただちに東京へ引き返すところ新しい知らせが届きました。長崎自動車道武雄《たけお》ジャンクション付近で蛇行運転を繰り返す白色ヴァンを佐賀県警交通課が追跡したところ、防音壁にぶつかって停まった車内から女性三名が発見された。いずれも二十代のようで村井らとは思われないものの、車内からはCWAのパンフレットが発見されているとのことで、無関係とは思われず、これから彼女らが収容されている嬉野町《うれしのまち》の病院へ向かいます。

'02.04.27(土)19:48』

『押し問答を繰り返したあげく、ようやく三人の内の比較的容態の軽いひとりから話を聞くことが出来ました。少なくともＡ君の行方については手がかりといえますので、内容についてはすでにＳ氏へ電話してあります。

　彼女は専門学校生川島実樹。一緒に発見されたのはＷ大生の海老沢愛子と及川カンナ。三人は都立高校の同級生で、海老沢が最初にＣＷＡに入信し友人の及川を連れていき、川島は及川がカルト宗教に監禁されているのではと心配して知り合いのＡ君に相談、彼とふたりで武蔵小金井の教会を訪れたのだそうです。さらに彼女は自ら信徒志願者となって教会に入ったらしいのですが、ＣＷＡ内部の状況やその後のことは、Ａ君の行方も含めて明確ではありません。というのは彼女らは三人揃って睡眠薬や幻覚性の薬物を過剰摂取したための中毒状態で、時間や場所を正しく認識する見当識に支障を来しているからです。

　海老沢は自分が及川を殺したが神の母である御方が生き返らせてくれたと主張し、及川はこの世は既に終わっていると叫んで錯乱状態になるそうで、中で話が出来た川島もＡ君と初めてＣＷＡを訪れたのは一年前のことだといったり、話を続けて聞こうとすると自分は置いていかれたといって泣き出してしまいます。しかしその口走ることばにはあのビル内で発見された村井自筆と見られる文章に酷似した表現が見られ、村井がＣＷＡの教祖ではないかという仮定を裏付けております（文章の内容は昨日別途お送りしてあります）。

　人の女に似た悪魔が虚ろの塔に落ちて十字架に身を貫かれる、というのが具体的にどのような情景を指しているのかは一向に明らかではありませんが、波手島の陸に海を見下ろして建っていた火の見櫓のような鐘楼を思い出しました。村井らはいまもあの島へと向かっている途上であり、川島たちは置き去りにされたのかも知れません。

Ａ君があの武蔵小金井の教会に数日間監禁されていたことは確かなように思われます。彼は戻らない川島の身を案じて単身忍び込んだのではないでしょうか。とすれば、最悪の可能性を考えない以上は彼もまた波手島に向かう車中にいると考えるしかなさそうです。それもたぶんこの北九州のどこか、私がいまいるのとさほど遠くはないところに。

　次善の策として私はあと数日、佐世保から平戸の近辺に待機して彼らが捕捉された場合に備えることにいたします。ご不自由をおかけして会長には申し訳ございませんが、ＡＲ嬢もおそばにおられるとのことですのでしばしお許し下さい。

　実のところＳ氏の動向も気にかかります。彼は昨日からほとんどの時間携帯の電源を切っているようなのです。今朝一度だけあちらから連絡がありましたが、私の質問にはなにひとつお答えいただけませんでした。お考えが少しもわかりません。

'02.04.28（日）11:13』

# 夢と現の狭間に

## 1

蒼は夢を見ていた。

長い長い、いつ果てるとも知れぬ夢だった。

夢だということははっきりわかっているのに、そこから抜け出して目覚めるということがどうしても出来ない。

しかもその夢では暑さ寒さ息苦しさ、飢えの苦しさや打たれる痛みがそのまま生々しく迫ってくる。蒼は舌を吐いて喘ぎ、両手で身体を庇《かば》いながら歯の根を鳴らし、次々とやってくる苦痛に身悶え、涙を流した。


夢の舞台は海に浮かぶ小島だった。村はひとつきりで、終日海上から吹きつける風に耐えられるように、地に這いつくばったような軒の低い小屋が十数棟建っていて、そこに百人足らずの男女が暮らしていた。小舟が何艘かあって男たちは漁に出、女と子供は斜面に切り開いた棚のような畑で蕎麦や粟を育てた。しかし、海に魚影は濃かったもののあまりに貧弱な漁具がもたらす獲物は決して豊かなものとはいえず、雨に頼る以外水がないために畑の実りは乏しい。人は常に飢え渇いていた。

時代は明治より前、江戸の頃に違いなかった。なぜならその村人はひそかにキリスト教の信仰を守っていたからだ。島の地下には天然の洞窟があって、そこが彼らの聖堂だった。暦に決められた日にはオヤジ様と呼ばれる村長に従って全員が縦穴を降り、岩を掘り窪めた祭壇に聖母マリアの軸を下げ、魚の腸《はらわた》から取った油で灯明を点し、魚肉と雑穀の餅と水を捧げて岩の床の上に平伏した。

「この島はのう、病に倒れて亡くなられた南蛮人のバテレン様が預言を残された聖なる島なのだ。西の海に向かっておるから、いつかまたパッパ様が遣わされるバテレン様たちの船が来るなら、そのご恩に一番先に与ることが出来る島だ。なんと有り難いことではないか」

　赤銅色に日焼けした村長が、拳を振り上げて熱弁する。

「切支丹御法度のお触れが出て久しいが、この国からデウスの教えがすっかり失われたわけではない。しかしコンヒサンを聞きたまい、教え導くバテレン様がおられなくなってから、正法が日々失われていくのは仕方のないところだろう。隣島にもおのれをキリシタンと思う者はいるが、それはもうまことのデウスの教えとは似ても似つかぬ。だからこそ我々ハテシマのものは、他の誰とも交わることなく、身を隠してバテレン様の残された教えを守っていかなくてはならないのだ」

　冷たい土の上にうずくまってそういう村長の声を聞きながら、蒼はああやっぱりこれはぼくの夢だなと思う。話の様子からするとここは長崎あたりの島のようだけど、村長がほとんど標準語で話してる。そんなことあるわけがないもの。

「いん　なうみね　ぱあちりす　えつ　ひいりい　えつ　すぴりすさんち　あめん」

　村長が大声で呪文のようなものを唱えながら、右手を動かして十字を切る。

「あめん――」

　村人たちが一斉に和して頭を垂れ、ついで口を揃えて歌い出す。

　あべまりや　がらしやぺれな
　だうみぬす　てくむ
　べねじくたつ　いん　むりえりぷす
　えつ　べねじくつす　ふるつす
　べんちりす　つうい　ぜずす――

「御母様、お授けを下さいまし――」

訛ったラテン語らしい賛美歌の合唱を突いて、いきなりそばで若い女の声がする。長い髪を藁しべでくくった女が、ボロにくるんだ赤ん坊らしいものを高々と差し上げている。しかし蒼はその女の顔を見て、あれっ？と思った。川島実樹だった。

（そうか。やっぱり夢だから知っている人の顔が出てくるんだよね……）

「御母様」

「御母様――」

周囲で口々に叫ぶ他の女も、どうやら海老沢愛子や及川カンナの顔をしているようだ。だが視線を前に戻した蒼は、今度こそあっと驚きの声を上げた。小さな灯明の明かりに照らされた掛け絵、それはヨーロッパから持ってこられたのだろう油絵の聖母を写した、かなり写実的な絵だったが、それがいつの間にか窓のようになって、生きた人間の顔が覗いているのだ。

絵の中の聖母が、右手を挙げて祝福の身振りをする。夢の中の村人は、しかしそんな奇蹟に驚く様子もない。さすがに夢というのはなんでもありなものだ。その聖母も見たような顔だと思ったら、ＣＷＡのルクリューズ、あのマテル様の顔ではないか。いつか彼女の目は真っ直ぐ蒼に向けられていて、やさしく微笑む口元からささやき声が聞こえてくる。

「待っていましたよ、薬師寺香澄さん。あなたが来てくれるのを」

窓の中から手が伸びてくる。

「あなたも召命をうけられたのですね。わたくしたちと共に信仰の道を歩んで下さるのね」

（違う！）

（ぼくは川島さんをＣＷＡから連れ出すためにやってきたんだ。首尾良く彼女を見つけて、でも一緒に来た彼が出てこなくて、そして――）

そう思っても声が出ない。いつか糸に引かれるように、祭壇に向かって歩き出している。

だがそのとき、いきなりがしっと腕を掴まれた。弾かれたように振り返ると、すぐそこに目を見開いたルポライター宮本の顔がある。

「宮本さん、無事だったんですかッ？」

「なにいってるんだ。蒼君こそ逃げなくちゃ！」

（ああ、やっぱり夢だ。宮本さんが蒼君、なんていってるよ……）

走り出すふたり。しかしたちまち後ろから村人たちが迫ってくる。役人だ、宗門改めの役人だ、見られてしまった、殺せ、生かして帰すな、そんな声が洞窟の中に満ち、手足を掴まれ引き離される。蒼の見ている前で手取り足取りされた宮本の身体は岩に叩きつけられ、血だらけの骸《むくろ》は海に流される。

捕らえられた蒼はなぜか殺されない。地下の洞窟に鎖で繋がれる。海水が流れ込んで満潮のたびにおぼれかかる水責めの穴に放置されて、だが死ぬこともない。何年も、何十年も、気の狂いそうな歳月がしかしたちまち流れ去る。

ときどき水や食べ物を持って女たちが現れる。川島や海老沢や及川、それだけでなくマテル様やあの受付にいたおばさんも混じっている。こちらの意志を無視して口に入れられる水や、変にどろりとした飲み物は苦い。宮本の姿は、あれからは一度も夢にはやってこない。

小さな島の単調な明け暮れ。産まれてくる子供、だが死んでいくのは大人とは限らない。小さな命の方がむしろ容易く失われ、少しばかりの涙とともに葬られる。短すぎる生、永遠に続く昼と夜、流れていく時。

夢の中で夢を見る。遠い未来の夢、キリシタン禁制もとっくに無くなった自由な世界の夢。そこでは当たり前の存在でしかない飛行機も自動車も携帯電話も、小さな島に生きる者の目から見れば夢か魔術だ。だが目を開けばそこはまた潮の匂いに満ちた島の洞窟で、どちらが現《うつつ》なのかも次第にはっきりとはわからなくなってくる。

一度だけ、それまでとは違う女性の顔を見た。艶やかな絹糸のような黒髪に囲まれた、神秘的とさえいえる美しい面。輪王寺綾乃、というその名を思い出す。彼女の目がじっと物言いたげにこちらを見つめていて、いつかの電話でひどいことばを投げつけたことをふいに思い出し、胸がちくりと痛む。しかしことばを口から出す前に、綾乃の顔は闇に溶けていってしまい——

ただ、額に触れた手のすべらかな感触に、はっとまばたきした。蒼はもう洞窟の中にはいない。だがそこはやはりあの荒涼とした島の景色だ。ハテシマというのはどんな字を書くのだろう。

「私、カンナを殺したの」

突然の声に振り向くと、そこに白い修道女姿の海老沢愛子がいる。

「殺すつもりなんかなかったわ。でも、カンナは私の信仰を否定したんですもの、悔しくて、悲しくて、腹が立ったのは本当よ」

おかしい、と蒼は頭を振る。ぼくが及川カンナと会った、あれは夢ではなかったはずだ。それではやはり彼女は、別人の替え玉だったと？

「いいえ。私の罪はマテル様が洗って下さった。私が殺してしまったカンナを、元通り生き返らせて下さったの」

「そんなこと——あり得ないよ」

蒼はようやく言い返す。喉がひどく渇いて、声を出すのが辛い。

「人は死んだら生き返らない。ぼくは知ってる」

この世で奇蹟なんて起こりはしない。かおる母さんもやっぱり死んでしまった。人は死ぬ。生命はとても脆《もろ》い。しかし海老沢はうっすらと微笑んで、つぶやく。

「奇蹟ですもの」

「この世の終わり近くには多くの奇蹟が起こるの。預言の通り、悪魔は虚ろな塔に落ちてその身を十字架に貫かれる。ほら、見て」

彼女の指し示す後ろを振り返って、蒼はあっ、と声を上げる。そこにそびえているのは、闇を固めたような黒々とした方形の塔だ。

「これが、虚ろの塔？……」

「そう。もうじき神秘のしるしが現れるわ。だからそれまで私たちは、この地の果ての島で身を清らかにして暮らすの。そのために東京を離れて、ここまでやってきたのよ」

海老沢の腕の動きにもう一度顔を巡らすと、そこにはこぢんまりとした木造の小屋があった。両開きの扉がさっと開き、内部の様子を見せる。農家の納屋のようにしか見えなかったそれは、しかし紛れもなく教会だった。正面奥は低い柵で仕切られた祭壇で、そこに見えるのは地下洞窟にあった聖母の掛け絵だろうか。二列に立ち並ぶ柱と白木の床。床に身を伏して祈る白い修道女の群れ。

オルガンが鳴る。

その素朴な旋律に乗せて、女たちの声が歌う。

　悲しみの御母は立てり
　涙にむせびたまいて
　御子のかかれる磔木《はりき》の下に

「さあ、あなたも」

腕を掴まれ、引きずられる。

　その御魂は嘆き
　憂い　悲しみぬ
　剣に貫かれるがごとく

　いかに悲しみ　傷つきたまうや
　神の独り子の
　祝福せられし御母は

「ご覧なさい、皆さん。ついに預言の成就するときが来ました——」

澄んだ光のような女の声が、小屋の中から一筋に流れる。潮騒のようなどよめきが巻き起こり、溢れ出る。

「ご覧なさい、悪魔の死を――」

そして蒼は恐怖の悲鳴を上げていた。暗雲に包まれた空の下に、まがまがしくそびえたつ漆黒の塔。そのいただきに人の身体に似たものが、襤褸切れのように引っかかっている。身を貫かれ逆さに吊されたその者の顔。塔の黒さを背景に浮かび上がる白い面。それは……

蒼は堅く目を閉じて、夢の中ですらそれを見ることを拒否した。認めない、と。

だが女の声は蜜のように甘く、濃く耳に忍び入ってささやいた。

(知っているのでしょう、あの人)

(ご覧、彼は死んだのよ)

(あなたの大切な人は、もう生き返ってはこないのよ……)

嫌だ。そんなもの、ぼくは見ない。ぼくは絶対に認めない。そんなものを見なくちゃならないなら、目なんか要らない。

(強情な子――)

女の声が笑う。

生肉を裂いたような赤い唇が目に浮かぶ。

(それなら自分で抉《えぐ》って捨てておしまい、オイディプス王のように――)

## 2

「あ……」

自分の喉からほとばしった悲鳴に、自分で驚いて意識が戻った。

うずくまる手足の下にはひんやりとした土と石の感触があり、息を吸い込めば樹木と泥の匂い。蒼は今度こそ現に戻ってきたと思った。長く混乱した、意味のわからない夢を見続けたあげくに。

だが強張った背筋を伸ばし、そろそろと頭を上げてみても、あたりはただ塗り込めたような闇だ。なにも見えない。

（ぼくの、目――）

そろそろと手を挙げて自分の顔を探る。わかったのはその目に、固く巻きつけられた包帯の感触だ。指をかけて引っ張ってみても、簡単には外れそうにない。どうしていいかわからずに、今度はもう一度座り込んでいた周囲の地面を探ってみる。土と石、感じられるのはそれだけだ。いや、もう少し離れたところまで探ってみると、

（枯れた草か、落ち葉か。それと、樹？）

あまり太くない樹の幹らしいものが指に触れて、それに手を当てながらそろそろと腰を上げ、立ち上がる。足は裸足だが、身につけているのは自分で着ていったセーターとスパッツらしい。爪先で探ってみると、どうやらいまいるのは山道のような、かなりきつい傾斜のある道の途中のようだ。

ごうっ、と頭の上で風の音。耳を澄ましても他にはなにも聞こえない。どこなのだろう、ここは。深い山の中？　それとも。

（ハテシマ……）

夢の中で聞いた地名と、荒涼とした小島の断片的な風景が記憶に浮上してくる。数年前、京介が明治の教会建築を見に長崎を旅行して撮ってきた写真を見せてもらった。その中には夢に出てきたような、外見はとても教会には見えない粗末な小屋のような建物もあった。京介が一番好きだといった教会は、五島列島の舟でしか行けない集落に建っていた。夢の教会はあれといくらか似ていた。

（じゃあ、ぼくは現実にいまあの島に？）

いったいあれから何日経ったんだろう。意識を無くしたまま車にでも乗せられて、連れてこられたのだろうか。待て、落ち着け、と蒼は自分に言い聞かせる。記憶を探るんだ。夢を別にして、思い出せる限りのことを。

（ぼくは川島さんを助けに、ルポライターの宮本さんとふたりでCWAのビルに侵入した。川島さんを連れ出すことは出来たけれど、宮本さんが見つかったらしくて、携帯で彼の悲鳴を聞いて、川島さんを車に残して引き返して、それで……）

（確か、倒れている宮本さんを見つけた。その直後にすぐ後ろに人の気配を感じて——）

頭を殴られた、という気はしない。ただ首に指のような冷たいものが触れて、一瞬きつく押さえられたかも知れない。そしてそれから先の記憶が、まるでない。ただあの長い夢の他は。

江戸時代に隠れ切支丹がいた島なら、十中八九は長崎県だろう。あの貧しく苦しい島の生活は夢でしかなかったとしても、その島がいまも存在していて不思議はない。まさかそんなところまで、という気がしないでもないけれど、あれからどれくらい時間が経っているのかわからないのだから、遠すぎることは理由にならない。

蒼ひとりをそんなところまで連れてくる理由はないとしても、CWAの信徒がそろって東京を捨てて島へ向かうことならあり得る。彼女たちが本気でこの世が終わろうとしているのだと信じていたなら、汚れたバビロンのような東京を捨てて、『地の果ての島で身を清らかにして暮らす』ために、嬉々として旅発ったのではないか。目覚める寸前に見た海老沢愛子の、ひどく嬉しそうな、そのくせ心ここにない虚ろな表情が生々しくよみがえる。魂を、自分以外のものに明け渡してしまった人間の顔だった。

だがそれに続けて、

『ご覧なさい、悪魔の死を——』

そういう声に続いて目に飛び込んできたもの、奇怪な黒い塔の頂に引っかかった姿を思い出し、蒼は冷気に打たれたように全身を震わせる。京介も島にいるのだろうか。それとも、

（ぼくを人質にして、京介を呼び出すつもりなんだろうか……）

きっとそうだ。他の誰にも助けを求められない場所へやってこさせて、彼を狩るつもりなのだ。だとしたら、こんなところでじっとしてはいられない。どうすればいいのかなにもわからないけれど、自分のせいで京介が危ない目に遭わされるなんて我慢がならない。

　せめてこの山道らしい場所を上るか下りるか、もう少し足場のいい場所まで移動して、気を落ち着けてから目に固く巻きついた包帯を外してやろう。後の行動を決めるのはそれからでいい。

　足の感覚だけを頼りに、そろそろと上に向かって足を踏み出す。あの夢が島の現実を反映していたなら、教会が建っている場所、村があった平地は海を目の前にしていた。そして少なくともこのへんで潮の匂いは感じないから、ここは海からはかなり遠ざかった場所だと思っていいはずだった。だからもっと高い場所に向かう。目が見えるようになったら、高台にいる方が周囲の状況も掴みやすいだろう。

　しかし、一歩踏み出しただけで膝が笑った。気持ちが高ぶっているのか、暑さ寒さ、空腹や喉の渇きは覚えない。だが長く眠らされていたためか、飲まされた薬が残ってでもいるのか、酔っぱらったときのように頭がぐらぐらして、足に力が入らない。少しでも蹴つまずいたら、なすところもなく転んでしまいそうだった。

（せめて、目が見えたら――）

　いっそいまここで無理にでも、包帯を引き外すべきだろうか。足場のいいところまで移動できたとしても、なにが変わるわけでもないのだから。しかし手で探るとそれはただ巻かれているだけでなく、樹脂のようなものでしっかりと塗り固められ貼りついているようだ。下手にやると本当に目を傷つけてしまうかも知れない。

『それなら自分で抉って捨てておしまい』

　夢の中の女の笑い声が耳によみがえり、その冷たい悪意にぞっと身体が震えた。

どうすればいい……

だがそのとき蒼は、意外なほど近くでざりっという物音を聞いた。

思わず息を詰め、体を硬くしていた。

それは聞き誤りようもない、地面を踏む靴音だ。誰かがそばにいる。息を殺してすぐ近くで蒼を監視している。もしかしたらいままで気づかなかっただけで、ずっと前から。いま耳に聞こえた、あれは風の音ではなくそっと洩らされた忍び笑いか。顔のない、笑いに歪んだ唇だけが、すぐそばの闇に浮かんでいる気がした。

恐怖が心臓を鷲摑みにする。唇を嚙みしめて、洩れそうになる喘《あえ》ぎを辛うじて押し殺す。しかし次第に蒼の胸に湧き上がってきたのは、恐怖よりも強い怒りだった。蒼を怯えさせ、追い回し、もてあそぼうとしている何者か。意地でもそんな卑怯卑劣なやつの思惑通りに踊ってなんかやるものか。そうだ、絶対に！

一度立ち上がった膝を曲げ、そろそろと身体を低くする。恐怖に打ちひしがれて、動けなくなってしまったとでもいうように。だが蒼の神経は鋭敏なハリネズミのように突っ立って、自分の周囲に近づく気配を捉えようと身構える。身体を丸め、静かに息をしながら、四肢の筋肉はたわめられたバネのように力を蓄えている。

（来た！——）

斜面に低く伏せた肩先に向かってひゅっと突き出された棒のようなものを、しかしぎりぎりにかわして逆に両手で摑む。力任せに引き寄せて、その勢いのまま横へ薙ぎ払う。あっ、という押し殺した驚きの声は、次の瞬間悲鳴に変わった。蒼の手に伝わるのは、明らかな肉を打つ手応え。襲ってきたものの身体に、その棒が打ち当たったのだ。

だが見えないまま振るった暴力の感触は、決して蒼に快哉を叫ばせはしなかった。全身が水を浴びせられたように冷え、一瞬動作が止まった。

いけない、そんな場合じゃないと自分を叱咤して蒼は斜面に足を踏みしめる。両手で摑んだ棒らしいものを、思い切り振り回しながら一歩一歩前へ進もうとする。しかしその足元をすくったロープの感触に、あ、と思ったときはもう遅い。勢い良く転んだ身体はそのまま、予想した以上に急な傾斜を転がり出す。

棒を放り出した両手で、地を摑んで止めようとしても止まらない。尻を打ち、背中を打ち、頭と顔だけは腕で辛うじて庇って、硬いものの縁を越えた、と思った次の瞬間蒼が感じたのは水だ。

大きな水音を上げて落ちた。

だが、溺れはしない。浅瀬だ。ねばつくような水底に手足を突いて顔を上げ、肩を喘がせる。

鼻を突く潮の匂い。口にいくらか入った水が苦いほど塩辛い。依然闇に閉ざされた蒼の目。耳にどーん、と脅かすような波音が聞こえる。あの波にさらわれたら、今度こそおしまいだ。

手に触れる水は静かで、波の動きは感じられないけれど、なんだか少しずつ波音が近づいてきているような気がする。

(立たなきゃ——)

そのとき、指先が頬に触れた。

はっとするより早く、その指が滑り降りる。そして、首に。

耳元に声がささやく。その声だけが聞こえる。ことばは捉えられなくとも、その意味するものが脳に染み入っていく。

いつか顔に貼りついていた目隠しは消えて、蒼は目の前に広がる夜の海を眺めている。見渡す限りさえぎるものもない、茫漠たる夜空と海。人間の世界がここで尽き、道は終わる。ここからはもはや、どこへも行けない。あの夢の中の、島の景色に重なる風景を。

(ここは?……)

——ハテシマ——

声が柔らかくささやく。

——大地の果ての島、現世の希望を失った者たちが最後にたどりつく逃れの地——

蒼の意識はそれなり闇に溶けた。

## 3

再び目を開くと、蒼が見ているのは夜空だった。視覚は奪われてはいない。その代わり、今度は身体が動かない。手足を大の字に伸ばして仰向けに横たわった姿勢のままで。

身体の下にあるのは木の床かも知れない。頭はいくらか動かせるが、自分のいるのが建物の内部か、それとも洞窟のような場所なのかは、はっきりしない。ただそれほど広くない空間らしい、とだけは感じられる。夜空が見えるのは、そこが建物なら屋根の一部が落ちているからだ。洞窟なら、頭上を覆う岩の天井に穴が開いているのだ。

そういえば夢の中で、島の隠れ切支丹が集まる洞窟は井戸のような縦穴を下るのだった。あの穴の下にでも横たわっていたら、こんな風に空が見えるだろうか。

いつかそのあまり大きくない穴に、白く月が浮かんでいる。ほとんど満月の、白く澄んだ円盤だ。月は地平線近くほど大きく見え、夜空高く上がるほどに小さくなるというが、こうして限られた穴から眺めるとむしろ大きい。

蒼は放心したようにそれを眺めていた。身体のどこにも力が入らない。縛られているようではないのに、指一本動かすことが出来ない。なにも考えられない。腹を立て、身構え、あるいはここはどこだ、自分はどうしてここにいるのだと疑い考えるのはもちろん、恐怖を覚えて震えおののくにもそれなりの気力は要る。いまの自分は空っぽだ、無力で、無意味で、書き損じて丸めて捨てられた紙屑ほどの価値もない。

たださっきの転落が現実に他ならない証拠に、打ちつけた背中や腰には痛みが残っているし、顔はまだ濡れていて強い潮臭さを感じた。それがなんだか気持ち悪くて、腕を上げて拭きたいのにそれも叶わない。自分の手足が自分のものでない。嫌だとは思うものの、仕方ないような気もしてしまう。

そして気がつくとまた、いよいよ高く上っていく月の銀の円盤を目で追っている。月はあの夢の中でもこうして夜空にかかっていただろうか。わからない。だが、誰かが蒼の耳元にささやきはしなかっただろうか。——月があなたを見守っています、そんなことばを。

と……

奇妙な物音が聞こえた。音というよりも小刻みな振動だ。頭をねじった蒼は、すぐそこに置かれた物体に初めて気づいた。携帯電話だった。上にアンテナが伸びた見慣れぬ形のそれが、着信ボタンを赤くしながら振動している。

初めは奇妙な夢の続きのように、ぼんやりとそれを眺めていた。隠れ切支丹の島にも、いままで見てきた夢にも現にもあまりにミスマッチで、戸惑うしかなかった。なんでこんなものが、ここに転がっているんだろう……

それでも電話は振動し続ける、早く早くと急き立てるように。蒼はのろのろと首を動かして顔を近づけた。辛うじて届いた顎でボタンを押してみた。そうして触っただけで、崩れて跡形もなく消えてしまうのではないかと半ば信じながら。

だがやがてそこから聞こえてきた声に、茫然と目を見張った。

『——蒼？』

「き、京介なのッ？」

『ああ、僕だ』

それでもまだ信じられなくて、ただひたすら携帯を凝視する。これがまた違う夢でない保証なんて、どこにもない。でも——

「夢でもいいよ。京介、京介」

『落ち着いて、蒼』

　その声は彼のいつもの、淡々と抑揚の乏しい話し声だ。

『大丈夫か。話せるか？』

「うん。平気」

『蒼はいまどんな場所にいる』

「よく、わからないんだ。洞窟か、崩れ残りの小屋みたいなところか。電気ついてないし」

『身体の自由が利かないのか』

「うん。縛られてはいないんだけど、仰向けに寝たままで動けない。手足が重くて、痺れたみたいな感じがするだけ。それからね、天井に穴が開いてるみたい。月がきれいだよ」

『月が——』

「京介は、いまどこ？」

『東京だ』

「ああ、良かった」

　思わずそういっていた、心の底から。それなら京介は安全だ。

「ぼくはいま、ハテシマって島にいるのだけは確かだと思うんだ。たぶん長崎県の。知ってる？」

『場所はわかる』

　助けに来て、といっていいのかどうか。それは京介が決めるだろう。全部彼にまかせてしまおう。彼が一番いいことを考えてくれる。

『ずいぶん遠くまで行ったらしいな』

「自分で出かけたんじゃないよ」

　思わず言い返したが、

「ごめんね、心配かけて。でも理由はいろいろあるんだ。京介に相談しようと思ったら、電話が繋がらないし、それで」

　ふっと蒼はことばを途切れさせた。急に、いままでは感じなかった臭気が鼻に届いたのだ。どこからか吹き込んでくるひんやりとした風に乗って。これは——

『蒼、どうした』

「灯油の、匂いがする」

　匂いだけではなかった。闇に閉ざされていたはずのその空間が、京介とことばを交わしているわずかの間に明るんでいた。それはやはり洞窟ではなく、ベニヤのような板を張り合わせた壁で囲まれた、天井も低い、小屋というより箱といった方が近い小空間だ。蒼の足元にある方の壁が風にあおられたように揺れ、その隙間から光と煙が洩れてくる。

「燃えてる」

　蒼はつぶやいた。自分が閉じこめられた小さな木の箱は、外側から灯油をかけられ、火に炙られていた。逃げなければ。だが仰向けに伸ばされた手足は、依然床に縫い止められたように動かない。

（まるで、まだ悪夢の中にいるみたいだ……）

　しかし夢だとは到底思われない。鼻を突く灯油とともに、すでに炎の熱気が足元から押し寄せてきている。

『蒼！』

　京介の声にはっと我に返る。だが身体はやはり床の上でぴくともしない。

「京、介」

『落ち着いて、蒼』

「落ち着いてるよ。でも、駄目みたい。炎がもう、すぐそこまで来てる」

　蒼はそういう自分の声が、意外に思えるほど平静なことに満足していた。

「ごめんね。いくらなんでも間に合わないよね」

　取り乱して、泣きわめくのは嫌だった。なぜこんなときに自分のそばに携帯電話が出現して、京介から電話がかかってきたのか、その理由がわかったと思ったからだ。相手が何者なのかはわからない。だが、そいつが敵として見ているのは蒼ではなく京介なのだ。到底助けにいけないほど離れた場所で蒼を処刑し、その寸前の声を京介に聞かせるつもりなのだ。

たったいまこの通話もどこかで盗聴しているのかも知れない。蒼が恐怖に叫び、京介を呼び求め、彼がそれを聞いて苦悶するのを聞きたいのだ。それは京介が留守のマンションに侵入し、部屋の中を淫靡にいじりまわしたのと同じ、卑怯で卑劣な人間の仕業だ。蒼の目を見えなくして、闇の中を逃げ回らせようとしたのと同じ相手だ。ふたたびあの怒りと、意地でも目論見通り踊らされてなるものかという思いが蒼を満たす。

「ぼく、平気だから」

『蒼!』

「なにがあっても後悔なんかしないから。このまま死ぬんでも、京介と出会えたこと、いままで一緒にいられたこと、心の底から良かったと思うから。本当の本当だからねッ」

『――僕もだ』

京介の低く答える声。

「でも、思わなかったよ」

笑おうとした。あまりうまくいかなかった。

「ぼくはいつも京介が、どこかにいなくなっちゃうことを心配していたのに、まさかぼくの方が先に、なんてね」

『蒼』

京介はふいに蒼のことばをさえぎった。

『僕を信じるか、なにがあっても』

「信じるよ」

蒼は一瞬の迷いもなく答えている。

「ぼくは京介を信じる。ぼくの全部は最後まで京介のものだよ」

『だったらいまも信じろ。そして、諦めるな。僕は蒼を死なせない』

「わ、かった」

『それなら、立って』

「出来ない――」

『出来る。僕を信じるんだろう。それなら立てると信じろ、蒼!』

「出来ないんだったら！」

もう声を抑えている余裕はなかった。炎はすでに足の方の壁だけではなく、四方全部に回ったようだった。床に染みた黒い灯油の滴りを伝って、炎が流れてきている。

　出来ない、と叫びながら、それでも蒼はもがいていた。殺虫剤をかけられたゴキブリみたいだ、と思いながら、床に貼りついている腕を動かす。膝を少しずつ曲げていく。もうなにをしても無駄なのだから、蒼は動けないのだし京介は東京にいるのだし、それなら甲斐のない足掻きを続けるより、静かに最後まで京介の声を聞いていたい。けれどそれは許されない。彼は諦めるなといったのだから、最後の最後までそれを信じるのが蒼の義務だ。

　流れてきた油臭い煙を吸い込んでしまい、肺を刺し貫かれる痛みに激しく咳き込んだ。反射的に身体がくの字に曲がり、ふいに引き伸ばされていた腕が動いた。背中が床を離れた。

　でも脚に力が入らない。とても立つことは出来ない。鉛を巻かれたような手足をどうにか縮め、床の上の携帯電話を両手で抱えてうずくまる。煙で目が痛い。息が出来ない。身体が熱い。降りかかる火の粉が肌を焦がす。あとどれくらい生きていられるだろう。

「京介？」

　答える声がない。もしかしたら辛すぎて、聞いていられなくなったのだろうか。かも知れない。もしも立場が逆だったら、蒼も到底最後まで京介の声を聞いているのは耐えられないだろう。それなら、

「ぼく、平気だからね！」

　蒼は声を励まして呼びかけた。

「このくらい、へっちゃらだから。京介のこと、大好きだから——」

　ベニヤの壁が割れる。

　炎と黒煙が吹き出す。

　蒼は腕で頭を庇いながら、這って後ずさった。

だが次の瞬間、信じられないものを見て声を無くした。

京介が、そこにいる。

炎を背にした蒼の天使が、燃え上がる木材を蹴散らして駆けてくる。

夢？　夢だ！　だが、これ以上望ましい夢なんてあるだろうか。

「蒼！」

「きょう、すけ？……」

「立つんだ、蒼、早く！」

（夢でもいい。死ぬ前に、もう一度京介の顔が見られたんだから――）

蒼はよろめきながら立ち上がる。

なにをためらうことがあるだろう。

その夢が消える前に、蒼は彼の腕の中へ身を躍らせる……

# 凶天使の影

そしてその十一日後。

五月九日、二〇〇二年の『キリスト昇天日』が暮れようとしている波手島。落日の紅に染め上げられた丘の上で、ひとりの男とひとりの女が向かい合っている。

男の名は桜井京介。女の名は——

「これは非常に特異な犯罪でした。企《くわだ》てた側の登場人物は多く、それとわからぬまま巻き込まれた人もまた多く、誰が主犯で誰が従犯、なにが目的なのかも容易には見通せない。いうまでもなくその複雑さは、故意に作り上げられたものだったのですが。

犯罪を動機で分類し、これを感情、利欲、信念、異常心理の四項に整理した小説家がいましたが、無論それは便宜上の分類で、多くの場合複数の動機が重なり合うことになるでしょう。これに倣《なら》うなら、犯人のひとりである村井くにという女性の動機は利欲の犯罪と宗教的信念の犯罪のアマルガムであったろうと考えます。村井は健康食品の訪問販売によって得た顧客と深い繋がりを築き、いつしか彼女たちを精神的に支配するに至り、当然そこから少なからぬ経済的な利益を得ていたでしょう。

ただし村井の顧客であり信徒ともなったふたりの女性、三田玉絵と宇田川佳子が失踪することとなった具体的な経緯はまだわかりません。なんらかのトラブルが発生し、口を塞ぐために拉致されたのか。それとも自発的な出家だったのか。彼女らが武蔵小金井のＣＷＡビルにいたことだけは、間違いありませんが。それについてなにか、聞かせていただけることはありますか」

仮面の女は無言で頭を振る。桜井は気にした様子もなく、ことばを続ける。

「この『白い天使の教会』なる宗教団体が、村井の内部で私的に変奏されたキリスト教信仰をひとつの土台にしていたことは確かでしょう。そして村井にとっては、己れの信仰を布教するのと、健康食品の訪問販売を行うことと、さらに顧客であり信徒ともなった女性たちから多額の金銭を搾取するのは、等しく犯罪でもなければ不当行為でもなかった。信仰は彼女の行動を正当化し、経済的な潤いは神からの恩恵、そして自らの正しさの証でもあった。

そこに決して恵まれぬ人生を歩んできた女性の、より安楽な人生を送ってきたとしか思われない同世代への、階級的な怨念や復讐心が混じっていたとしても不思議はない。無論当人は、そのようなことは意識していなかったはずです。しかし知らず知らずの内に人の心を支配する喜びを覚えた彼女に、次のステップを昇らせることは困難ではなかった。現代に再生された修道院、その独居と沈黙の戒律は、単に宗教的信念による決まり事と考えるには、あまりにも人をそれと気づかせることなく監禁するに適しています。また他殺死体が発見されれば、それはただちに事件として捜査の対象になるが、人間関係の薄い独居老人がいつの間にか姿を消していても、預金が全額引き出されるといった事象が付随していてさえ、警察が捜査に動き出すにはかなり時間がかかる。さらに動かぬ物体と化したものを消すより、自分の足で歩いてくれる者を隠す方がよほど簡単だ、とそんなふうに考えることも可能です」

彼はことばを切って少し待ったが、無言のままの相手に再び口を開く。

「僕と長時間行を共にした石田陽司、宇田川佳子の甥であり法定相続人だった男は、より単純に利欲の犯罪としてこれに荷担したといっていいでしょう。彼は叔母を殺してくれるという相手の話に乗せられて、一味に加わった。

いや、一味ということばは必ずしも正確ではないかも知れません。彼は自らの胸にナイフを突き立てて死んだ。おそらくそのナイフは刃が引き込まれるような仕掛けのあるもので、しかし事前に聞かされていたのとは異なってそうはならなかった。もちろん故障ではなく、最初からそのように出来ていたのです。役目を終えた彼の口封じと、より効果的に僕を長崎に足止めするために。

石田は目論見の全貌など、ほとんどなにも知らされてはいなかった。村井くにと面識があったかどうかさえ不明だ。彼は自分の知りたいことしか知ろうとせず、結果的に単なる道具として使い捨てられたのでしょう。他にも同様な申し出に釣られて、与えられた役割を果たした者がいる。しかしそれをしたのは村井ではない。彼女も石田よりは重要度は高かったとはいえ、部分であるには変わりない。つまりこの事件は実行者以外のある者によって企《たくら》まれ、プロデュースされたものだった。

それぞれ当人なりに切実な動機を持つ者を集め、操り動かしていた人間がいたわけです。わかりますか。なにを聞かされたのかは知りませんが、あなたもまたそのプロデューサーに欺かれ、道具に使われていたのですよ。信じられませんか」

仮面の女は彼の凝視に怯えたように視線を逸らしたが、なにも答えようとはしない。桜井はふっ、と息を吐いて続けた。

「確かにいびつな事件です。あまりにも非現実的です。手段と結果がはなはだしくバランスを欠いています。通常の犯罪なら動機はなんであれ、結果を生むにもっとも早く労少ない方法を選ぶでしょう。その点は、他の人間のあらゆる営為と変わるところがない。発覚の危険を回避するためにも。だが犯罪プロデューサーはそれでは満足しなかった。他人を巻き込んで事態を複雑にするだけでなく、証拠をまき散らしディテールを積み上げ、紆余曲折する迷路を描いてみせた。

石田に私立探偵を名乗らせて、僕を引きずり回したのもそのひとつです。東京から離れさせ足止めするというだけなら、他にいくらでもやりようはあったでしょう。波手島という場所を意識させるにしても、もっと簡単で手間のかからない方法はあったはずです。しかしその者はそれに相応しい舞台を選んで、いかにも作り物臭い物語を繰り広げ、フェアプレーを誇示する名犯人のようにことさら大量の伏線を積み上げた。

太陽寺院教団事件を下敷きにした謎めいた集団自殺と、権力によるその隠蔽工作、伝説の残る西の果ての孤島、カクレキリシタン——

その理由は想像できます。決して自分に先んじさせるためではなく、すべてが終わった後で僕がそのことに気づき、驚愕する、あるいはそれまで以上に強い苦痛を感じるに違いないと考えたからです。ここにこれだけのほのめかしがあったのに、もっと早く気づいていれば防げたかも知れないのにと。

僕ならきっとそうするだろうと読んだ上での、すべては周到な悪意の産物でした。なぜならその者によって用意されていたクライマックスは、僕を苦しませるにもっとも適したこと、それが起きてしまったら二度と立ち上がれなくなったろうことだったからです。

僕が大切に思うひとりの若者を、残酷な死に追いやること。

同じ日本の中とはいえ、到底助けには行けないほど隔たった場所で処刑を実行し、しかもその瞬間の一部始終を携帯電話で聞かせること。

そして、すべてが終わってからその驚くべき真相が明らかにされること。この島で。

だからこそ、その者は手品師がシルクハットの中を観客に改めさせるように、僕をここまで連れてきて舞台を充分に眺めさせたのでした。そうした計画の細部をあなたがどこまで知っていたかはわかりませんが。

東京に戻った僕が遅かれ早かれＣＷＡにたどりつくのは当然織り込み済みで、しかし彼から奪った鍵で部屋に侵入して、パソコンから関連する文書を削除する程度の工作はして、手がかりが過剰にならぬようにはしたらしい。そして僕が新しく持った携帯に早速メールを送ってきて、人質の生命を盾に予定のクライマックスまで僕の行動を牽制した。ＣＷＡビルは空になり、そこにいた三人が九州で発見されて、残るメンバーが波手島に向かったことは明らかなように思われた。

　もっとも僕の携帯番号が洩れたことでスパイがいることはわかりましたから、門野氏へ送る報告ＦＡＸには不正確な情報を混ぜていました。長崎に飛んだのは秘書の高倉さんではなくその部下でしたし、波手島もＣＷＡビルも監視下に置かれていた。ただ僕自身はプロデューサーに監視盗聴されている可能性を考えて、相手のメールを受ける以外はなにも動かず、高倉さんたちとも接触しませんでした。

　あまり細かいことまで話すのは、退屈でしょうから止めておきます。衛星携帯電話が届けられたのは二十八日の夕刻のことでした。夜中の十二時になったら所定の番号にかけるようにとのメッセージが添えられていた。それまでは他者への救援要請を含めて一切のアクションを禁ずる、どこにいてもいいが都内から出てはならない、というのでした。

　僕の携帯番号が知られている以上、電源を入れていれば現在位置は把握されていると思わなければなりません。門野氏の近辺にスパイがいるなら、彼に現状を報告するのも危険がつきまとう。基本的にひとりで対処するよりなかった。しかしそのときすでに僕は相手の意図を理解していましたし、どんな結末が用意されているかも予想していました」

「予想、して」

　女は不意につぶやいた。意識してことばを口にしたというより、覚えぬままこぼれ出てしまったとでもいうふうだった。

「本当に？」

「わざとらしく用意された衛星携帯を見れば、かける先が波手島と想定されていることは明らかです。だがその時刻からでは、夜中の十二時には到底島には行き着けない」

「それで、手をこまねいていたのだと？」

「手をこまねいていたわけではありません。ただ僕は、僕を苦しめようとしているその相手が考えそうなことを予測していた。波手島で彼が殺され、僕がその絶息に到るまでの声を聞かされることとなったら、それは無論耐え難い苦痛でしょう。だがそれよりもっと大きな苦痛は、後で実はその殺害現場が都内だったと知らされた場合でしょう。助けられたはずなのに助けられなかった。それが一番僕には耐え難いだろうと、その者は読み切っていた。そして僕もまた、読んでいたということです」

「うそ」

女はふいに激したように言い返していた。

「うそだわ、そんなの。もしもあなたが本当に相手が仕掛けてくることをわかっていたなら、そして賭けられているのがそれほど大切な人の命なら、そんなふうに平然としていられたはずがない」

「平然と――」

繰り返した口元がゆがむ。それは彼の白い面に初めて表れた、感情のしるしだった。

「平然としていたわけがないでしょう。ただ、そうしているしかなかったのです。なぜなら僕は彼がどこに、どんな形で監禁されているか知らなかった。そして下手に動き回ってそれを察知されたなら、彼の処刑を早めてしまう可能性があった。そのときは動かないことが最上の策と考えるしかなかった」

「でも、波手島にはいない確信があった」

「百パーセントではない。それが確信に変わったのはぎりぎりの最後、月が見えると彼がいったそのときです」

「月が？」

「四月二十八日の東京の天気は日中から夜になっても快晴、しかし長崎県平戸は一日中雲で覆われ、夜にも月など出てはいなかった。テレビで見た天気予報です」

　それきり桜井京介は口をつぐむ。沈黙に耐えられなくなったのは、仮面の女の方だった。

「あの子——薬師寺香澄、は、無事なのですか？」

「無事です、有り難いことに」

　硬い口調で答えが返る。

「ただ長期にわたる薬物中毒と衰弱で、しばらく入院を余儀なくされています。自分が波手島にいると思いこむように、催眠暗示も含めていろいろと手が加えられたようですね」

　仮面の女はしばらく、無言のままその場に立ち尽くしていた。だがやがて、

「あの子が死なないで済んだなら、良かったと思います」

　重いため息が洩れた。

「悪かった、などというつもりはありません。けれど結局、わたくしたちは負けた。それがわかりました——」

「なにに負けたといわれるのです」

「あなたに、でしょう？」

「違いますね。あなたはあなたの『天使』に敗れたのです。あなたたちを見捨てて、黒い翼を持つ天使は無傷で飛び去った」

「でも、あいつだってあなたへの復讐を——」

「まだわかっておられないようだ」

　彼の声が苛立たしげに高くなり、眉間に縦皺が刻まれた。

「あなたが関与したのは、通常の犯罪でもなければ復讐劇でもない。あれにとってすでに、僕への復讐など口実に過ぎない。計画が完遂されなくとも、自分さえ逮捕されなければいっこうにかまわなかったのですよ」

「そんなことって——」

「なぜならすべてあれが作り上げたゲームだったのだから。ゲームの目的は勝つこと以上に、その過程を楽しむこと。僕を引きずり込み、親しいものを傷つけることでダメージを与えた、それだけであれにとっては勝ち点を稼いだことになる。そしてこのステージが終了しても、ゲームマスターでありプレイヤーである自分さえ自由なら、また始めることが出来るのですから」

「ゲーム。そして私たちは、駒？」

「そうです。生きた人間を使い、現実をボードに見立てて行うエキサイティングなゲーム。だからこそ何人もの人間を誘惑し、引きずり込んで、手間ばかりかかって効果のおぼつかない、不合理極まりない犯罪をプロデュースしてみせたのです。勝ち負けというなら、あなたは最初から負けていた」

「そんなことをされるだけのことを、あなたがしたのだわ！」

女の声は悲鳴に近い。

「そして一瞬でも忘れられないからこそ、あいつの正体がわかったのでしょう。違うのですか？」

「違います。あれは僕の前に自分の存在を誇示してみせたのですよ。石田が持ち出した雑多な話題のひとつに、スイスで起きたカルト教団の集団死事件があり、日本で出たノンフィクションの内容を抜粋整理したレポートを僕は押しつけられた。

しかしレポートとその本を比較してみると、要点はすべて網羅されているのにひとつだけ大きな省略があった。教団の幹部のひとりで、新しい信者を獲得するのに力のあった人間の存在が書き漏らされていました」

「それは？……」

「催眠療法を行う心理療法士です。僕はいままで同じ職業の人間をひとりしか知らない。つまりその書き漏らしは、僕に当てた負の署名だと思いました。無論それもまた、レポートを僕に渡した石田の与り知らぬことでしたが」

「………」

「その人物は人の心を操作するのに、大変優れた手腕を持っていたはずです。傷ついた心をさぞかし手際よく慰撫《いぶ》してくれたでしょう。あなたもそんなふうにして、あれと出会ったのではないですか」

　彼の声はわずかに高くなっただけだったが、女は怯えたように後ずさっている。

「あなたも良く知っている、村井くにがどうなったか知っていますか。武蔵小金井のＣＷＡビル近くにひそんで最後まであれを手伝っていた彼女は、四月二十八日の夜の内に監視の緩んだビルに入り込み、屋上から身を投げました。あの建物では、中央部の吹き抜けの底に金属の十字架が立っていた。周囲に存在を誇示するのではなく、ひそやかな崇拝の対象となるにはふさわしい場所かも知れない。彼女はそれに身体を串刺しにして絶命した。自分が幻視した終末の情景をなぞるように、そびえる塔の逆、虚の塔にね」

「あ……」

　手が上がって、悲鳴を洩らしそうになった仮面の下の口を押さえる。

「もうおわかりになったでしょう。いまここであなたが死ぬことは、あなたを道具にしたあれを利することにしかならない。あなたがいま自殺の衝動を覚えているならそれは己れの意志ではない、プロデューサーがあなたに与えた暗示の結果だ。

　だがあなたはそれに抵抗できる。僕を憎んで生きる気力が湧くならいくらでも憎めばいい。あなた自身の憎しみを、ただし僕のみに向かって叩きつければいい。僕は逃げません。マテル様、いいえ、相原麻美さん！」

「止めて――止めて！」

　否定するように激しく振った頭から、彼の指先が紙の仮面を払い除ける。現れた白い顔に痣はない。あれはただ仮面の代わりに、他人目を眩惑して容貌を覚えられぬようにするための心理的メイクだ。

しかし彼女は両手で顔を覆い、すべてを拒むように声を張り上げ、頭を振る。いままで築き上げてきた心の障壁が打ち崩され、剝き出しにされる。その苦痛に他のすべてを忘れている。

「あ——ああ——あ——」

その声が途切れたのは、手首に異様な感触を覚えたからだ。いや、それがなにかは瞬時に思い出していた。鐘楼の上から土台まで垂らされたロープ、かつては屋根の下の鐘に結ばれていたそれは、いまや塔の頂に危うく突き立つ腐食した十字架に絡みつけられている。

縦軸が一メートルを越す鉄製のクルスは、強く引けば根元で外れて落下する。それが自分の上に落ちるか、桜井京介の上にか、サイコロを振るような気持ちで彼が現れるのを待ち受けていた。神は誰を裁くのか。もしも憎んでいた相手を殺して自分が生き残ったところで、それからどうするという目当てもなかったのだけれど。

予想していなかったろう分、桜井の反応はいくらか遅かった。麻美はほとんど反射的に彼を突き飛ばし、だが自分は垂れたロープに足を取られて膝をついている。夕映えの最後の紅に染まった空から、落ちてくる影。それがまるで自分を誘惑して去った、堕天使のように見える。

かつて麻美は若い少女向けの小説を書いて、口を糊《のり》していた。派手に売れることはなかったものの、それなりの読者もいた。自分も物語を書くことが楽しかった。パリに暮らして、日本の家族のことなど滅多に思い出さず、手紙のやりとりすらしないで過ごしてきた。

だが子供の頃からそりの合わなかった妹、訃報も受け取らず葬式にさえ出なかった妹が、自宅の本棚に姉の著書を揃えていたことを後から知った。あのときのやりきれない後悔、罪悪感。恨めしさと愛おしさ。やり直そうにも死者は還らない、遅すぎるという思い。

そのすべてを、妹の死の原因になったと信じた桜井京介に向けたのだ。ただ、自分の思いを向ける場所が他になかったから。

いまならわかる。そうして自分は逆に、死んだ妹と向かい合うことを避けてきた。たとえ夢でも想像の中でも、妹に責められることを思うと耐えられなくて、目を逸らし続けてきた。桜井に向けた憎しみはただ自分のためで、毫《ごう》も妹のためではなかったのだ。

（ごめんね、祐美。私はいままであなたのために泣くことすらしなかった。偽りの聖女、悪魔に操られた虚ろな道具——）

そのあげくに、村井くにと同じように自分も十字架に貫かれて死ぬことになるのだろうか。偽聖女としては平仄《ひょうそく》に合っている、と他人事のように思う。そう。それでいい。それでなにもかも釣り合う。その瞬間の痛みがあまり長引かないように、祈りながら目を固く閉じていた。

だが——

相原麻美はいつまでも、自分を打ち砕く十字架の重みを感じなかった。恐る恐る開いた目に映ったのは、水平線に没し去った落陽に見る見る暗さを増していく世界と、自分の上に覆い被さるようにして立つ長身の影。

間近く見上げても、その顔の表情は見えない。ただ彼の左肩から腕にかけて、そこにのしかかった十字架の輪郭が、最後の夕映えを映して赤く揺れている……

# エピローグI——幾度でも

「まーったく、カズミ、おまえはよう」

この日何度目か、枕元のスツールにかけた結城翳は、膝を揺すりながら唇を尖らせて、ちんぴらみたいな口調でぼやく。せっかくふたつボタンのトラッドなジャケットで決めているのに、そんな格好じゃ衣装が泣くってものだ。

「なんでそういうやばそうなことになったら、俺に声をかけないんだよ。俺に」

「うー。でも、それはさ、カゲリだって今年はもう四年生だし、いろいろ忙しいんだろうなあとか思って遠慮したんだよ」

「馬ァ鹿。水くさいんだって。忙しいことは忙しいけどさ、おまえがこんなことになったら心配で、後がよけい大変じゃんか」

「そう、だよね」

「しばらく連絡がないからどうしたのかなと思ったら、おまえの携帯は繋がらないし、家にかけても留守だし、門野の爺さんは入院だなんていうし、桜井さんも掴まらないし。それがやっと見つかったら、今度は面会謝絶だなんていわれて、俺、自分の親がぶっ倒れたってこんなに焦らないぞ」

「ごめん。反省してる。ほんと」

蒼は病院のベッドの中で亀の子のように首をすくめる。意識を取り戻して見舞いが許可されて以来、誰もが青ざめた心配顔でやってきて、蒼が思いの外元気だとわかると途端に説教モードに切り替わる。おかげで誰の顔を見てもこの調子で謝り通しだ。悪いのはこちらかとは思うものの、あまりにもそればかりで情けなくなってくる。

「だけどもう勘弁してよ。ぼくだって、好きこのんでこんなことになったわけじゃないんだから」

「当たり前だろッ」

怒鳴られた。

「火傷に切り傷打ち傷に薬物中毒だ？　好きこのんでそんなことになるやつがいたら、ヘンタイだ、ヘンタイ！」

見舞いに来て、患者怒鳴るのはどうなんだよ、と言い返してやろうと思ったが、カゲリの目が赤く充血しているのを見ると、なにもいえなくなってしまう。仕方ないので代わりに少し身体を起こして、手を伸ばして、カゲリの腕に触れる。

「ごめんね」

「——口で謝られても、信用できねえや」

まだ怒った調子でいいながら、カゲリはそろっと両手で蒼の手を取った。塗り薬の匂いがする包帯だらけの手を、壊れ物のように。

「ぼろぼろじゃん」

「まあ、ね」

「俺の見てないところで、無茶ばっかりするんだ、おまえは」

「そんなつもりじゃないんだけど」

「つもりじゃなくてもするだろ」

「じゃ、ぼくはどうすればいい？」

「おまえは——」

息が感じられるほど近づいたカゲリの口が、ことばを続ける暇はなかった。病室のドアがバンッ、と開いていきなり伸びてきた熊手のような手が、後ろからカゲリの首に巻きつく。

「よっ。久しぶりじゃないか、ペンギン！」

その手で引きずられ、首を絞められ、頭を掻き混ぜられて、

「くっ、くっ、栗山さん、ストップ。苦しい、苦しいッす」

「てめえ、蒼とふたりきりになったからって調子こいてるんじゃねえぞ」

「そんなあ。だいたい栗山さんが、長いこと日本を留守にしたりするからまずいんじゃないすか」

「黙れ、青少年。俺は仕事だったんだからしょうがないだろう。おまえこそ彼女でも作って、デートに精出してたんじゃないのか？」

「そんなことないですってば！」

　その頭を今度はまた後ろから、丸めた週刊誌でパン、と一撃した手。

「馬鹿者ども、病人の枕元でなにを暴れてる！」

　声量は抑えていてもドスの利いた声に一喝されて、さすがに深春も手を放す。

「神代先生！」

「おう。元気そうだな、蒼」

　怒りモードの顔を一瞬で温顔に変えて、病室に入ってきた神代宗教授はさっさとカゲリの座っていた椅子をぶんどった。

「気分はどうだ。ちゃんと飯は喰ってるか？」

「昨日から普通食になりました」

「うん。顔色もこれまでよりずっといい」

「もう全然眩暈もしないし、夜もちゃんと眠れますから。後はあちこちの怪我だけで、それも大したことないし」

　あの事件について、蒼が聞かせてもらえたことはまだあまり多くはない。近い内に警察が調書を取らせて欲しいといっているとは聞いたが、それもあと数日は先になるだろう。

　ＣＷＡビルから蒼が移されたのは波手島などではなく、そこからほんの目と鼻の先の建築途中で放棄されたビルの中だった。そしてあの晩視覚を奪われたまま逃げ回り、転げ落ちたのは、いまは公園として公開されている明治の実業家の別荘跡だった。武蔵野の段丘の地形をそのまま利用した庭園は、自然湧水を溜めた池と、急な高低差のある雑木林の中の細道からなっている。視覚が封じられていたばかりに蒼は、そこを自然の山の中だと思いこんでしまったのだ。

転がり落ちた池の浅瀬には粉末の人工海水の素が大量に散布されていた。CWAの一階に置かれていた水槽にすでに魚はいなかったが、塩化ナトリウムに微量元素を配合した粉末は残されていたのだという。最後に蒼が火に取り巻かれたあの現場も、途中放棄された工事現場の中、床と外壁のコンクリートは打ち終えられた最上階に作られたベニヤの小屋の中だった。

　身体はなんともないけれど、あのときのことを思い出すのはまだ苦しい。頭が混乱してきて、自分がどこにいるかわからなくなりそうだ。それに行ったことのない公園や、外を通っただけの工事現場のことをことばで教えられても、疑うわけではないのだが、蒼にしてみれば狐に摘まれたような奇怪な幻惑感が強くなるばかりなのだ。海の水は人工海水だとして、耳に届いたどーんという波の音や、一瞬だが確かに見たと思った夜の海は、催眠術にかけられていたとでもいうのだろうか。

　及川カンナは生きていた、海老沢自身が殺してしまったと信じ込まされていただけで。川島も含めて三人とも保護されて命に別状はないそうだが、受付にいた年輩の女性は自殺したというし、他にもビルの中で行方不明になっていた女性ふたりの遺体が発見されたという。退院してもまたしばらくは、マスコミを気にする生活を送らざるを得ないかも知れない。だが、そんなものが全部終わったら――

「あの、神代先生？」

「ん、なんだ？」

「ぼく、いつ頃から大学にまた行けるか、主治医の先生に聞いておいて下さいね」

　もうこれ以上勉強が遅れるのはこりごりだ。いくら八年間学部に在籍した深春、なんて見本が目の前にいるとしても。

「それとも関係することだが蒼、退院したらまたうちで暮らさないか。いや、おまえの自立の意志を摘む気はないんだがな、その方が安心だろう」

思いもかけない申し出だった。とっさに返事が出来ないでいると、

「あっ、神代さんずるいですよ、抜け駆け。俺も蒼には谷中に来ないかっていおうと思ってたのに」

「えーと。実は俺もそうしたことを」

深春とカゲリが異口同音にそんなことをいい、三人の視線が音立ててぶつかった。

「なんだ、おまえら。蒼はもともとうちで暮らしてたんだ。部屋もちゃんとある。大学へも一緒に通える。なにも問題はないだろう」

「蒼に老後の面倒を見させる気ですか？　養子の件はとっくにかたがついたはずでしょ」

「それとこれとは話が別だ」

「俺、カズミが来るならマンション買います」

「学生の分際でなにいうんだよ、ペンギン」

「それならおまえはフリーターの分際で、だが」

「どうせ独立するんだから、いつ買ったって同じですよ」

「そういうのは、自分で稼げるようになってからいえッ」

「来年は卒業します！」

「あっ、あのッ」

蒼はあわてて割って入ろうとしたが、なんといえばいいのかわからない。

「ご心配いただいてるのはわかるし、大変に嬉しいんですけど、ぼく、でも、やっぱり暮らすのはいままでの部屋でひとりがいいなー、なんて思うんだけど、——駄目？」

「駄目だ！」

そこだけ三人がハモっている。

「おまえは目を離すと、なにを始めるかわからないんだから」

「いまのマンションはセキュリティに不安がある」

「うちはオートロックですよ」

「機械に頼るより、いつも留守番がいる方が安全に決まってるさ」

「あのう、でも、ぼくだってそんないつも無茶してるわけじゃないし」

　蒼の恐る恐るの抗議にも、戻ってきたのは見事に三人揃って、

「駄目だ！」

「信用できねえんだよ」

「蒼の場合、見かけによらないのが問題だな」

　頭を抱えたくなった。

（あーもう。どうしてぼくの見舞客は、もう少し静かに穏やかにしていてくれないんだろう……）

「やあやあ、これは賑やかだな」

　再びドアが開いて入ってきたのは、門野老人と秘書の高倉美代。門野氏はいま車椅子に乗って、高倉が後ろからそれを押している。彼とは電話で話はしたが、直接会うのは入院の知らせを聞いて以来初めてだった。

「門野さん。お身体は大丈夫なんですか？」

「もちろんだとも。だいたい私の入院なんてのは、美代ちゃんと医者が大げさに騒ぎ過ぎたくらいのものなのさ。そのせいで君を助け出すのがすっかり遅れてしまったのは、まったくもって遺憾の極みなのだがな。それについてはこれから追々、埋め合わせをさせてもらうとしようよ。

　この車椅子かね？　なあに、歩けぬわけじゃないんだが慣れてみるとこれがなかなか快適でな。室内用、外出用、手動に電動、取りそろえていろいろと乗り心地を試しておるところさ。今度は新規事業として、新型の車椅子の開発でも始めようかと思うとるんだ。階段の上り下りも出来るロボット椅子とかな」

　いくらゆったりした個室の病室でも、五人も枕元に集まるとさすがに満員だったが、高倉さんが手際よくお茶を淹れて、小さな京風の練り切りを添えて配ってくれる。嘘か真か、彼女はマーシャルアーツの達人で煎茶道の師範だそうだ。

やれやれとため息をつきながら、白餡の入った菓子の端を黒文字《くろもじ》で切って口に入れたときに、ぽっ、と蒼の記憶に浮上した顔と名前。たぶんひとつには京菓子からの連想で。

「あの、門野さん、輪王寺綾乃さんってもしかしていま、東京にいます？」

「うん？　ああ、私の見舞いに来てくれてな、美代ちゃんが忙しく飛び回っておったんで、ここしばらくは毎日入院先に来て手伝いをしてくれていたよ。今日はたぶんこちらに顔を出すんじゃないかな」

「ええ。確かそんなことを」

そういいながら彼と秘書が、なにやら意味ありげな目混ぜを交わすのは見えたが、

「ぼく、一度電話をもらったんです。正確には深春たちのマンションにいるときで、ふたりになにか用事があったみたいだけど」

「へえ。その後俺は受けてないけどな」

深春が首をひねった。

「それで、そのときぼく京介がいないことやなんかで気が立ってたこともあって、ちょっと失礼なことば遣い、してしまった気がするんですよね。たぶんそれで気が咎めてたせいだと思うんだけれど、綾乃さんが夢の中に出てきたりして、彼女の声だった気がするんです、月があなたを見守っています、っていったの」

そんな蒼を見る五人の表情は、どことなく心配げだったが、

「まあ、綾乃のことなら心配はいらんよ。それくらいのことで腹を立てるはずもなし、君が大変な目に遭ったことは重々承知している」

「はい。でも、ぼくの夢だったとしても、なんだかあれからずっとあの人がそばにいてくれたみたいな不思議な気がしてるんです。だから、ぼくがすぐに会えなくても、あの電話ではごめんなさいって伝えてもらえますか？」

「わかった」

「それと、誰も教えてくれないから聞いてしまうんですけれど、ぼくと一緒にＣＷＡに潜入したルポライターの宮本さん、どうなったかわかります？　まさか彼も殺されてたなんてこと、ないですよね？」

　また、おかしな間があった。ショックなニュースは聞かせないようにしようということらしく、あのビルから女性の遺体が見つかったというのも自殺者が出たというのも、休憩室の新聞をこっそり見て知ったのだ。そのことに不平をいうつもりはない。だが、いつまでも曖昧なままではかえって落ち着かなかった。

　そのとき、まるで計ったようなタイミングで病室のドアがノックされた。コンコンッ、とふたつ。それを聞いた途端、蒼は他のすべてを忘れてベッドから滑り降りていた。「蒼」「カズミ」呼ぶ声や止めようとする手を感じないわけではなかったが、それで立ち止まることなど思いもよらない。裸足のまま二歩、三歩、駆け寄ったその前にドアが開く。


「――京介」

「ただいま、蒼」

　すぐドアの内側にパジャマ姿の蒼が立っていたことを、彼は不思議に思ってはいない。迎えるように伸ばした右手。だが蒼はそれに触れる前に気づいてしまう。彼の左腕が二の腕から手首まで包帯で巻かれ、湿布薬の強い匂いがして、白い三角巾で肩から吊られていることに。

「京介、また怪我が増えてる……」

　意識のはっきりした状態で顔を合わせて、会話をするのはあれ以来今日が初めてだ。しかし両腕で抱き上げられて火の中から抜け出したことも、最初に意識が戻ったとき枕元で彼が蒼の手を両手で包むように握っていてくれたことも、ちゃんと覚えているし、そのときは少なくとも京介の左腕は無傷だったのだから。

「まさか骨折？」

「いや、捻挫に毛が生えた程度」

「またなんか無茶したんだ」

「かすり傷だよ」

「嘘だ。ほんと京介って、目を離すとなにするかわからないんだから！」

口を尖らせた蒼は、しかし背後で誰かがぷっ、と吹き出すのを聞いて顔を赤らめた。なんで笑われたのか。さっき自分がいわれたのとまるで同じことばを、京介に向かって口にしたからだ。

「な、蒼。俺たちがぶつくさいいたくなる気分もわかるだろう？」

深春のからかいに、知らないよッと振り向いて舌を出したら、京介の右手が肩に触れた。

「聞いてくれるか、蒼」

「なに？」

「波手島から、相原麻美さんを連れて帰ってきた」

「それって、前に京介を隠し撮りしたりしていた人のお姉さんだよね。妹さんが死んだことで京介を怨んで、脅迫状みたいなものを送ってきていた……」

「そう」

「でも、もう怨んでないって？」

「たぶん。少なくとも、自殺は思いとどまってくれたから」

「良かった」

心の底から蒼は思い、吐息とともに繰り返した。そうしてひとりでも命を救い、魂を憎しみから解放することが出来たなら、京介の闘いは無駄ではなかったことになる。

「——本当に良かったね、京介」

「けれどそのために、蒼をこんなにひどい目に遭わせてしまった」

「いいよ。ぼく、無事だもの」

「だけど、蒼」

「京介はあのとき、僕を信じろっていった。だからぼくは信じた。これからだって、幾度だって、なにがあったってきっと京介が助けてくれる。だからぼくは平気だよ。なにも怖くないよ」

（京介はいつまでこうして、ぼくらのところにいてくれるんだろう……）

自分のいったことばに自分で泣きそうになって、蒼は両手を握りしめたまま、京介の肉の薄い肩口に顔を埋めた。目が痛い。滲み出た涙が鼻に染みる。こんな顔誰にも見せたくない。

「ああー、なんか疎外感。カズミにとって俺の存在ってなに？　って感じ」

「キャリアの差だな。まあせいぜい、今後の努力に賭けろや、青少年」

背中の方でカゲリと深春の声が聞こえる。神代先生と門野氏もなにか小声でささやき合っている。でも、蒼はそのまま動けなかった。

京介の右手がそっと蒼の頭に触れている。

誰かに見られる以上にいまの自分の顔を彼に見せたくない。

彼が見たら気づいてしまうかも知れない。蒼の中に兆している不安の影に。

そしてそれに気づいたとき、蒼の不安は現実となってしまうかも知れない。

## エピローグII——昏き鏡

輪王寺綾乃は足音をひそめて、しかしすばやく廊下を引き返した。迷い続けながらもここまで来てしまったけれど、やはり来るべきではなかった。あの楽しげな団欒《だんらん》に、自分の占める椅子はない。そんなこと、最初からわかっていたはずなのに。

帰り際に抱えてきた黄水仙の花束をナースステーションに言づける。

「あら、お見舞いよろしいんですか？」

陽気な顔の看護師に尋ねられ、

「お部屋が混み合っているようなので、また明日にでもまいります」

答えて足早にエレベータに向かった。長い黒髪はうなじで一本の三つ編みにし、ワンピースはチェスナット・ブラウンにカラーとカフスがアイボリーという地味な身なりだから、相手の印象に残らないでくれれば有り難い。門野の入院を聞いて京都から出てきたときチェックインした日比谷のホテルも、今朝の内に支払いを済ませて荷物も京都に送ってある。このまま東京駅に向かえばいい。

足早に歩き続けながらポシェットの中を探り、新幹線のチケットを確認する。その手に携帯電話が触れた。自分で買ったものではない。東京に着いたその日の内に、綾乃の行動を見ていたようにホテルへ届けられたのだ。一目見ただけで、誰がそれをよこしたのかわかった。捨ててしまおうとした。出来なかった。電話などかかってきても出まいと思った。出来なかった。

（そうして私は——）

（門野のお爺様の信頼を裏切った）

（もう二度とあの人たちの前には出られない……）
そんなことは最初からわかりきっていたはずなのに、してしまった自分の愚かしさが身震いするほどおぞましい。それもすべて、この携帯にかかってきた電話を受けてしまったからだ。今度こそ、捨ててしまおうと思った。しかしそうして見ると街路にはごみ箱ひとつ目につかず、道行く人に見咎められることなく処分するにはどうすればいいのか、迷うばかりだ。

右手で握りしめたまま地下鉄の階段を降り始めたとき、それが鈍い音を立てて振動した。その震えが伝染《うつ》ったように綾乃は身震いした。だが、出ないではいられなかった。

『やあ』

快活な、親しげな、男の声。

『ぼくの邪魔をしたね、可愛い綾乃』

「お兄様――」

『いけない子だ』

笑いを含んだ声がささやく。

『あれだけの工作をしおおせるまでに、ぼくがどれほど苦労したと思うんだい？　警察に追われて本名も使えない状態のまま、セラピストとして働いて、目的に向く頭のおかしい男や女を選び、説得し、引き込む。肝心のことも雑用も、ほとんどすべてぼくがしなくちゃならなかった。可愛い蒼君の部屋に忍び込んで、彼のパソコンから差し障りのありそうなファイルを削除する、なんてちまちましたことまでね。

それというのもみんな、あの桜井京介に目にもの見せてやりたかったからだ。自分の手の届かないところで苦しんで死んでいく大事な蒼君の悲鳴を聞かせたあげく、その亡骸《なきがら》がすぐ目の前から現れたら彼がどんな顔をするか、ただそのためだけにずっと駆けずり回ってきたというのに、君は最後の最後でそれをめちゃめちゃにしてくれたんだ。月がねえ、まさか東京は晴れで向こうは曇りだなんてさ』

耳元に息を吹き込むようなくすくす笑いを、

「お兄様！」

綾乃は悲鳴のような声で断ち切った。

「私は確かに眠っている蒼君の耳に、月のことをささやきかけましたけど、そのせいでお兄様の目論見が失敗したわけではありませんわ。桜井さんはその前から波手島に人を置いて、あそこには誰もいないことを確かめさせていました。お兄様がなさることを予測して、きっとそれなら現場にするのは武蔵小金井の近辺に違いないとまで思って、待機しておられたんです。私のためではありません。それ以前にお兄様の計画は失敗していたんです！」

『知ってるよ、それくらい』

聞こえてくる声から笑いが消えた。

『でもいいんだ。いくら見当はつけていても、寸前まであいつは冷たい汗を掻いたろうし、心臓を切り刻まれるくらいの思いは味わったろうからね。それで今回はよしとするさ』

今回は。今回はと彼はいったのだ。

『それといろいろテストの意味もあったんだよ。ぼくが全力を出せばどの程度人を操れるか、催眠術の強度はどれほどか、そして綾乃、君はどれくらいぼくのいうことを聞いてくれるかということをね』

「私は、お兄様の奴隷でしたわ」

涙が目から溢れ落ちる。通行人の視線がこちらを向いているのは感じていたが、綾乃は涙を抑えることも、電話を切って自分の口を閉ざすことも出来なかった。

「あなたに命じられた通り門野のお爺様のＦＡＸを盗み読みし、その内容を報せました。中には虚偽もたくさん含まれていたそうですけれど。そして意識のない蒼君の世話をすることさえ、命令された通りにしました。ご満足ですの？」

『そう、大変に興味深かったね。君が苦しんで苦しんで、良心の痛みを覚えながらもぼくの命令に従う様子は、見物としてもそそったよ、なかなかに』

綾乃は絶句した。どんなことばを返すべきなのかわからなかった。

『それにいいねえ、あの蒼君。つつけばすぐ泣くただの可愛い子ちゃんかと思えば、けっこう頭もいいし、骨太なところもあるし、そのくせ根は素直で純真で、ちょっといじってやるとすぐ人を信じてなついてくれて。ぼくも欲しくなったよ、ああいうペットが』

「お兄様……」

『誤解しないでおくれよ。ぼくはなにも君が憎いのじゃない。桜井京介を憎悪しているわけでもない。ただ、いうなればすべては実験なんだ。人間の心の動きを知るためのね。Aという刺激を与えればどんな反応が出るか。Bという試薬を使えばどうか。君も桜井も素晴らしい実験の素材だ。だからこそぼくは君たちに執着している。恋しているといってもいい。特にあの桜井は、ぼく自身の鏡のようなものだから惹かれずにはいられないんだ』

「私は、どうなってもかまいません。でもどうか、もうあの方たちには手を出さないで！」

ふむ、と考えるような鼻息が聞こえた。

『自己犠牲というのも、人間独特のナルシスティックな衝動だね。では正直においい、綾乃。君が好きなのは誰？　まさか桜井？　蒼坊や？　それともぁの粗野な熊男かな？』

「違います」

大きく頭を振りながら、綾乃は同時に絶望する。この人はきっとわからない。どれだけことばを尽くしても理解できない。それでも、一縷の希望にすがるように続けた。

「私は、あの方たちに恋愛感情はありません。ただあの方たちが幸せに暮らしておられる、そう思うことが嬉しいのです。自分がその中に混じれるとは思いません。離れて見守っていたいだけです。だからお願いです。どうか、あの方たちをそっとしておいてあげて下さい」

『――そう。よくわかった』

　一息置いて、そういう答えが聞こえた。

『しかし、綾乃、その望みは裏切られるだろう』

「お兄様ッ」

『誤解してはいけない。ぼくが手を出さなくても、いずれそれは起こるんだ。彼らの上には悲しみと災厄が降りかかるだろう。その絆は引き裂かれ、彼らは互いを疑い、やがては憎み合うだろう。なぜかって？　そこに桜井がいるからだ。あいつはもともとあそこにいるべきではない存在だから』

「うそ。うそです」

『嘘などであるものか。ぼくと桜井は対立する鏡像であるけれど、彼自身が人間社会とは相容れない、昏い鏡の向こうの住人なんだ。彼は存在するだけで周囲に災いをもたらす』

「信じません」

　綾乃は自分でも思いがけないほど強い口調で、それに言い返していた。

「お兄様がなんといわれても、私はそんなおことば信じません。あの方たちを信じます！」

　低く、くぐもった笑いが聞こえた。

『いいや、綾乃。君はぼくを信じるだろう。ぼくが呼べばすべてを捨てて飛んでくるだろう。その命令に逆らうことは出来ないだろう。今度がそうであったように、これからも。セラピストとクライエントの間を繋ぐラポールは容易く消えはしない。信じたくないだろうが、ぼくがおいでといえば君はそれに従うよ。たとえ目の前が列車の入ってくるプラットフォームでも、それを横切って』

「試して、ごらんになればいい――」

『いいだろう。その答えはいずれ出る。では、少しの間君ともお別れだ。愛しているよ、綾乃。可愛いぼくのお人形さん』

　ブツッと音立てて、通話が切れる。いきなり目の前に扉を立てきられたように、綾乃は携帯を握りしめたままよろめいた。

いつの間にか改札を通って、地下鉄のフォームに立っていた。しかしそのとき綾乃の目の中に飛び込んできたもの。向かい合う反対方向のフォームに立って、片手の携帯をポケットに落とし込もうとしている男がいた。どこといって変わったところも、個性的に見えるところもない。くせのない少し長めの髪を掻き上げて、量販店のブレザーを羽織った三十代初めくらいの平凡な、目を合わせても数歩行けばもう記憶から薄れてしまいそうな、人の良いだけが取り柄だといいたげな目尻の下がった顔だった。

もしもいまここに蒼がいたなら、驚きながら喜んで彼の名を呼んだろう。それはいまも遺体すら見つからず、行方を案じている男。CWAを探っていたルポライター宮本信治だったからだ。しかし綾乃にはわかった。それがたったいままで携帯で会話していた相手に違いないことを。何ヵ所か効果的な整形手術が施されて、目元や口元の印象が大きく、より凡庸な方向に修正されてはいたものの。

「お兄、様」

彼は綾乃の視線に気づいて、楽しげに片手を振ってみせる。目の中から覗くすべてを嘲弄するような暗い輝きは、紛れもなく彼のもの。指が口元を指し示す。いまからいうよ、とでもいうふうに。

だがその唇が動いて形作ったことばは、

（ま・た・あ・お・う——）

「お兄様ッ」

そのとき向こうのフォームに車両が滑り込んで、舞台に幕を引くようにそれを隠してしまう。窓の中を目で追っても彼の姿は人波に溶け、さらに音立てて走り去る地下鉄がすべてを連れ去る。

こちらのフォームにも電車が着き、また走り去ったが綾乃は動かなかった。人気の少なくなったそこに立ったまま、手にしていた携帯をゆっくりと足元に落とし、踵を上げて踏み潰す。周囲からの視線が横顔に当たるのを感じたが、綾乃は動かない。血の気の失せた唇がことばを吐き出した。

「いいえ、お兄様。昔綾乃のすべてだったお兄様。綾乃はもう迷いません。お兄様があの方たちを苦しめようとなさるなら、今度こそあの方たちを助けて闘います。この身に替えてもあの方たちを守ります。自分が決してお兄様の人形などではないことを証すためにも、きっと、きっと！」

　その声はもう震えてはいなかった。


　同じ頃、押しかけた見舞客の一団も取り敢えずは去って、蒼の病室には京介だけがいる。蒼は彼に、姿を消して消息が知れないルポライター宮本信治のことを話している。

「心配なんだ。他にも殺された人がいるっていうし、まさかあの人も、なんてさ——」

「うん」

「見つかっているけどぼくに内緒にしてる、なんてことないよね？」

「それはない」

　静かな表情をわずかにも変えないまま、京介は蒼にどう告げるべきかを考えている。彼が味方だったと信じていまも疑わない、『宮本信治』の正体を。しかしなにより大切なのは、決して怒りに我を忘れてはならないというそのことだ。怒りに憑かれれば隙が出来るだろう。もう二度と蒼に手出しをさせるようなことがあってはならない。

　かつて綾乃のセラピストでもあり、心の治療に用いるべき優れた技術をもって人の精神と生命を操り動かして実験を行い、京介の生命を狙ったこともあるその男は、あっさりと蒼の信頼を勝ち取り自らの署名を残していった。彼が追いかける『魔女』の名として。

碓丸珠貴
WUSUMARU　TAMAKI
MATSUURA　KIWAMU
——松浦窮《まつうらきわむ》

「いま、何時？」

「まだ四時前。眠くなった？」

「少し。でも寝たら京介、帰っちゃうよね」

「今夜はここにいるよ」

「ほんとに？」

　大きな目で聞き返してから、蒼は急にどこかが痛んだように顔をしかめた。

「ああ、もうっ。駄目だなあ——」

「なにが」

「だってぼくときたら、これじゃ子供の頃に逆戻りだよ。ひとりで無茶してみんなに迷惑かけて、結局京介に甘ったれてる」

「違うだろう。蒼は友達から相談を受けて、彼女たちのために頑張った。僕も深春も手を貸せないときに、ひとりで最善と思えることをした。そして三人とも無事に助け出せたんだから」

　でもそれは別にぼくの力じゃないし、と首を振りながら、しかし蒼はちょっと顔を赤らめた。

「だけど京介、いくらかはぼくのしたことにも、意味があったと思う？」

「もちろんそう思うよ。それにみんなが文句をいうのは、迷惑をかけられたからじゃない。蒼にもっと甘えて欲しいのに、そうしてくれないからさ」

「ううん——」

　首をすくめてくすぐったげに笑った蒼は、

「でも、それならますますしっかりしないとね。京介、やっぱりぼくはひとりで寝るから」

「ここにいるよ」

「でも、さ」

「いいじゃないか。いまだけだ」

「もう、京介までそうやって甘やかすんだから。それでいつまでも子供っぽいって馬鹿にされるのは、ぼくの方なのに」

　ぶつぶついいながらも毛布に潜り込んだ蒼は、しかしまた幾度となく目を上げて枕元の京介を確かめずにはいられない。

「お休み、蒼。どこにも行かないから」

　引き寄せた毛布でくるみこんだ身体を、軽くぽんぽんと叩いてやると、ようやく安心したのか目を閉じた。たちまち深い寝息が聞こえてくる。仰向いたまつげの震える蒼の寝顔は、たぶん彼自身の希望に反してあまりにも愛らしく邪気がない。母の死を越えてこのところ急速に大人びてきた頬の線や、強い意志を示す口元の奥に、京介はいくたびも膝を貸してその眠りを間近く見守った幼子の薔薇色の面影を見出すことが出来る。

　人は変わる。自ら望んで。あるいは否応なく。だが、決して変わらないものもまたある。蒼の中の変わらぬものが京介の宝だ。

　長崎から戻って最後の数日、自分はそれを永遠に失うことになるのかと思うだけで、全身が黒い恐怖に凍った。救出の希望は支えであると同時に、心をさいなむ刃だった。あの一秒一秒は、細胞に深々と刻み込まれて今後とも消えることはないだろう。


　窓の外に夕闇が漂い始めても、蒼の寝息は途切れない。ひとり椅子にかけてそれに耳を傾けながら、京介はいつしか身内に揺れる憤怒の熱を意識している。蒼の横首にいまも痣となって消えぬまま残されている指痕。それに気づいたとき己れの胸中に湧き起こった感情は、怒りというよりも殺意と呼ぶ方が遥かにふさわしかった。

　催眠術者が瞬間催眠法と呼ぶテクニックがある。頸動脈を圧迫することで一瞬人を脳貧血にさせ、その瞬間に暗示を与えて催眠状態へと誘導する。通常の誘導法と較べて極めて短時間に深い催眠状態へと導くことが出来るが、高度な熟練が必要な上に、被施術者に不快を覚えさせる可能性が高いので決して勧められないと文献では読んだ。だが皮膚に残された痕跡からしても、それが蒼に用いられたのは一度や二度ではなかったはずだ。そこを波手島と思いこませるために？　無論第一の目的はそれだったはずだが。

(それだけではない。たぶんひとつの意味は実験、自分の技術がどこまで通用するかの。そしてもうひとつは、僕の聖域を冒瀆するため――)

目を上げれば、窓ガラスに映る己れの白い顔。だがいま京介はそこに、馴れ馴れしく微笑みながらこちらを見つめた彼の面差しを重ねる。

『桜井さん……』

心の襞に寄り添い、忍び込む柔らかなささやき。

『ねえ、桜井さん。あなたもぼくと同類、光を喰らう影、そう決められているんですよ……』

(松浦――)

昏い鏡に映ったその顔を凝視して、京介はつぶやいた。

(おまえの死を願いはしない。だがおまえが二度とその忌まわしい試みに手を染めぬように、すべてを白日の下に引き出して、永遠に獄に繋いでやる。それがこれまで僕を愛してくれた者たちへの、最大のはなむけだ――)

負けはしない。

負けるわけにはいかない。

この、安らかな眠りを守るために。

己れの敵への全否定の意志をこめて、京介は静かに病室のカーテンを引いた。

# あとがき

「建築探偵桜井京介の事件簿」本編第十二作をお届けする。

まず真っ先にお断りしておくが、本作中に登場する長崎県生月島の北西海上に浮かぶ孤島、波手島の存在と、それにまつわる一切はフィクションである。また作中で話題とされる太陽寺院教団の集団死事件は実際にあったことだし、その他実名を上げないカルトに関する話題もほとんどが事実に基づいているが、内容についての文責はいうまでもなく作者篠田にある。『白い天使の教会』は純然たる想像の産物でモデルはない。

建築探偵シリーズにおつき合いいただいている読者には周知のことと思うが、この作品は本編十五作をもって一応の終幕となる。そのために、可能な限り一作ずつの独立性を意識してきたこれまでの創作方針は転換せざるを得なかった。他の作品のネタバラシだけはしないよう心がけてはいるものの、以前の作中に登場した何人かが再度物語にからみ、大きな役割を担うことになる。

改めて同時代のミステリ・シーンを眺めると、《名探偵》を初めレギュラー登場人物を共通させてのシリーズものは数多いが、作中で二十年近い歳月が流れ（『玄い女神』の回想シーンは一九八四年、本作は二〇〇二年）、それとともに主人公らが歳を取り変化する作品は寡聞にして知らない。なぜないのかといえばたぶん、これほど作者にとっては書くのが大変だし、読者には不親切な設定もないからだ。

　ミステリを作者と読者の『知的なゲーム』として見るならば、登場人物もまたトリック同様ゲームの構成要素のひとつに過ぎず、過度な肉付けは邪魔だという考え方も出来る。名前や性格は共通していても、作品ごとに探偵の記憶も含めて一切はクリアされ、新しいゲームが始まる。この方がよほどすっきりしているし、読者はどこからでも作品に取りかかれて読みやすいわけだが、「建築探偵桜井京介の事件簿」シリーズは、まさにこうした考え方の対極に存在している。

　もともとさして深い目論見があって、作中で時間が流れると決めたわけでもない。最初の船出のときは、これ一作で終わるものと覚悟を決めていた。シリーズ全体のアウトラインが立ち上がってきたのは、第五作『原罪の庭』あたりからである。いまとなっては、蒼が主人公のヴァージョンや短編集も含めれば十六冊もある既刊を、しかも出来ればその刊行順に読んで欲しいシリーズなど、面倒で手を出す気になれないといわれても当然だと思う。もっとも途中から参戦してくれる読者は常にいて、想定外の逆順読みで、それでも面白いといって下さる場合もあるので、あまり気に病まぬことにした。

そして、ここからはいよいよ最終巻に向けての長いラストスパートが始まる。シリーズを追いかけてきてくれた読者の方を伴走者に、ひたすらゴール目指して走る以外の余念はない。たぶんけっこうきついものになるだろう今後の数年を、そうした読者とともにひとつのイベントとして楽しみたい。小説家篠田真由美がこの先何年生きて書き続けることになろうと、こんな作品を書くのは人生でただの一度きりに違いない。どうかついてきて下さい（くれないと本が出ません、マジで）。


いまわかっているこの先の展開について、ざっとご説明しておく。

次巻は本作と同じ年の二〇〇二年夏から秋、蒼と京介の間に決定的な転機が訪れる。物語のラストで京介は＊＊する。仮題『一角獣《ユニコーン》の繭』。

その次は過去編。養父の葬儀にイタリアから一時帰国した神代宗が、門野貴邦に導かれて出かけた先で遭遇した少年。そのとき彼はまだ〈桜井京介〉ではなかった。

その次がラスト。すべての謎が明らかになり、そして……


感謝のことばは例によって、取材協力その他もろもろ有り難うございますの、同居人、半沢清次氏。担当編集者、栗城浩美女史。

そして後ちょっとおつき合い下さいませの、老若男女読者の皆様。みんなみんな大好きだよ。

連れ合いのサイトに間借りして仕事日記を書いています。新刊の進行具合などはこれが一番早くて正確。ほぼ毎日更新です。リンクは管理人にメールの上、左記トップページからどうぞ。

http://www.aa.alpha-net.ne.jp/furaisya/　木工房風来舎内　篠田真由美のページ

また、お便りは申し訳ありませんがアナログ・メールに限らせていただきます。封書でもはがきでも必ずご本人の正確な郵便番号からの住所と氏名を明記の上（リターン・アドレスのないものは目を通さずに破棄いたします）、奥付の講談社文芸第三出版部気付篠田真由美まで。部署名まで正確に書かれないと、講談社内で行方不明になる危険がありますので、くれぐれもよろしく。

というわけで、また来年お目にかかれることを信じて。再見！

注記

本作で重要な役を果たすことになるふたりの登場人物は、「桜闇」中の短編「永遠を巡る螺旋」と、「月蝕の窓」に登場した。

## 《建築探偵既刊リスト》

未明の家……講談社ノベルス／講談社文庫
玄《くろ》い女神……講談社ノベルス／講談社文庫
翡翠《ひすい》の城……講談社ノベルス／講談社文庫
灰色の砦……講談社ノベルス／講談社文庫
原罪の庭……講談社ノベルス／講談社文庫
美貌の帳《とばり》……講談社ノベルス／講談社文庫
桜闇……講談社ノベルス／講談社文庫〈短編集〉
仮面の島……講談社ノベルス
センティメンタル・ブルー……講談社ノベルス〈蒼の物語1〉
月蝕の窓……講談社ノベルス
綺羅の柩……講談社ノベルス

angels—天使たちの長い夜 …… 講談社ノベルス〈蒼の物語2〉

Ave Maria …… 講談社ノベルス〈蒼の物語3〉

失楽の街 …… 講談社ノベルス

胡蝶の鏡 …… 講談社ノベルス

聖女の塔 …… 講談社ノベルス（本書）

《番外編》

魔女の死んだ家 …… 講談社ミステリーランド

アベラシオン …… 講談社四六判／講談社ノベルス

桜井京介館を行く …… この秋講談社から刊行予定

## 主要参考文献


窒息する母親たち　矢幡洋　毎日新聞社

聖女伝　竹下節子　筑摩書房

カルト教団太陽寺院事件　辻由美　みすず書房

自由への脱出　M・トバイアス他　中央アート出版社

宗教トラブルの予防・救済の手引き　日弁連　教育史料出版会

別冊宝島３０４　洗脳されたい！　宝島社

キリシタン南蛮文学入門　海老沢有道　教文館

カクレキリシタン　宮崎賢太郎　長崎新聞社

キリシタン伝説百話　谷真介　ちくま学芸文庫

キリシタン史の謎を歩く　森禮子　教文館

最後の晩餐　開高健　文藝春秋

聖《せい》女《じょ》の塔《とう》　建《けん》築《ちく》探《たん》偵《てい》桜《さくら》井《い》京《きょう》介《すけ》の事《じ》件《けん》簿《ぼ》

二〇〇六年七月十日　第一刷発行

KODANSHA NOVELS

定価はカバーに
表示してあります

著者—篠《しの》田《だ》真《ま》由《ゆ》美《み》

発行者　野間佐和子

発行所—株式会社講談社

東京都文京区音羽二-一二-二一
郵便番号一一二-八〇〇一

編集部〇三-五三九五-三五〇六
販売部〇三-五三九五-五八一七
業務部〇三-五三九五-三六一五

印刷所—株式会社精興社　製本所—株式会社若林製本工場



N.D.C.913　340p　18cm

ISBN4-06-182496-1

KODANSHA NOVELS 講談社ノベルス

書下ろし警察ミステリー
ST 青の調査ファイル　今野 敏

書下ろし警察ミステリー
ST 赤の調査ファイル　今野 敏

書下ろし警察ミステリー
ST 黄の調査ファイル　今野 敏

書下ろし警察ミステリー
ST 緑の調査ファイル　今野 敏

書下ろし警察ミステリー
ST 黒の調査ファイル　今野 敏

書下ろし警察ミステリー
ST 為朝伝説殺人ファイル　今野 敏

“G”世代直撃！
宇宙海兵隊ギガース　今野 敏

シリーズ第2弾！
宇宙海兵隊ギガース2　今野 敏

シリーズ第3弾！
宇宙海兵隊ギガース3　今野 敏

シリーズ第4弾！
宇宙海兵隊ギガース4　今野 敏

メフィスト賞！ 戦慄の二十歳、デビュー！
フリッカー式 鏡公彦にうってつけの殺人　佐藤友哉

戦慄の“鏡家サーガ”！
エナメルを塗った魂の比重　佐藤友哉

戦慄の“鏡家サーガ”！
水没ピアノ　佐藤友哉

戦慄の〈鏡家サーガ〉例外編！
鏡姉妹の飛ぶ教室 〈鏡家サーガ〉例外編　佐藤友哉

問題作中の問題作。あるいは傑作
クリスマス・テロル　佐藤友哉

緻密な計算が導く華麗なる大仕掛け！
円環の孤独　佐飛《さび》通俊《みちとし》

気鋭の新人、講談社ノベルス初登場！
海駆けるライヴァー・バード　澤見 彰《あき》

建築探偵桜井京介の事件簿
未明の家　篠田真由美

建築探偵桜井京介の事件簿
玄い女神 （くろいめがみ）　篠田真由美

建築探偵桜井京介の事件簿
翡翠《ひすい》の城　篠田真由美

建築探偵桜井京介の事件簿
灰色の砦　篠田真由美

建築探偵桜井京介の事件簿
原罪の庭　篠田真由美

建築探偵桜井京介の事件簿
美貌の帳　篠田真由美

建築探偵桜井京介の事件簿
桜 闇　篠田真由美

建築探偵桜井京介の事件簿
仮面の島　篠田真由美

蒼の四つの冒険
センティメンタル・ブルー　篠田真由美

建築探偵桜井京介の事件簿
月蝕の窓　篠田真由美

建築探偵桜井京介の事件簿
綺羅の柩　篠田真由美

蒼による建築探偵番外編！
angels——天使たちの長い夜　篠田真由美

建築探偵シリーズ番外編
Ave Maria《アヴェ マリア》　篠田真由美